逃げ道

ナオミ・イシグロ

竹内要江 訳　　早川書房

Naomi Ishiguro

Escape Routes

逃げ道

ESCAPE ROUTES
by
Naomi Ishiguro

Translated by
Toshie Takeuchi
First published 2023 in Japan by
Hayakawa Publishing, Inc.
This book is published in Japan by
arrangement with
Rogers, Coleridge and White Ltd.
through The English Agency (Japan) Ltd.

装画／出口えり
装幀／田中久子

両親とベンに

目次

魔法使いたち

小石だらけのブライトン・ビーチをアルフィがアイスクリームの売店に向かっていると、フリスビーを手にした赤毛の男の子がぶつかってきて、ふたりとも浜に倒れこんだ。アルフィは大声を出しそうになるのをとっさにこらえ、なんとか笑顔をつくろうとした。だってこの子は、笑う理由なんかまったくないようなことで笑いあい、〝ざまあみろ！〟だとか〝バンガラン！〟だとか、わけのわからない奇妙な言葉を叫びながら波打ち際で仔犬(こいぬ)みたいにじゃれて遊んでいる、あのたくさんいる連中のひとりだから。

「こんにちは」アルフィはフリスビーを持った男の子に声をかけた。

「やあ」男の子は返事をしたものの、すでに立ち上がっていて、いまにも駆けだしそうだ。彼の視線の先にはビーチのほうで手を振りながら待ち受ける大勢の仲間たちがいた。男の子がフリスビーをそちらに向かって投げると、どこまでも青い空に鮮やかなオレンジ色が伸びていく。それがすむと彼はアルフィに向きなおった。

そして、「なんでそんな服着てるの？　すっごく変だね」と言った。

それだけ言うと仲間のもとへ駆けていったので、気持ちの悪い小石の浜からようやく起き上がり、ママが休暇のために特別に用意してくれたズボンとストライプ柄のシャツをぱっぱっと払っているアルフィはそこにひとり取り残された。

だからって、たいしたことじゃないし。アルフィはそう自分に言い聞かせた。とにかく、あの子たちだってそんなに楽しそうには見えない。そもそも全員年下だろうし、はじめはわいわいと笑顔で迎えられても、そのあとはきっと退屈するばかりだ。うるさく騒いでる子たちって、いつもそうなんだ。それに、アイスクリームを買いに行くお使いをほっぽりだして遊んだら、ママになんて言われるか。アルフィがそのまま波に向かって駆け出し、けたたましく笑いながら小石を蹴り飛ばしあっている、あのにぎやかな集団に飛びこんでいったら――〝目に入ったらどうするの〟ってママは言うだろう。〝それどころか、あなたの蹴った石が誰かの目に入るかもしれないでしょう〟とも。踊るような足が蹴り上げる、季節外れにあたたかい四月のおひさまの光を受けてきらきら輝く水しぶきめがけて走っていったら――〝日焼け止めが落ちるじゃない〟と言われる。〝それがどういうことだか、わかるよね？　ねえアルフィ、それじゃあ皮膚がんになっちゃう。そうなったらだれが笑っていられるの〟

そう言われても、だれが笑っていられるのかアルフィにはさっぱりわからない。アルフィがしみのついた患者用ガウンを着て、テレビのなかの病人みたいに大きな機械のようなものから伸びるいくつものチューブにつながれて病院のベッドに寝ているあいだも、ブライトン・ビーチの波打ち際であいかわらず仔犬の群れのように水しぶきをあげているあの子たちなら、きっと笑っていられるだろう。いっぽう、《コミック・リリーフ》や《チルドレン・イン・ニード》（いずれも英国の慈善事業）などの番組に出てくるがんの子どもたちみたいに、ぼくの頭には髪の毛一本生えていない。ママの言葉どおり、ぼくはがんになる。あの子たちは遊んでいられても。

でも、これじゃあ時間がかかりすぎだ。いったいどこに行ったのかとママとウォレスが心配する。アルフィはわれに返り、ビーチの先にあるアイスクリームの売店目指してまた歩きだした。けれど、積み重なった小石に足をとられるわ、とにかく人がたくさんいて、ブランケットやビーチ用品がそこらじゅうにあるわで思ったよりも歩きにくい。

でも、もしそうなったら――歩きながらアルフィは考えた。もしぼくががんになったら、魔法の力を手に入れる十一歳までは死なないようにしなきゃ。十一歳になれば魔法の勉強ができるし、病気の治し方だってわかる。ぼくがなるような魔法使いは（犬みたいにじゃれて笑っているあの子たちだってもしかしたら魔法使いなのかも）がんにはならないし、なったとしても魔法の力で治せるから長く苦しんだりしない。そういうことなんだ。ぼくには秘密の魔法の力がある。だから日焼け止めとか、水に入っちゃだめとか、そんなのぜんぜん関係ない。ママはまちがってる——おおまちがいなんだ。

でも、ぼくがそんな態度をとったら、ぜったいにウォレスが顔を赤くしてママの味方をする。それで、ふたりしてぼくのことを〝わがまま〟だとか、〝反抗的〟だとか、〝手に負えない〟とか言ってくるから、説明したり言い返したりするのはなかなか大変だ。そんなの気にするもんか。でも正直なところ、日焼け止めと完全におさらばするのは十一歳になるまで待ったほうがいいのかも。魔法の力がないうちにがんになるのはいやだ。そのときが来るまで待とう。そんな風にかしこくなれるはず。ぼくは年の割にはかしこいって、学校でレノックス先生によく言われる。先生はひどい歯をしているし、〝す〟がうまく発音できなくて〝しゅ〟と言ったりするけど、ぼくは先生が好きだ。この残念なレノックス先生が。十か月後に魔法使いになったら彼女とお別れしなくちゃならないのは悲しい。でも、がんになってお別れするのはもっといやだから、とりあえず日焼け止めルールは守っておこう。海に入ったら、だめ。水のかけあいも。波のそばで踊ったり、大きな声を出すのも。ぼくは待てるさ。

アルフィはほかの子たちから目をそらし、傾斜しているビーチの縁を重い足どりであと少しのぼっていく。ほどなくして気づくと、片耳にスパイク状のピアスをつけた、くたびれた顔の男を前に目をしばたたかせていた。

「ナインティナイン・フレークをふたつください。あと、レモン・シャーベットをひとつ」

＊

占い師ルチアノ、またの名はピーター（年がら年じゅうビーチサンダルを履いているドレッドヘアの二十八歳白人男性であるがゆえに、ブライトン・ビーチの酔っ払い連中のあいだでは〝あいつ〟だとか〝ダチ〟で通ることも）。その彼が薄暗い占いブースで立ち上がり、鍵束、財布、サングラス、バンダナをかき集めていた。今日は早めに店じまいをして楽しもうという算段だ。陽が沈んで夜が訪れるまでのあいだ、しばし肌を陽にさらしてゆっくりしよう。それで、宇宙の美との調和をはかる。ブライトンは地区特有のおだやかな気候で知られているが、まだ四月なのに嘘（うそ）みたいにあたたかい、南海岸（サウス・コースト）でもめずらしい、こんな日を存分に楽しまないなんてほとんど犯罪行為だ。そう、ブライトンならではの気候。もちろん、それが話題にのぼるたびに占い師ルチアノ／ピーターはいつだってしたり顔でうなずき、町の人たちと一緒になってそこがいいところだと絶賛する。とはいえ、胸に手を当ててよく考えたら、ほんとうのところは？　彼にしてみれば、ブライトンだってイングランドのほかの地域と同じように灰色だ。

　彼はふと忘我の境地に陥り、もじゃもじゃの頭にバンダナを押し上げながら〈虚空のスキャット〉（一九七三年発表のピンク・フロイドの楽曲）の適当な部分を口ずさんだ（〝おいおい、フランク・シナトラにはほど遠いな〟という、うっとうしいほど親父（おやじ）の声似のささやきが頭のなかに響く）……えっと、なにを考えていたんだっけ？　ピンク・フロイドと親父と調子はずれの歌声の前は。ブライトンならではの気候に季節はずれの天気……ああ、宇宙だ。そうそう、宇宙について考えていた。暗い気分になるような日じゃないんだ。言うなれば万物をいつくしむ母なるこの宇宙に存在していられる幸運や恩恵をことほぐ日にしなきゃ。みんなそうだが、おれだって宇宙の子なんだ。それ以上のものではないにしても、それはひとつ、自分についてポジティブに考えられる点だ。親父にそれが認められないって言うのなら地獄行きだな。彼はドレッドとバンダナで盛り上がった頭にサングラスを押し上げるとビーチサンダルに足をすべり込ませ、ブース正面の舗道に足を踏みだした。そして、陽光と肌に突然降り注いだそのあたたかさに意表を突かれて、まったくそのとおり（アーメン）だと、なんに同意しているのかわからないままに思った。

　とにかく長い冬だった――一九九六年以来の厳しい冬だとみなが口をそろえて言っていた。その当時は、二月に木星が土星と不均衡の状態で三週間にわたって滞在した。しかも水星は逆行中。ん、もしかしたら金星だったかな？　土星と不均衡の状態にあったのは。記憶が曖昧（あいまい）だが、きっとそうだ。それとも、すべてはどこに視点を置くかの問題で、金星と不均衡だったのは土星で、水星の逆行は無関係だったとか？　夜になったら調べてみるか。だけど……だけど小難しい学問じみたことでいま頭を悩ませるのはまったくまちがってる。ほら、ブライトンの町が栄光に包まれて輝いているじゃないか。伝説のブライトン。モーターバイクをあがめたてまつる、血気盛んなモッズやロッカーズの集まる場所（集会のたびに現れるバイクの隊列に出くわすたびに、彼はスケボーに乗りながら〝あんたらの出す排ガスは大切な地球には有害だろうが〟と叫んでいる）。かの有名なロイヤル・パビリオン（ジョージ四世が皇太子時代に建てた壮麗な離宮）のある場所（風変わりで、植民地趣味で、ちょっとけばけばしい建物ではある）。遠く離れた友人や親戚に送る、さえない写真のポストカードの長年にわたる発信地（正直なところ、そういうポストカードに踊る文句にはいつも少し引いてしまう）。とはいえ、だいたいのところはいかした場所だと、鉄のシャッターを降ろしながら彼は考えていた。ブライトン、おれの第二の故郷。急いで町に飛び出さないと。あと五時間かそこらで暗くなっちまう。

　鍵を回したちょうどそのとき、背後から「すみません」と女の声がした。「ランチとかコーヒー休憩とか、あの、何かを買いにいくあいだちょっと店を閉めてるだけですか？　それとも、もうそういうことで、今日のところは占ってもらうチャンスをすっかり逃しちゃったのかな」

　アメリカ人で美人。しかも笑顔がチャーミングときた――歯には随分金をかけているだろうな。顔だって多少いじっているかも。つまり、もう若くはない。でも、そんなに年をくってるわけでもない。ぜんぜんそんな感じじゃない。だが、ルチアノ／ピーターよりもかなり年上なのはまちがいない。それでも、目の前にいる、占いブースの陰に入って目をしばたたかせているこの女にはひとつ魅かれる点がある。背の高さがまったく理想的だ。

断っておくが、ルチアノ／ピーターはそんなに背が低いわけではない。というか、イングランド人がどいつもばか高いせいで、そういう連中のなかにいると背が低く見えることもたまにあるというだけで。たとえば、世界のなかでも真の魂のふるさとだと思っている日本でなら、きっと余裕で平均身長でいられるはず。まあそれも、日本人が成長ホルモンたっぷりの資本主義的ジャンクフードを西洋人なみにこぞって食べ始めるまでの話だったが。日本にはいちども行ったことがないから、ほんとうのところは日本人がどんなものを食べているのか、そのせいでどんな体格をしているのか説明できるはずもない。それでも、ただひとつはっきりしているのは——それは疑問をさしはさむ余地がまったくないほどはっきりしている——いま目の前で目をしばたたかせている、このきれいなアメリカ人女性がぴったりの理想的な身長だから、もし仮に彼女をやさしく抱きしめたら（〝息子よ、うぬぼれるな〟と、親父もどきの声がまた聞こえた）、彼女の頭のてっぺんに、その美しい髪のなかに余裕であごをうずめられるということ。きっとカリフォルニアからきたんだ。ビーチ・ボーイズとか、オニールとか、ルート66の終着点の、あのカリフォルニアから。そこの連中となら、まちがいなく心の友になれる。

「あの」ルチアノ／ピーターは言った。「遊歩道の先に別のやつがいますから。サファイア・ブルーっていいます。そいつも占えます」

というわけで、心の友になれそうなのに彼は気おくれしていた。外に出て店を閉めていたら、ぴったり理想的な背の高さの女が現れて彼と話をしたがるなどという天の采配はそうそうあるものではない。

「それは残念」女は爪を噛みながら言った。「あなたに会わなきゃだめだって友達に勧められたものだから。ブライトンでピカいちの占い師だって」

陽を浴びてあたたまった、傾斜した小石まじりのビーチが広がる風景に彼は視線を移した。そこでは休日で遊びに来た人たちが目の前に広がる風景を堪能し、すっかり思い思いにくつろいでいる。それから女を見る。そばかすが散らばる胸元のペンダントをいじっている――アメジストだ。

「それ、誕生石ですか？」彼は訊ねた。

女はうなずいた。「水瓶座よ。上昇宮は金星」

彼は天秤座。最高の相性だ。

できるかぎり愛想よく笑顔を浮かべると、彼は思い切って女の二の腕にそっと触れた。彼女の肌はあたたかく張りがあって、しっとり湿っている。このまま手を離して指をなめてみたら塩の味がするだろう（〝お前、最低だな〟またしても親父の声がきーきーわめく）。でも、こうするしかないじゃないか。ここまではっきりしていて、理想的で、シンクロするものを宇宙が授けてくれた、めったにない機会なんだから。

「そういうことなら」彼はシャッターの鍵穴に鍵を戻し入れて店を開ける――ドリームキャッチャー、ホロスコープ、色とりどりのインドシルクに彼女が心を奪われてくれますようにと願いながら。「まあ、今回は特別ってことで」

＊

ママとウォレスがブランケットを広げている場所まで戻ってきたアルフィはしばらく時間をとって、すべてがうまくいったことを祝った（ただし声は出さずに黙ったままで、外側からはそれとわからないようにして）。なんといっても、溶けたアイスクリームが垂れたり倒れたりせずに戻ってこられたのだから、〝わがまま〟だとか、〝反抗的〟だとか、〝手に負えない〟なんて言われる筋合いはない。あの耳にとがったピアスをつけたおじさんと、おじさんが用意してくれた、コーンを挿して複数のアイスを楽に運べるように工夫された、厚紙の容器に感謝しなきゃ。ぼくが無事にお使いをやりとげられたのは、おじさんのおかげだ。レノックス先生なら、会心の出来（フライング・カラーズ）*だと言ってくれる仕事ぶり。意味はよくわからないけど、なんだか美しいと思える言葉をレノックス先生はいつも口にする。美しいと思えるのは、意味がよくわかっていないせいもあるかもしれないけど。

フライング・カラーズ。ビーチの向こうで、緑と紫の凧（たこ）が銀色の尾をきらきらとたなびかせながら青空に舞い上がっている。目をよくこらすと揚げ糸がどこにあるのかわかった――細い線がかすかに空中に浮かんでいる。人ごみのなか、その線を下にたどっていくと、そこには黄色いワンピースの女の子がいた。言葉についていろいろと考えていたら、凧とあの子を見つけられたなんてすごいじゃないか――まさに会心の出来（フライング・カラーズ）。ふと口にした呪文で呼び出したみたいだ。女の子はアルフィよりも何歳か上らしかった。とにかく背は随分高い。アルフィが目の焦点をゆるめると、女の子はただの黄色い点のようになった。遠くに見えるものの大きさの感覚がおかしくなって、まるで黄色いスイセンみたいだ。彼はアイスクリームをなめはじめた。

フライング・カラーズ。消毒剤のにおいがする算数教室で、テストの答案を返却するとき、

＊ flying colours、戦いに勝利した船が帰還するときに色とりどりの旗をはためかせた様子からなにかを見事にやりとげるという意味。

レノックス先生は机から机へと移動した――いつものようにコツコツと靴の音を立てていたけど、くすんだ緑色のフロアタイルの上ではくぐもった音になった。アルフィの完璧な答案を机に置く前に、レノックス先生はしばらく間を置いた。それは、アルフィが冷静に、そつなく計算式や答えを書き入れて仕上げた答案だった――《007 サンダーボール作戦》に登場する悪役ブロフェルドみたいに静かな自信をたたえて解き進めていったものだ（とはいえ、じつはそのときアルフィは不安でたまらなかった。レノックス先生のことは大好きだけど、先生がかかわることになるとなぜかきまってそうなる）。そして、返却される答案にはそつのない答えや計算式の横に赤いチェックマークがずらりと並んでいる。規則正しく打たれていることから、彼の答えの正確さに信頼が寄せられているとわかる。チェックマークがつぎつぎと積み重ねられ、マンションの建物のように整然とそびえたっている。レノックス先生がアルフィに〝会心の出来（フライング・カラーズ）〟と声をかけたのは、そのときだった。そう言われた日の晩、アルフィは家に戻るなり踊るようにして自分の部屋に入った。やったあという気持ちで胸をいっぱいにして、ベッドカバーに回転しながらダイブして、手足を伸ばして寝そべり、しっくいがはがれかけて、うんざりする天井が目に入らないように、太陽の光がまぶしいときのようにぎゅっと目を閉じた。すると、まぶたの裏に、青、ピンク、紫、金色が現れて、彼のまわりで勢いよく流れていった。オウムの羽根みたい。イモジェンの誕生日パーティーでその下にもぐって遊んだ、〈ねことねずみ〉ゲームのカラフルなパラシュートシルクみたいだ。レノックス先生が赤いチェックをずらりとつけてくれたうえ、〝会心の出来（フライング・カラーズ）〟だとほめてくれた、こんな最高なできごとのあとでイモジェンの誕生パーティーに行ったとしたら、ぼくは広げられたパラシュート布の下でだれよりも張り切って歓声を上げ、ぐるぐる回って楽しんじゃうな。それで、靴下がすべったらどうしようとか、転んでズボンの膝がやぶけたら、あざやすり傷ができたら、シャツが破れてママががっかりして、もううんざりって顔をしたらどうしようなんて考えない。不安に思うことなんて、なにひとつない。それで、猫役の子につかまってゲームに負けても、だれよりも大きな声で笑っているだろう。ぼくの笑い声はだんだん大きくなって、ついにはみんなの声が聞こえなくなる。レノックス先生と会心の出来（フライング・カラーズ）のことを考えていたら、あいかわらず波のそばで遊んでいるあの子たちの歓声や笑い声がかき消されたように。これも一種の魔法なんだ。ぼくにはこういう力がある。音をかき消せるし、飛んで（フライング）いける。

「アルフィ、シャツがすごいことになってるぞ」ぶきっちょのウォレスが言った。今回ばかりは彼の言うとおり。アルフィが輝かしい過去の思い出にひたってぼんやりしているうちに、右手に持ったナインティナイン・フレークが溶けて、真新しいシャツの袖に垂れていた。もちろん、ビーチにいるほかの子たちはシャツなど着ていない。だからアイスクリームが垂れてもへっちゃらだ。みんな水着姿で、木の枝のような四肢（リム）をさらしている。四肢というのは木に由来していて、昔の人たちは木の枝を示すのにその言葉を使った。ということは、不思議なことに人間と木には関係があるということなんだ。知っていたかな？　レノックス先生が教えてくれるまでぼくは知らなかった。でも、とてもすてきだと思った。ほんものの魔法って、きっとそういうものなんだ。ぼくが正式に魔法を学ぶようになったら、それは当然、〝ちちんぷいぷい〟だとか〝アブラカタブラ〟みたいな、あきれた子どもだましや、パーティーで芸人がやるようなくだらない見せ物とはぜんぜんちがうものだってわかるだろう。それは、一見関係ないと思えるものどうしのあいだにつながりを見抜くような知恵にもとづいたものになるはずだ。レノックス先生は来年そういうことを教えてくれるんだろう。ぼくはこの力をちゃんと使えるようにならないといけないから。そういうことだったらいいのにな。そしたら先生とお別れしなくてもすむかもしれない。だって、レノックス先生ともう会えない人生なんて、どんなものになる？　考えただけでおそろしい。ぼくの人生に先生がいなかったら、こうやって休暇中にか、か、か、フライング・カラーズやそれにかんすること、その意味をいろいろと考えたって、そのすべてが色あせてしまうだろう。

「アルフィ」ママが口を開いた。「もっと気をつけて」

アルフィは太陽の熱で溶けたアイスクリームのてっぺんをなめ、ママにほほ笑もうとした。でも、レモン・シャーベットをガリガリ食べながらママはにらみ返してきた。ママのシャーベットは派手な色をしているのになぜか同時に淡い色にも見える。おまけにキンキンに冷えてそうだ。歯が痛くなったり、おなかが痛くなったり、いつもの頭痛が悪化したりせずに、よくそんなにさっさと食べられるな。それに、そんな風に食べてなにがおもしろいんだろう。ママにちょっと食べるのはやめてと言って、レノックス先生のことや、木の枝と人間の四肢の話を聞いてもらいたい。でも、それをいちどに説明するのは——言葉をきちんと並べて相手がとまどわないように説明するのは——ひと苦労だと思えてきた。だからアルフィはただずっとほほ笑んでいて、そのあいだママはひたすらシャーベットの塊にかぶりついていた。そして、その冷たさのままに言い放った。「歯にチョコが少しついてる」

＊

「あなたは思いやりに満ちあふれたエネルギーの持ち主なのね」狭苦しくてきらきら飾り立てられた薄暗い占いブースに座りながら、アメリカ人の女は占い師ルチアノに言った。「そんな風に言われたことはない？」

ルチアノ／ピーターはこれまでに人生で出会った人たちをひとり残らず思い浮かべた。考えてみたら、なんと多くの美しい魂の持ち主と出会ってきたことか。しかも、比較的短い年月のあいだに。これは普通なんだろうか。おれは恵まれているんじゃないか。ところで、世界がこれほどまでに善き人たちであふれるものになっている状況には、おれ自身もかかわっているという可能性はなきにしもあらずじゃないか？　ほら、宇宙から受け取るものは自分が先に出したものだとか、自分が見たいものを世界に見出すとか、よく言われるじゃないか。つまり、人生は自分でつくっているということ。しかも、愛以外与えるものがなにかあるのか、おれにはさっぱりわからないときた。それは、イエス・キリストが与えたような無条件の愛だ。もちろん、おれはキリスト教信者ではない——組織化された宗教など有害きわまりないのだから当然だ。でも、イエス・キリストってやつはそういう男だった。ガンジーやダライ・ラマや、ある意味ではボブ・ゲルドフなんかと同じ、精神性の高い魂を持った男。それなのに、彼の教えがこれまでどんな風に利用されてきたかを考えると胸が張り裂けそうになる。それを知ったら彼もさぞ嘆き悲しんだことだろう。おっと、たくさんの善き魂との出会いに話を戻そう。思うに、それは偶然の出会いではなかったはずだ。これは少しぐらい自慢していいことなのかもしれないな。つまり、おれには見抜く力があった。人の善良さや美しさがおれは見抜けた。うぬぼれるわけじゃないが、だれもがそんな力を持っているわけじゃない。そんな風に人の美点に気づく能力を持っているおれは、きらきら飾り立てた小屋であやしげなものを売っているほかの落ちこぼれとはちがう存在なんだ。ヒンズー語のあいさつはなんと言ったっけ？　そう、ナマステ。私の内なる光があなたの内なる光にあいさつ申し上げます、という意味。だから、おれはそうなって当然だったんだ——だからこそ人生でいくつもの美しい魂との出会いがあった。親父がおれの人生に文句があったとしても、そんなのくそくらえだ。

「ルチ？」さっきから目の前にいる美しい女がそう言った。どうやら彼女はおれのことを〝ルチ〟と呼ぶようになったらしい。「ルチ、あなた大丈夫？　わたし、なにか変なことを言った？」

「えっと」彼は口を開いた。「ちがいます、失礼。そう言われて感じるところがあったもんで。それでしばらく思考の波に揺られてました」

「あら、そういうのよくわかる」彼女が言った。「わたしもしょっちゅうだから。でも、言葉で説明しようとしても変な目で見られるのがおちだから大変でしょう」

なんてこった。彼女は完璧じゃないか。ぴったり理想的な背の高さをしているだけでなく、すべてを理解してくれる。その彼女がいまテーブルの上でてのひらを上に向け、こっちに伸ばしているのに彼は気づいた——その美しい手は捧げ物のようだ。そういえば、タロット占いと星占いが終わったときに手相占いもできると言ったんだったっけ……でも、ちょっと待てよ。かれこれもう一時間以上もこの狭苦しいブースで缶詰めになっているというのに彼女は退屈した様子を見せないし、おれを見下したりしないし、狭苦しくて線香くさいこんなブースに引きこもっているよりも、天気がよくて美しいこんな日に海辺を散歩したいとは思わないみたいだ。でも考えてみたら、ふたりで外に出て、午後の陽の光のなかでほほ笑みあうことだってできるのに、いったいどうしておれたちはブースに引きこもっているんだ？

ルチアノ／ピーターはアグネスが差し出すてのひらの上に自分の手を浮かべた——彼女の名はアグネスで、じつはカリフォルニアではなくオハイオから来たということはすでに知っていた——そして、ふたりのあいだでエネルギーが通い合うのをしばらく感じてから、手をおろした。こんな風にちょっと手と手を向かいあわせただけで、よく似た心の世界を持った赤の他人とつながりあえるだなんて、深遠だし、魔法そのものじゃないか。

「外に出よう。海のほうに歩いていって、明るいところで手相を観るよ。そっちなら、きみの手に刻まれたどんなに細かい線もそのささやきも見逃さないさ」とルチアノ／ピーターは言った。

「そう言ってくれないかなと思っていたの」アグネスは答えた。完璧すぎる、と彼は思った。うっかりくさい表現を口走ってしまったが、彼女は合わせてくれている。

ふたりはそろってブースの外へと出た。上機嫌のルチアノ／ピーターはシャッターを閉めなかった。雨が降るわけでもないし、たとえ変なやつが通りがかったとしても、めぼしいものはなにもないのだから盗みに入るわけがない。（〝物質的なものはなにもないってことだからな、

い）

親父〟ルチアノ／ピーターは頭のなかで念を押した。こんな日に疑念をさしはさまれたくな

「ルチ、あなたの言ったとおりね」外に出るとすぐに、腕や手や、表現力豊かなそのすらっとした指を伸ばしながらアグネスがそう言った。「外はこんなにすてきだから、ほうっておけないわね」

いいわね」

きみはこんなにすてきだから、ほうっておけないよとピーターはあやうく言いかけた。だが、その言葉は飲み込んで、「おれのことはピーターって呼んでほしい。本名だから」と言った。

小石がごろごろ重なりあう、長く湾曲したビーチの縁を彼女と連れだって歩くうちに、にぶい金色の光を放つ午後の陽光（いったいどれだけ話し込んでいたんだ？）のもとで彼女の姿がはっきり見えることにピーターは気づいた。さっきからずっと一緒にいるのにもかかわらず、こうやって薄暗いブースから外に出てみると、カリフォルニアではなくオハイオからきたアグネスが、最初に思ったよりもかなり年上だということに気づかずにはいられなかった。鍵を閉めていた彼の目の前に彼女が現れたあのとき、オーラのある女がうれしそうに話しかけてきたという事実に浮き足だった（〝そんな頭で、そんな服を着て、そんな仕事をしていて、いかにもうさんくさい男だと全身で主張しているおまえなんかにかまう女などいないからな〟）。しかも、ちょっとばかり陽の光に目がくらんで、なにかに気を取られたのだ（具体的になにが気に

なったのかまではおぼえていない)。だから、そこに立っていた女を見てただ美しいと思った。それ以外の細かい点は目に入らなかった。ところが、アグネスと一緒に過ごすのにも慣れてきたいまとなっては、目の周りのしわや、鎖骨のあたりの肌のたるみ、二の腕のそばかすなどが目につく。ゆうに四十の坂は超えている——四十五か四十七ぐらいか。でも、だからってなにか問題なのかよ。どこかおかしいか? この完璧な午後を台無しにするようなことか? (〝息子よ、彼女はお前にちょっかいをかけているだけだ。つまりな、経験豊富で世慣れた女だから、お前がどんなやつかはとっくに見抜いているよ。だから、自分に気があると思ってうぬぼれるのはよせ〟) いや、そんなはずはない。アグネスが五十歳でも、五十九歳でも、七十歳でも関係ない。あ、いや、七十歳はないな。そこまで年をとっていたら話はちがってくる——でも大切なのは、彼女がこれまで生きてきたなかで世界を見て、いろいろなことを考えたという事実があるからこそ、彼女の美しさが増すということじゃないか。それこそが人の美しさに磨きをかけるものであって、その逆ではない。とにかく、親父は口の悪いあほんだらなんだ。おれがいつか自分の笑いじわを好きになるように、おれは彼女の笑いじわが好きなんだよ。(〝息子よ、なんとでも言うがいい〟)

親父の言葉は無視してピーターはアグネスの手を握った。すると、彼女は驚いて彼を見たが抵抗しなかった。それから彼は小石だらけのビーチを彼女の手を引きながら進み、波が平らにならした砂浜のほうへと向かった。ちょうど引き潮で、現れたばかりの浜は空を映してきらきら輝いていた。それに、ここはなんと広々としているんだろう！　犬や子ども、カップルや、縞模様の風よけを立てた家族連れがいる。それにあっちのほうにはアイスクリーム売りの男。ピアスを耳につけたあいつだ。そこでふと、なぜかアグネスにアイスクリームをひとつおごってほしくなった。ちょっとおかしいけど。でも、ふたりは風景の一部だった。ピーターはその一部だった。ブースのなかから外を眺めている、ドレッドヘアのあやしい占い師ではなくて、ピーターというひとりの男として。ビーチサンダルを脱ぎ捨て、午後のあいだはだしで足取りも軽やかに歩いている。そして、女の子の――いやちがった、女だ――手をとっているだなんて、まるでずっとあこがれていた、いっぱしの男になったみたいじゃないか。しかも、ひどくあっけなかった。過去に経験したことはもう全部忘れちまった……

ん、でもちょっと待て。向こうからガキがこっちに歩いてくる。なにかたくらんでそうな目つきだ。こんなガキ、知ってたっけ？　いや、知らない子だ。それなのに、こっちに向かってずんずん歩いてくる。どうも、うしろから追いかけてくる母親のことは無視しているらしい。あの子のうしろから呼びかけている女はきっと母親だ。ビーチで悲しげな顔をしているあの女。顔にはしわを寄せ、白髪交じりの髪の毛はぼさぼさ。彼女を見ていると、家庭用洗剤やオーブン手袋、電気毛布や、子どものときにプールでつけさせられた、うっとうしい腕バンドなんかが思い浮かぶ……ピーターは突然この女に同情したくなった。彼女を見ているとおそろしくなるし、こんな人間にはぜったいになりたくないが――おれも最後にはこんな人間になりませんように――おっと、心配するなんてばかげてるな。もちろん、アグネスが救ってくれるさ。

「アルフィ！」女が呼んだ。彼女の声は顔の肌と同じぐらいくたびれている。

そして、その子はここにいる――いま目の前にアルフィがいる。

「ママ、ちょっときてよ」アルフィがうしろを振り向いて、その女に呼びかける。「彼を見つけたんだよ！　きっと魔法使いだよ」そこまで言うと、その子はピーターのほうを向いて目をしっかりと見据える。ピーターは子どものころ、大人にたいして絶対にそんな態度をとらなかった。「ねえ、あなたは魔法使いなんでしょう？」その子が口を開いた。「だって魔法使いみたいなかっこうをしているから。そのマントとか、いろいろと」

上空ではカモメが旋回していて、どこかで赤ちゃんの泣き声がする。ピーターはアグネスの手を離して、青と銀色のカフタン（トルコ風のゆったりとした長衣）や、首からぶらさげているお守りや、手首に巻いている革のブレスレットや、手の指につけている色とりどりの指輪を見おろした――いいかげんにしてくれと心のなかで毒づいた。ばかばかしい。失礼ですらある。こういうことはしょっちゅうだ。もちろん、きょうにかぎったことじゃない、でも……ほかのみんなはわかっている――だから世の中で自分になにが求められているのかをやすやすと理解する、なにが適切なのか、どんなことをしたらまともに扱ってもらえるのかを——いっぽう、ピーターはそういうことがよくわからずに置いてけぼりをくらっている。この子がおれに言いたいのは、〝ばかげてる〟ということ。〝おれはどこから見てもばかげてる〟そう言いたいんだ。でも、そんなのはおかしい。おれだって、ばかげているばかりじゃないんだから、そんなのはまったくおかしい。アグネスも、おれが手をにぎっても顔色を変えなかったし、頭痛がするとか、急に用事を思い出したとか言い出さなかったじゃないか。しかも手をにぎり返してきたんだぞ。このガキはまちがってる。それなのに、どうしておれをそんな風に見るんだ？　まるで見る権利のないものを見ているみたいじゃないか。

「いや、おれは魔法使いなんかじゃねえ」ピーターの声がそう言っていた。思わず口をついて出たらしい。ピーターの耳にその響きが届く。「おまえ、五歳ぐらいか？」

さすがにそこまで言ったのは意地悪だったのかもしれない。ピーターは普段そんな風に意地悪にはならないし、少なくともわざとそうすることはめったにない。だから、意地悪を言われたら人がどんな気持ちになるのかということにはうとかった。だが、やはり意地悪だったらしい。ほら、目の前のアルフィの顔がくしゃくしゃになっていく。それで、走り去っていくではないか。ビーチを全速力で駆け、人ごみのなかに消えていく。疲れ切ったあわれな母親は、両手を前に突き出して「アルフィ、アルフィ」と叫んでいる。もうどうにでもなれというように。

全速力で走っていると、そこにいる人たちが腕や脚、首や顔をこちらに向けて、なんて速いんだろうとびっくりしている。ソニックみたいに。ロード・ランナーみたいに。映画に出てくるあの男の人はなんて名前だったっけ？　そう、フォレスト・ガンプ。走れ、フォレスト、走れ！　散乱しているものや小石にはもうおかまいなしで、アルフィはブランケット、本、バケツ、瓶などのあいだを飛ぶように駆けていった。

＊

ビーチに集まっている人たちといったら！　家族連れ、いろいろなグループや仲間たち……アルフィはすんでのところで猫のような形をした砂像を飛び越えた。すぐそばには、パレットナイフとブラシを手にしたにきび面のティーンエイジャーがいた……ここにいる人たちのすることは、ママやウォレスとはぜんぜんちがう——家にいるとき、ママとウォレスはほとんどの時間を部屋でただ座って、他人が買い物をするようすをテレビで眺めているだけだ。でも、ほかの家にはもっとたくさんの子どもがいて、その子たちをベビーカーに乗せて公園や博物館に連れていく。そして、子どもたちが空港でふざけて遊んだり騒いだりする年ごろになると、家族でフランスに旅行する。現地では、子どもたちが一日じゅう泳げるプール付きの別荘を借りる。それで、ぼくもその子たちと一緒にプールで泳ぐんだ。そのあいだママとウォレスは……でも、ママとウォレスがそういうところでなにをするのか想像できない。

家族連れが二組となり合うあいだに食べかけの、そのうちカモメに食べられることになるホットドッグが転がっている場所を通りすぎた。さきほど見かけた、凧を揚げていた黄色いワンピースの女の子のそばを通りすぎた――いまではほかの女の子たちと一緒に座っておしゃべりをしたり、お菓子の交換をしたりしている。でも正直なところ、フランスの別荘計画で問題になるのは、アルフィに泳ぎの経験がないということだ。ぼくは泳げないわけじゃない。もちろん、どうやって泳ぐかぐらい知っているさ。《タイタニック》だとか《おばけ桃の冒険》だとか《ジョーズ》に出てくるような万一の緊急事態にそなえて、安全のためにママは何度か水泳のレッスンを受けさせてくれた。ところが、アルフィの鼓膜に穴が開いていると病院で言われた。それからレッスンは受けられなくなった……でも、そういえば、いまは穴が開いているなんてぜんぜんわからない。まったく問題ない気がする。もし穴が開いていたら、わかるはずだよね？　たとえば、走っていたらわかる。穴を通り抜ける空気や風の音が聞こえるはずだ。だれかが口笛を吹いているみたいな大きな音がするはず。〝そんな音を出すのはやめて！〟頭痛持ちのママは、ぼくが口笛を吹こうとするときまってそう言う――さらに、〝アルフィ、気をつけなさい〟とウォレスがママの味方をする。〝お母さんの言うことをちゃんと聞きなさい。

言われたとおりにするんだ〟

アルフィはママが大好きだ。走って逃げたことでママの頭痛は悪化するんじゃないかと気づいて後悔の念に襲われた。でも、新学期からは別の学校に転校してもらうとママに言われたのだ。レノックス先生とはもう会えないし、こんどはクラスの人数も多い学校だって。住宅ローンとクレジットカードの支払いを抱えているし、ウォレスに仕事が見つかるまでだからと。家から遠くない学校で、そこならもっと簡単に友達ができるかもしれない……そうやって、アルフィが叫びだしたくなるようなことをママはえんえんと説明した（叫びだすというか、泣きたくなるようなことばかりだった。〝ほんものの男だってたまには泣くんだ〟ってウォレスは言っていた。去年、二階の水道の蛇口が壊れていて使えなかったのでアルフィが真夜中過ぎにキッチンに入っていったときのことだ）。きっと、ママに向かって大きな声でわめくよりも、こうするほうがいいんだ。こうやって走って逃げたほうが。

いま、アルフィの走るスピードはさっきよりも速くなっている。このあたりの波打ち際はなだらかな砂浜になっていて、行く手にはだれもいない。背後のゆるやかに盛り上がった砂浜の向こう側では、ビーチに集う人たちが混じりあい、ぼんやりした音や色の塊になっている。ぼくがもう少し大きくなったら問題はすべて解決するって、どうやったらママにわかってもらえるのかな。そのときがくれば、想像を超えるできごとが起こるかもしれない——青天のへきれきが。魔法使いみたいな人が突然現れて、ぼくたちを新しい世界に導き、どうしたらいいか教えてくれるかもしれない。いままでずっと眠っていたぼくの魔法の力だって目覚めるかも（でも、なぜずっと眠っているのかな）。数年前なら、ママはこんな話に耳を傾けてくれた。でも、いまの生活でそういうことを口に出せば、子どもじみた、ばかげたことを言っていると思われるだけだ。ぼくがインチキな力（これはウォレスの言葉だ）を信じているから、ウォレスはたまにいらつく。彼はどんな魔法も信じていないから。でもウォレスはさておき、いつだって明るい未来は待ち受けていると、どうやったらママにわかってもらえるのか、アルフィは悩んでいた。そんなときにあの魔法使いが現れた。まるでしるしであるかのように、足取りも軽やかにビーチを歩いてやってきた。これならママに説明できる、ついに待ち望んでいたことがはじまる、そう思ったのに……その後の展開ときたらまったく悲惨だった。それで、アルフィはどうしてもそこにはいられなくなった。わめいたり、泣いたりしたらママが悲しむから。ただでさえママはいつも頭痛を抱えている。それに、住宅ローンやクレジットカードの返済やウォレスに仕事が見つからないせいで、もうこんな風にして休みのあいだに遊びにこられないかもしれない。

　そういうわけで、アルフィはこうしてずっと走りつづけている。ビーチのこちら側では人影がまばらだ。そんなに離れていないのに、どうしてここにはあまり人がいないのかな。きっとみんな、一か所にぎゅうぎゅうづめになってるのが好きなんだ。そうすれば、波のそばで見かけた、仔犬のように楽しそうにしているあの子たちだって、あんな風にぶつかりあい、水をかけあって笑っていられる。それに、人がたくさん集まっているところからなら、ビーチのこちら側よりもアイスクリーム屋に歩いていきやすい。ぼくたちがブランケットをここに敷いて、ぼくがママとウォレスの分もアイスクリームを買いに行ったら途中で溶けたアイスがシャツの袖に垂れてきて、ブランケットのところに戻ってくるころにはシャツがアイスだらけになっているだろうな。そう、ぼくは速く走れるんだ。それにやる気だってある（まあ、手に負えないこともあるけど）。でも、あのとがったピアスのおじさんが用意してくれた厚紙の容器を使ったとしても、アイスクリームを何個も持ってここまで走ってくるのはむずかしいだろうな。

　アルフィが速度を落としてゆっくり走りはじめると、急に周囲がうっとりするほど美しくなった。周りにさえぎるものはなにもない。行く手には広々とした砂浜、向こうの、どこまでもつづく水平線のあたりでは波が穏やかだ。それに、背後の家族連れの喧騒（けんそう）はここにはほとんど届かない。腹痛がおさまってまた本を読めるようになり、数章のあいだは没頭して痛みを忘れていられるのとちょっと似ている。女の人が犬の散歩をしている。「こんにちは！」アルフィは手を振った。「こんにちは！」その人は手を振り返してくれた。アルフィはできるだけ脚を大きく広げてそのままビーチをゆっくりと走った。そうやって走っていると力が湧いてくる気がする。それに、夕陽を浴びてさまざまな色に輝く、海水を含んだ平らな砂浜はまるで水彩画のようで気持ちがたかぶる。

このあたりにはもうほとんどだれもいない。でも、あっちのほうにテントがあって、なんだかホームレスっぽい男の人が外で座っている。

「こんにちは！」そこを通りがかったアルフィは、その男に呼びかけた。

「ああ」手をあげて男は挨拶をした。

みんな親切だな。アルフィはそう思った。もし親切じゃない、さっきの魔法使いの男の人みたいに怒りっぽい人がいたら、きっと頭痛や住宅ローンを抱えているせいだ——でもとにかく、それも十か月後にぼくが十一歳の誕生日を迎えるまでの話だ。あの魔法使いはきっとまだ準備ができていなかったんだろう。だから、わざとそっけない態度をとった。まだぼくたちが出会うべきときではなかったから、あんな風にしたんだ。魔法や運命が動き出すタイミングではなかったんだ。

ついにあたりには人っ子ひとりいなくなり、白い崖の連なりが姿を現した。黒板に使う巨大なチョークの割れた破片のような、白くて粉っぽい崖の連なりが少し先に見える。それ以外は海と空が広がり、カモメが舞うばかりで、向こうにはコンクリートのようなものが見える。アルフィはそこに向かって走っていた……でも、あれはなんだろう？　湾曲した、灰色の桟橋みたいなものが海のほうに突き出している。どこにもたどりつかない道、壁のようななにか。なにか、守るようなもの……そうか、あれは海岸堤防だ。当り前じゃないか！　港には堤防があると地理の授業で習った。『嵐のカラス』の物語で、登場人物のルーカスがスキャロウ・ポイントで堤防にたどりついていたじゃないか。本で読んで知っていることが現実だとわかるこの感覚は魔法みたいだ。あるはずだと思っていたものが、はっきりとした形で目の前に現れるのは。まるでその存在を自ら証明するように、目で見て確認できるものとして、それは姿を現す。

＊

波打ち際の、湿ってひんやりとした小石の浜に腰をおろしているピーターは潮が満ちてきているのに気づいた。それと、となりに座っているアグネスもふるえている――もう午後も遅い時間だっていうのに、彼女は肩紐（ひも）つきのトップスと薄っぺらいスカートといういでたちだ。こういうときにいっぱしの男ならそうするように、彼女が快適に過ごせているか心配になったピーターは、よろこんでカフタンを脱いで彼女にかけてやろうかと思う。でも、その下にはなにも着ていない。青白い肌とティーンエイジャーのときからつけている乳首ピアスがあるばかりだ（彼はずっとそのピアスを自慢していたが、きょうになって世界が一変したので、それが時代遅れで、まがいもので、自意識過剰のしろものだと思えてきた)。出しゃばりすぎだと思われたらどうしよう。むきだしの肌に羽織っているだけのシャツを脱いで、そのシャツだけでなく半裸の姿も差し出すなんて。おれたちは昔からの知り合いみたいだと彼女がいくら言っているとはいえ、出会ってほんの数時間の女にたいしてはちょっとやりすぎじゃないか。

でも、もしかしたらおれたちのあいだにはつながりがあるのかも——彼女が言っているように——それに、よくよく考えたら彼女はおれより年上なんだから、若いころには数多くの男の胸との出会いがあっただろうし、なかにはおれのよりも貧相なのもあったはずだ。でも、もし笑われたら？　彼女がちらっと横目で見て、笑いだしたら？　いまではすっかり冷たくなった風のせいで、もともと青白くて薄っぺらいおれの皮膚があばただらけの鳥肌と化し、そのうえ乳首が勃ちでもしたら、彼女はますます激しく笑うだろう。そして、最初は目が曇っていておれの正体を見抜けなかったんだと気づく——おれが負け犬の落ちこぼれで、占星術なんてこれっぽっちも理解していない、あわれむべき存在だとばれてしまう。なんといってもおれはそのへんの、ヘイスティングズ育ちなんだ。海岸性の地理は日本やカリフォルニアと似ていても、そこのやつらがどんなにがんばったところで宇宙のスピリチュアルな核心には気づけないし、理解もできない。無関心と理解力の低さには磨きがかかっているからな。

太陽の放つ最後の光が広大な水平線沿いに伸びているのを眺めながら、ピーターは立体駐車場や、夜のあいだに団地の共同庭園にペットの死体が埋められていたことやなんかを思い出していた。子どものころ、大きな映画館のロビーで歯が痛くなるまで泣きわめいたことがあったな。十歳にもならない子どもには、映画館のポップコーンの値段がばか高いだなんて理解できないから。バーナード・マシューズ社のチキンナゲット、おたふくかぜ、つるつるのリノリウムの床にうんざりしていたこと、ベリー味の風邪薬。そして、なぜかさっきのあの女が心に浮かんだ。ビーチで出会った、あわれな母親。

アグネスは立ち上がって水平線を眺めた。そして、「魂みたいだっていつも思うの。あの世とこの世を行き来する幽霊みたいだって」と言った。

〝はぁ？〟とピーターは言いかけたが、ふたりのあいだのつながりを思い出し、それを台無しにしないように口を閉じた。それからしばらくのあいだ、おたがい無言のままでいた。打ち寄せる波はふたりのつま先のすぐそばまで迫っている。ピーターはビーチサンダルを占いブースに置いてきたことを後悔しはじめた。

「あのカモメたちがね」アグネスが言った。「そう思わない？　魂みたいだって」

ただの太ったゴミ箱漁りじゃないか。ピーターはそう思った。あつかましくも、無力な観光客のフライドポテトに弾丸のように突撃していくし、朝になるとまるで怪鳥が集まってギャーギャーわめいてるみたいだし、仕事に行こうとして歩いているとフンを落とされる。

「ああ」彼は言った。「魂みたい、か」

アグネスはまだふるえていて、むきだしになった腕をさすっている。なにかしなきゃ。ピーターはわかっていた。それで、立ち上がった。

「家まで送るよ。こごえちまう前に」

「家？」アグネスが言った。「もう？」

「それとも、別のところがいいかい？」彼はそう言いながら、彼女がおれのところに来たいなんて言いだしませんようにと祈った。カーペット敷きの床にはピザの箱や年季の入ったマグカップが転がっているし、ひとつしかないアームチェアはテレビのすぐそばに引き寄せてある。彼のニンテンドーのコントローラーの配線はそこまでしか届かないのだ。

「ううん」アグネスが笑った。「家がいい。というか、私のホテルの部屋だけど」

「どこに泊まっているの？」

「ビーチのすぐそばに」

「快適？」

ホテルの部屋が快適かどうかなどという物質的なことにはまるで関心がないかのように、彼女は肩をすくめた。「まあね」

「行こう」ピーターが言った。「歩いて送るよ」

「そんなことしなくてもいいのに」

「でも、おれはそうしたい」

「わかった」彼女はそう言った。そして、ピーターが心底驚いたことに、つま先だちになってピーターの頰(ほお)にキスをした。

＊

アルフィが海岸堤防沿いにとぼとぼ歩いていると、おばけでも出そうな雰囲気になってきた。海だけでなく彼の背後もそんな雰囲気なのだ。人っ子ひとりいない。店も道も家も、なにもない。おそろいのバルコニーをそなえた別荘のような、建設中の家が並んでいる。完成予想図の写真が掲げられた大きな看板もある。

このうちの一軒に住んで、ブライトンで暮らしたらどうかな。ぼくとママと、それにウォレスも。ここでならウォレスも新しい仕事が見つかるかもしれないし、週末には家族でビーチに座って休暇で来ているふりをする。それはママにとってもいい練習になるだろう。休暇を楽しめる性格になるように。そうすれば頭痛だって消えるし、ウォレスも仕事が見つかったらもう悲しくないはずだ。でも、どうしてウォレスがいつも悲しそうにしているのか、アルフィにははっきりした理由はわからない。彼はそういう性格なんだ。もうずっとあんな感じだから。でも、ママに連れられてはじめてアパートにやってきたとき、ウォレスの髪の毛はいまよりも長くて、かっこいいブルーのジャケットを着ていた。ママが彼の手をとったら、にっこり笑っていた。戻ったら、そのときのことをふたりに話そう。でも、こんな風に走って逃げたから、ぼくのこと怒ってないかな？　かんかんになってないかな？　怒られるだろうな。

アルフィはコンクリートに腰をおろして海を眺めた。細かい水しぶきがちゃぷちゃぷと跳ねている。空中では二羽のカモメが喧嘩をしていて、甲高い鳴き声を上げながらくちばしをつつきあい、羽根や爪先をばたつかせている。カモメたちのうしろで、沈んでいく夕陽が放つ最後の光が伸びている。ちょっと冷たいけど、かえってしゃんとする。きょうはよく日が照っていたし、これだけ走ってきたから冷たい空気はごほうびみたいなものだ。

アルフィは靴と靴下を脱ぎ、ズボンを膝のところまでまくり上げた。ふくらはぎがひんやりする――ぼくはいまはだしなんだ！　アルフィははだしで外を歩いたことがなかった。ママが心配性で、ダニやヒアリがいないかとか、なにかの破片が芝生に落ちていたり、バスの座席にはさまっていないかしょっちゅう気にしていたから……だけど、いま足元でうねっている海はなんて美しいんだろう。人魚や海賊のいる海。難破船が沈んでいて、真珠採りはもぐって真珠を採りにいき、サンゴ礁のあいだにはタコが潜んでいる。もしかしたらアトランティスみたいな古代都市だって沈んでいるかも。ここことは、クレジットカードや頭痛の世界とはまったくの別世界。ママとウォレスのところに戻りたくなってきた。この景色を見せて説明するんだ。そうすればふたりともわかってくれて、なにも問題はなくなる。

〝どこに行ってたの？〟ぼくが戻ったら、ママはめちゃくちゃこわい顔でそう言うだろう。

〝海岸堤防の上を歩いていたんだ。人魚に会ったよ〟ぼくはそう答える。

〝人魚のはずがないさ〟そこでウォレスが口を挟んでくる。〝ありえない。人魚なんてほんとうはいないんだから〟

〝わかってるよ〟ぼくはそう答える。〝そうやって教えられてきたんだよね。でも、人の言うことをなんでも鵜呑みにしたらだめだよ。だって、ついさっきこの目で見たんだから――堤防の上から〟

〝それはどこの堤防？〟ママが訊いてくる。〝あなた、どこまで行っていたの？　アルフィ、ねえおぼえておいて。わたしはほかのママよりも若くはないの、たぶんね。だからこんなことはやめて。もうたくさん〟

〝ごめんなさい〟ぼくは謝る。〝でもほんとうに人魚を見たんだからね、わかってくれなきゃ。それってすごいことでしょう？　あのさ、それからママは若くてきれいで、黒い髪のお姫さまみたいだよ〟

〝アルフィ、いい子ね、でもわたしはもう半分白髪よ〟ママはそう言って悲しそうな顔をする。十一歳になるまでまだしばらくかかるから、ぼくにはなんの力もない。それで、ママを元気づけるいいアイデアがないかとウォレスのほうを見ても、彼は口をへの字にむすんで黙っているだけ。

でも、こんな展開にはならないだろうな。ふたりはかなり怒っているだろうから。ただでさえママは普段からぼくの姿が見えなくなるのをいやがる。日が暮れかかった、こんなに遅い時間ならなおさらだ。

アルフィはその場に座りながら身体を伸ばして背中をうしろにのけぞらせ、あくびをした。指の腹に触れるコンクリートがざらざらしている。それに、秘密の力が両腕をかけめぐっているのがわかる――引き伸ばされた輪ゴムみたいに、そこでずっと待っている。いまならなんだってできる。海賊船が港に入ってきたら、目にも留まらぬ剣さばきで乗組員をひとりのこらずやっつけてやる――ひとりで大勢の敵に立ち向かうんだ。それから宝石や金を奪い返してまとめて慈善事業に寄付をする。いや、ぼくとママとウォレスのために少しだけとっておこう。もっと休日にでかけられるように。いまこうして心地よい風と水しぶきを受けながら、アルフィは休日に遊びにでかけるのが好きなんだと気づいた。もしかしたら、こんな風にひとりで過ごすのがいいのかもしれない。海が魔法のドアや入り口になっているから、悩みがまったく存在しない別世界に行きたかったら、そこを通り抜けるだけでいい。その先で、おそろしい魔獣や悪の軍勢なんかに出くわしたら、大声を張り上げながら武器を持って戦い、ヒーローみたいに解決に導く。ここで与えられている暮らしよりも、そんな人生のほうがぼくにはふさわしい。

そして、レノックス先生にもう会えない悲しみをそっとつぶやいて、アルフィは伸ばした両腕に力を込め、カモメのように——あるいは凧になったように、だれかが飛ばした石になったように——堤防からひらりと波のあいだに身を投げた。

*

ピーターが海のなかへ駆けていったのは、そうすれば生きるよろこびが自然にあふれだしてくるのではないかとなかば期待してのことだった。アグネスと話しているうちに、ある時点でなぜか彼女の顔を見ていられなくなった。それは、ビーチを抜けて白い崖が連なる地区へふたりで歩いていたときのことだった。アグネスの泊まっている宿はどうやらこのあたりにあるらしい。アグネスがピーターの頰にキスをしたあのときを境に、午後じゅうふたりのあいだに流れていた気楽で、うきうきする雰囲気が、よそよそしくて冷たい、面倒くさいものに変わってしまったようだ。ピーターはどんなときも海が見せる表情や雰囲気の変化には敏感だった。へイスティングズでも、そういうことは人びとが口にするから。

海水が膝のあたりに来るところまで進み、そこで派手に波を蹴ろうとした。ところが、水の抵抗を受けて動きがにぶり、なめらかになったので、思ったような激しい水しぶきは飛ばず、泳いでいるみたいな脚の動きになった。まるで、海底に沈んだ財宝を回収しようとしている男が身をくねらせるみたいに。

「見かけによらず激しいんだ」背後の、少し離れたところにいるアグネスがそう言った。

なぜか彼女はピーターについて海に入ってきたのだ。

「なんだって？」ピーターは言った。

「寒くなってきた」彼女が言った。

ピーターは海水につかった足やふくらはぎを見下ろした。海水が見通しにくいのと、夕暮れの薄明かりのせいでぼんやりとしか見えない。それからビーチのほうを見た。こんな時間まで泳いでいるやつはだれもいない。というか、人間は見当たらず、犬がうろつくばかり。ほとんどの人は荷物を片づけてとっくに帰ったあとだ。昼間のにぎやかさ、笑い声、ぼろもうけの商売、アイスクリームはすべて潮が引いたように消え、おいてけぼりをくらった人たちがほんの少し残っているだけ。ほとんどが地元の住民で、夜になる前に屋台を片づけている商売人だ。

ピーターはこういう雰囲気が好きだった。楽しげな観光客がごっそりいなくなり、ビーチはまた彼のものになる。アグネスのほうを振り向いた。彼女はうっとりと沈む夕陽を眺めているふりをしているが、ひどく震えていて、ちょっと青ざめているようだ。

「ごめん」彼は言った。「ちょっと考えごとをしてた。家まで送るよ」

アグネスはにっこりと笑った。「ぜんぜん。一緒にいる男の人は、ちょっと変わってるほうがいいから」

ピーターはアグネスの手を取り乾いた砂浜へと連れていった。痛むほど冷え切った彼の足が乾いた砂浜に触れるとほんのりあたたかかった。

*

アルフィは海のなかにいた。海のなかに！　でも、どうしてこんなことしちゃったんだろう。堤防から飛びおりるなんて。ママはかんかんに怒るだろう。ウォレスだって――なにかまずいことが起こるといつだってウォレスは顔を真っ赤にしてぼくの鼻をぎゅっとつまむ。まるで、彼の頭がやかんか、爆発寸前のなにかで、鼻をつまむことでかろうじて爆発しないようにしているみたいに。しかも、どんなときもママの味方をする。でも、こんどばかりはウォレスは正しい。なにしろアルフィだって、ばかなまねをして、いままずい状況になっていることぐらいわかる。服をほとんど身につけたままで海に飛び込むなんて。それも休暇用のとっておきの新しい服なのに。余裕がないのに無理して買った服だって知ってる。アルフィが部屋にいないと思い込んでいたママが電話でサンドラにそう話すのを聞いていたから。それなのに、どうだろう、ぼくがわがままで、とても反抗的なせいで、シャツもズボンも台無しになった！　悲しいけど、まちがいない。だって、どちらもずっしりと重くなって冷たい波が打ちつけるたびにぼくの身体を引っ張り、渾身の力であちこちに振り回している。だから、ぼくも本気を出して手で水をかいたり、足をばたつかせたりして、歩いているときとはちがい、こちらから見ると、とてつもなく大きくてびくともしない堤防にぶつからないように必死でもがかないといけない。いや、いやだ——ママに水に入るのを禁じられるまで通った二時間半分の水泳レッスンを思い出しながらアルフィはもがいていた——いや、いやだ、海に飛び込んで数秒後にはコンクリートの堤防に激突するだなんて、ぜったいにいやだよ。

　水泳の先生の言葉を思い出しながら、アルフィは足をなんどもばたつかせ、手の指どうしをぎゅっとくっつけて、とにかく水をたくさんかいた。先生はいつも緑色の水着を着ている大学生で、ジェームズという名前だった。ジェームズに言われたとおりに、アルフィは両手を櫂のように動かし、水をうしろや左右に流していった。前に映画でこうやって小舟をこぐシーンを見たことがある——どんな映画だったっけ？　木靴を履いた人たちが出てきて、女の子が山で泣いているあの映画……でも、いまは頭がよく回らないから思い出せない。海なんてこりごりだ、まったく手に負えない。波がどの方向から押し寄せてくるのかさっぱりわからないし、たいていは予想よりも高い波がやってくる。だから、水のなかで身体を垂直にして首を伸ばし、息を吸おうと思っても、空気ではなく海水が口いっぱいに入ってくる――というか、海水と空気が入り混じったものが口のなかに入ってくるからかろうじて呼吸ができる。これが海水だけなら吐き出しているし、窒息してしまうだろう。どうして飛び込んじゃったのかな。ぜったいにしたらいけない、ばかなことだってわかっていたのにやってしまった。ビーチを走って逃げたあのときも、イモジェンの誕生日パーティーで大声でわめいて泣きだしたあのときも、ママにベッドで朝食を食べてもらおうとして牛乳瓶を割ってしまったあのときも、そうだった。

身体の下で海水が沖へと吸い込まれるように流れていくその瞬間をとらえて、アルフィは口のなかのしょっぱい、水しぶきの混じった空気を胸いっぱいに吸い込み、ひとつ、ふたつ、三つ、四つ目の波にさらわれるまでのあいだにさっと海のなかにもぐり、すばやくボタンをはずしチャックを下げて、広がってまとわりつくような感触のシャツとズボンを引きはがした。

シャツとズボンが波にさらわれるままにすると、ようやく身体が自由に動くようになった。もういちど脚を蹴ると、陽の光が差す海面へと泳いでいくのは百万倍も簡単になっていた。ハレルヤ！　それから、手に入れたばかりの無重力と、服を脱いで自由に動けるようになったばかりの四肢を駆使して、十歳の身体からありったけの力をふりしぼって波に向かって泳ぎに泳ぎ、堤防から離れていった。潮の流れのなかを進みながら水のなかにぶくぶくと大きな泡を吐き出し、ひりひりする目を見開いてそれを眺めていると強くなった気がしていい気分だ。こんな風に力がみなぎって、なんというか……魚の群れのようにきびきびしているのは最高だ。アルフィの身体は水に圧迫されて流れるようにしなり、夕陽のほうへと、沖へと進んでいくこの大仕事をなしとげるために一致団結していた……しかも、耳はなんともない。まったく問題はなかった。アルフィ自身がそう感じている！　海水がそこまで冷たくなかったら、あるいはそのままやってのけたかもしれない。

　アルフィは前に進むのを中断して（堤防から離れるほど泳ぎやすくなって、それほど力を入れなくても進めるようになっていた）、その場で立ち泳ぎをしながら身をくるっとひねり、どれだけ泳いできたのかをその目で確かめた。白い崖や、あのおばけが住んでいそうな、そっくり同じ建設中の家が立ち並ぶ輪郭が見える。それから、海岸堤防も思ったよりも遠くに見えた――ずっと、ずっと遠くに。ところが、きっと泳ぐのをやめるべきではなかったのだ。そのときアルフィの手足の指が急に冷え切って、動かすと痛みが走るほどになった。ママのいる岸から遠く離れ、救助されて手当を受け、身体をあたためてもらえるどんな場所からも遠い、こんな沖まできてしまったら、これは非常にまずい事態だ。それから、ちょっと、こんどはなに？

左足がけ、い、れ、ん、してる！　まるで、海底深くから海の巨人の手が伸びてきて、足をぎゅっとつかみ、ぎりぎりと骨をこなごなにすりつぶしているみたいで、しまいには痛みのあまりアルフィは大きな声で叫び出し、自分でもびっくりした。

＊

すべてうまくいくはずだったのに。白い崖が見える海沿いの地区を町のほうへと歩いて戻りながら、ピーターはそう考えていた。もしおれが能なしの負け犬なんかじゃなくて、美人がまともに胸に飛び込んできたらどうすればいいかわきまえていたら——というのも、アグネスの泊まっている民宿（B&B）の入り口で、ほんとうにそんなことになった。ところがおれときたら彼女を押しのけ、とんだ失敗だったと言っちまった。どうしてあんなことをしたのか。（〝それは、おまえが自爆の才能がある、しょうもないやつだからだ——おまえはいいものが目の前にやってきても手を伸ばすことはなく結局逃してしまう〟）しかも、女と最後に寝たのはいつだった？　それどころか、キスをしたり、手を握ったりしたのは？　よく選り好みなんかしていられるな。

ピーターが歩いていくうちに、崖のそばに建設中の真新しいマリーナ・ヴィレッジが見えるところまでやってきた。そのぴかぴかの外観が行く手にちらっと見えただけで彼は道を引き返したくなった。それでも歩きつづけたが、足取りがだんだん重くなり、ついにはあまりにゆっくりになりすぎて歩いている意味がほとんどなくなってしまった。それでピーターはその場で立ち止まり、海を眺めた。

波が泡だっている。波の泡は大好きだ。よく泡だてたミルクみたいじゃないか。なんだかわくわくするし、素直に楽しい気分になれる。ピーターはあくびをして、その場にしゃがみこみ、痛いほどに冷え切った両足にぬくもりが戻るのを感じた。もう夕暮れどきで、あたりは薄暗くなっていたが、崖から落ちる白亜（チョーク）のせいで、足は真っ白になっていた。まるで石膏（せっこう）像の足みたいだな。昔母さんが歌っていたあの歌はなんだったっけ？　ずっと前、夜になると髪の毛をかわかしながら母さんはよく歌っていた。娘は雪のような白い足でやなぎの庭を歩いていった（アイルランド民謡『サリー・ガーデン』）。その歌に出てくる娘の正体は石膏像で、室内用の置物が外に出されたんだとおれはよく想像していたな。

母さんならわかってくれるかな。アグネスが泊まっている宿に到着したら、思い描いていたようなカリフォルニアの別荘風ではなくて、辺鄙（へんぴ）な場所に建っている、部屋が二、三室しかない薄汚れた縞模様のプレハブ建築だったとわかった――というか、それは都会風というよりも老人ホームやトレーラーハウスの集まりに近い建物だった。そんなタイミングでアグネスがちょっと気味の悪い、思わし気な目つきをおれに向けて、しわの寄った腕を回して誘ってきたもんだから——彼女は本気であのみすぼらしい、しけた掃きだめのような建物のなかに入るようおれを誘った。ここの一部になってたまるかと思ったおれは、首に回されたアグネスの腕を外して、そんな状況にあることを考えたらまず上出来の、できるだけ丁寧な言い方で、〝あなたの相手をするにはおれはちょっとばかり若すぎるんじゃないか、アグネス?〟と言ったんだ。

いや、最後の部分は母さんだってわかってくれないな。いまのおれとはちがって母さんはとてもやさしい人だったから。どっちにしろ、母さんはとっくに死んじまってるんだから、こんなことを考えたって意味がない。それに、青ざめた顔をしたアグネスにたいしておれができることといえば、おれのしけたつらをもう二度と見なくてもすむように、こうやってすごすごと身を引いて、どこかに消えることだけだ。

どんどん暗くなってくる。ピーターは寒くてたまらず、ビーチサンダルを履いてくればよかったと後悔した。いや、ビーチサンダルどころじゃない。もっとまともな、ちゃんとした服を着ていれば。彼は海を眺めるのをやめてまた歩き出し、マリーナの別荘へ続く道を歩きだした。たいしたいした家だよ。中身がからっぽの家の前を歩きながら、そう思った。パインウッドのキッチンでりんごを食べ、おそろいのセーターを着てヨットに乗っている、にせの家族の身の毛もよだつような写真がでかでかと広告看板に掲げられている。こんな風にしあわせで、にこにこ笑っている家族なんて現実にいるのか？　たとえば、エアブラシで描かれた美しい妻は、朝食テーブルで向い合うケン人形のような夫がなにかおもしろい、さえたことを言ったかのように、きらきらした満面の笑みを向けている。どこのどいつがここを建設しているのか知らないが、こんな光景は茶番だとほんとうにだれも気づかないのかよ。倫理的な問題はどうなる。手っ取り早く金をもうけるために、人びとの羨望をかきたてる広告が利用されている。少なくとも、おれはこういう広告を打つ俗物みたいに偽善的でも、見下げた存在でもない。（〝だがな息子よ、そうやっていくばくかの金を手にするのは、その俗物じゃないか？〟）。またしても頭のなかに親父の声が響く。〝おまえが稼ぐ以上の金をな〟）

「ああ、親父よ」ピーターは波に向かって言った。「それならいっそ、おれは一文無しでいるほうがいいね」

　ところで、あれはなんだ？　沖のほうに浮かんでいるあれは？　暗くなりかけていてよく見えないが、なんか変だ。おだやかな夕暮れどきの風景を乱すなにかがそこにあり、異変が起きているとピーターは直感した。あれはアザラシか？　それとも鳥？　ちがう……だれかが泳いでいる。人が泳いでいるんだ。いや、正確にはおそらく泳いでいるんじゃない。ここからだと距離があるうえ、もう薄暗くなって昏（くら）い水がうねっているから確認しづらい。それでも、海岸堤防の突端までゆっくりと走っていきながら、こんな町はずれの辺鄙な場所じゃなければよかったのにとピーターは思った――それどころか、異変に気づかなかったら、見なければよかったのにとすら思った。もっと男らしくふるまって、あのしけた安宿でアグネスと過ごしていればよかった。そうすれば、これに、いま目の前で起きている事態に出くわさずにすんだのに。

＊

つぎはどうなるのか、まったく予想がつかない。アルフィはそのことに気づいた。普段の生活では、つぎはどうなるのか自然にわかるようになっていた――たとえば、バスで学校に向かっているときはその日の時間割がわかっていたし、下校するときは夕食になにが出るのか、ぼくの話にママがどう反応するかだって正確に予想できた。でも、いちどだけ先の展開がまったく読めない時期があった。父さんが出ていってからの数日間……ああ、でもあのときのことはもう二度と思い出したくない。それも、息をするのも苦しいこんな状況ではなおさら。

左足のけいれんはようやくおさまってきたが、水のなかで冷え切っているかわいそうな足を動かしてまっすぐに伸ばすのに、とてつもないエネルギーと意志の力をかき集めなければならなかった。しかも、そうしているあいだはまったく泳げない――右足で水を押し、両手でもがくだけで精一杯だ。そのせいで堤防や白い崖や岸からどんどん遠くへ流されてしまった。なぜか潮の流れはこちら側では変化しているらしい。それまでは、潮や波に流されたらまちがいなく堤防にぶつかって危険だと思いながら泳いでいた。こんなに小さな身体がこれほど遠いところまで運ばれるなんてまったく予想していなかった。普通は遠いところまで行きたかったら努力しないといけないし、偶然そうなることはないから。

　それでも、こうしてけいれんもすっかりおさまると、ここはかえって不思議なまでにきれいだと思えてくる。冷めたお茶のような深い色をした海の水、頭上に広がる大空には星がきらめいている。以前マックスとサンドラと一緒に観にいった、最後にみんなで踊るボリウッドのミュージカルみたい――それに月も出ている。地理の授業で習ったギボス状（半月と満月のあいだの、半月よりも少しふくらんだ状態の月）の月。この角度から眺めると、月はほんとうに丸いということがよくわかる。もちろん、アルフィは月が球体だと知っている。ところが、これまではそんな風にその事実が腑に落ちたことはなかった。これまでいちども月が丸いと腑に落ちたことはなかったのだ。

　アルフィは揺れ動く波の上で四肢を広げ、人形や木の枝、流木になったかのように身体が翻弄されるままにした。素肌の上を流れていく水がきらきら輝いてきれいだ。空も月も美しい。そして、ぼくはいまそんな美しい世界の一部になっている。いまのこの気持ちだって魔法みたいなものだ。とてつもない美しさに、周囲のすべてとひとつになったように感じるこの気持ちは。ひょっとしたら、これがぼくの大冒険なのかもしれない。ひょっとしたら……でも、あれはなんだ？　遠くに人影が見える。堤防の端から手を振っている人がいる。

　興味を引かれて、アルフィは手足に少し力をこめた。口から海水を吐き出し、岸がよく見えるように、波のなかで身体を垂直に戻した。あれは、堤防にいるのはだれなんだ？　ずっと手を振っている。アルフィは波の上に精一杯手を突き出し、振り返した。そうしないと相手に失礼だと思ったから。パーティーで大人と握手するのを拒否したり、ロビンの家で遊んだあとで〝遊ばせてもらってありがとうございました〟と言わなければ失礼になるように――でも、あれはだれなんだ？　その人影は遠くのほうに小さく、ぼんやりとしか見えない。これだけの距離があると、いま手を振っているアルフィの親指の先ぐらいの背の高さだ。それでも、以前どこかで会った人のような気がする。目に海水がしみて、こんなにぼやけていなかったらもっとよく見えるのに。青い服、長い髪、青白い肌……ようやくわかった。そして、気づいた。アルフィはいつだってそんなことが起こらないかと期待しているにもかかわらず、それが実現するとは思っていなかった。だって、そんなできごとは想像以上の素晴らしい、不思議な物語のできごとのようで、日常生活に入り込むすきがないように思えたから。でも、彼はそこにいる。さっきビーチで出会ったあの魔法使い。ほんとうは、ぼくたちはこうやって出会うことになっていたんだ。空には星が輝き、海の危険が迫っていて、邪魔をする人はほかにだれもいない、こんな状況ならぼくたちの出会いにふさわしい――ここにいるのはぼくたちふたりだけで、離れたところからたがいに声をかけあって手を振り合う。これがつぎの展開だったんだ。きっと魔法なんだ。あの人は魔法使いなんだ。

「助けて！」海水にむせながらアルフィはできるだけ大きな声で叫んだ。「ぼくを助けて！」

＊

堤防の端で飛び込むための心の準備をしている。ピーターは泳ぎの心得はある。とはいえ、ほんとうのところは？　もう長年水に入っていない。海のすぐそばに住んでいるというのに冗談みたいな話じゃないか。でも、よく言われるように、身近にあるものにかぎってあまり利用しない。ピーターは波とひとつになる感覚を持っていることを誇りに思っていたが、それはまちがいなく抽象的なもので、比喩としての表現なのだ。ホロスコープの読み解きを疑ってかかる客にたいしてピーターはよくそんな言葉を使う。そして、いまこんな事態に直面していて、もしあの人――いや、あれは子ども、どうやら子どもみたいだ！――につづいて自分も海に飛び込んだら、ふたりともさらにまずいことになるだけだと思えてくる。

ところであの子は……ここからだと遠すぎて、なにひとつはっきりとは見えないから、こんな風に考えるのは思い過ごしかもしれないが、見覚えがないか？　とくに、こうして青白い月の光に照らされながら大きな声で呼びかけ、手を振っているとそんな気がする。さっきビーチで会った子じゃないか。失礼にも、おれのカフタンにけちをつけてきた子。でも、いまにして思えば、あの子は失礼というわけでもなかったな。おれが魔法使いかどうか訊いてきただけで。いろいろなことを考えると、まったく失礼ではない。というのも、子どもの世界で魔法使いといったらかっこいい、あこがれの存在なんだ。だからわくわくして、無邪気な気持ちでおれに寄ってきて痛い目に遭った。おれはあの子にひどい態度をとったうえに毒まで吐いた。ああ、でもその子はまだこの海にいて、もがきつづけている。おれに冷たい態度で追い払われた子が……

　その瞬間、ピーターはひらめいた。急に悟ったのだ。なぜさきほどビーチであの子にひどい態度をとったのか、よりによってアグネスが彼にキスをしようとしているときに、なぜ手荒に押しのけたのか、さらに、ブライトン・ビーチで小さな占い小屋を営む以外は人生でたいしてなにもなしとげていない理由までも。すべてはこの瞬間のため、こうなる運命だったんだ。惑星の配置により定められていた。借りのあるこの子にたいするカルマの清算にうってつけのタイミングで、おれが海岸のこっち側を歩いているのは定められていた。そう考えると完璧に辻褄が合うじゃないか。これはきっとチャンスなんだ――そう感じる――罪滅ぼしのチャンス。ピーターはカフタンを脱ぐと、自分がどうしようもなく震えていることに気づいた。なに、冷たい水に入る覚悟を決めるために、あとちょっと時間が必要なだけだ。

＊

最後にはみんなで踊りました――その言葉がアルフィの頭のなかでぐるぐる回りつづけていた。まるで闇に浮かぶ惑星のように、ママのパソコンのスクリーンセーバーのように、彼の記憶に残る、小さかったころ子ども用ベッドの上でくるくる回っていたウサギの形をしたモビールのように。

最後にはみんなで踊りました。

あのときマックスとサンドラと一緒に観た、最後にみんなで踊るミュージカルの名前をアルフィは思いだせない。その踊りですらほとんどおぼえていない――ただ踊っていたという事実だけが頭に残っている。でも、最後にみんなで踊るだなんて、いいアイデアだよね。アルフィはそう思った。なんで、みんなああいうことをもっとしないんだろう。どうして踊らないのかな？　なかよく愉快に踊っているうちにすべてが終わる。登場人物全員が手をたたき、笑いあっていた。そのなかには悪役も、物語の途中で殺された人もいた。そう考えながら、アルフィはもういちど手を振った。すると、身体が水に沈んでしまわないようにばたつかせている手足の動きがゆっくりになった。

　そして、これはほんとうにまずい状況だとアルフィはわかっていた。ぼくはまだ子どもだし、死ぬには早すぎる。もし状況がちがって、ぼくががんを患う子どもだったら、魔法の力が使える年齢になって病気を治せるようになるまでなんとか生きのびようとするだろう。それと同じこと、これだってそれと同じだ。空は存分に厳しい表情を見せつけ、こんな風に波にもてあそばれているあいだ、四方八方から迫ってくるようだ。すごく気分が悪いし、身体は冷え切って、なすがままに波に打ちのめされている。それでも、がんばらなきゃ。あの魔法使いが助けにきて、ぼくに運命を告げ、人生のつぎの段階へ導いてくれるそのときまで、あきらめたらだめだ……でも、胸が痛くて、声も出ない、それから――

　最後にはみんなで踊りました。

　――いまなら、ちょっとぐらい力を抜いてもいいよね？　痛みに耐えて全力で闘うのをやめにして。堤防にいるあの人が助けにきてくれるまでに、あとどれぐらいがんばればいいの？

そのとき波が――それは十一歳にもならない子どもがかなうはずのない激しいものだった。いったいどうしてそんな波と互角に闘えると思ったのだろう――押し寄せて、情け容赦なく彼をとらえた。前に後ろに、上に下に引っ張られながら、アルフィは感覚のなくなった四肢からまた力が抜けていくのを感じた。冒険には困難がつきものだとアルフィは知っている。でも、これは行き過ぎだ。魔法使いはどこ？　ほんとうにいまがそのときなの？　はやくしないと手遅れになっちゃうよ。

魔法使いがどこにいるのか、あとどれぐらい待てばいいのかどうしても知りたくなって、アルフィは最後の力をふりしぼって凍りかけている関節を動かして首を水の上にぐっと伸ばした。最初に目に入ったのは暗闇と、どの方角にも無限に広がっているように思える海と空だったから、パニックになりかけた。でも、それから冷静になって、潮の流れにあらがって身をよじり、白い崖と堤防のほうを見た……すると、男がそこにいた。アルフィの魔法使いが。まだそこにいた。呪文をとなえたり、叫んだり、さっきみたいに手を振ってはいない。ただ堤防の端でひざまずいている。あのローブは着ていない。丸めた背中の肌が月の光を浴びてひどく青白く見える。そのとき突然、アルフィは男がまったく魔法使いらしくないことに気づいた。男は暗闇のなかでひとりしゃがみこみ、両手で頭を抱え、肩を震わせて、おそらく泣いている。

それで、どうすればいいの？　思いがけない状況となったいま、ぼくはどうすればいいんだろう？　ようやく助けてくれる人が現れたというのに、あんなに頼りない姿でいる。彼はほかの人と変わらないし、ぶきっちょのウォレスともたいしてちがわない。子どもよりも強くて力があるようには見えない。

最後にはみんなで踊りました。

こうやって波にゆらゆらと揺られながら眺めていると、なんだか星も踊ってるみたいだ。

〝いや、おれは魔法使いなんかじゃねえ〟。あの人はそう言ってたじゃないか。あれはごまかしたのでも、冗談でもなかった。ほんとうのことだったんだ。だから、ビーチでぼくは逃げだした。ママから逃げたんじゃない。かわいそうなママ。ママはなんて言うかな？　すごくがっかりするだろうな。それに悲しむだろう。すごく、すごく悲しむ……

――みんなで踊りましたいいいいいい

……ママはそこにいた。レモン・シャーベットを手にブランケットに座り、アルフィのためにビーチで楽しもうといっしょうけんめいがんばっている。でも、アルフィはほんとうは気づいている。こんな風に陽差しの強い砂だらけの場所に座って休日を楽しんでいるふりをするよりも、家で足を投げ出し、お茶の入ったマグカップを手にテレビを観ているほうがママはしあわせなのだと。なにも言わずに逃げてきちゃったけど、ぼくはきっと戻ってくるとママは信じているにちがいない。ママだけがそう思っている。ぼくのママ。

そのとき、もう使い果たしたと思っていた意志の力がまだ四肢に残っているのにアルフィは気づいた。そして、足をばたつかせ、腕をかいて泳ぎはじめた――月明かりのなかで身を丸め、泣いているあの人影がまだ動かずにいる堤防に向かい、暗闇のなかを泳ぎはじめた。

くま

ぼくはやたらと家具のことばかり話すようになっていた。新居にどんな家具を置くかという問題はぼくたちふたりで相談するにはうってつけの話題みたいだったたし、こうして多くの時間をともに過ごすようになったいま、会話を絶やさないために共通の関心ごとを開拓しておくのは大切だと思えたのだ。確か、そんな風にこれから家具をどうするか長々と話しているうちに、中古の家財道具オークションをのぞいてみようということになって、ある五月の火曜日の朝にぼくはとある海沿いの町へ車を走らせることになったのだ。

ぼくたちがまだ新婚でいるうちに、こういうオークションに参加する機会は山ほどあるだろうし、今回の訪問はその最初の一歩にすぎず、特段変わったところのない経験になるのだろうとそのときは思っていた。その朝、なにかいい出会いがあるかもしれないという過大な期待を抱いていたかどうかはよくおぼえていない。新しいソファが手に入るといいな、ぐらいは思っていたかもしれない。そうすれば、背もたれがまっすぐなダイニング・チェアに座ったまま就寝時間になるまでふたりで顔をつき合わせているのではなく、夜は居間でゆったりくつろいでいられる。だが、今回のオークションでソファが見つからなくたってかまわないと思っていた。手ごろなソファを探す時間はたっぷりあるのだ。

　まずは平凡きわまりない装飾品や額縁がいくつかぼくたちの前に運ばれてきたが、ぼくも妻も入札する気になれないものばかりだった。つぎにオークション司会者のアシスタントが押してきた銀色の台車の上には、一匹のくま（ベア）がバランスを取りながら座っていた。いまベアと言ったが、それはこのイングランドの小さな町に出没して、わずかばかりの住民を恐怖におとしいれる、ほんもののくまではない。くまの剥製（はくせい）ですらない。ぼくがそこにテディとつけるのをためらうのは、たしかにその言葉は、ボタンでできた彼の目やふわふわの毛皮、とても小さな、縫いつけられた口などの特徴をうまくとらえているものの、そのサイズ感――これがまた巨大なのだ――が正確に伝わらないおそれがあるから。大きさはぼくとたいして変わらない。というか、身長はぼくにおよばないものの、立派な胴回りがその不足をおぎなっていた。たとえるなら、だれかがぼくを腰のところでまっぷたつに切断して、それぞれの部分を横に並べたら、おそらく彼の全体的な大きさや重量感がなんとなく伝わるだろう。

このくだらないぬいぐるみが人びとの前に運ばれてきたとき、しーんと静まり返ったオークション会場でぼくは声を出して笑いそうになった。この状況でくまが登場するなど滑稽で、お笑いのネタになるよう入念に仕込まれた筋書みたいではないか。オークション主催者がふざけているのだと思った。ところが、ほかにそんな風におもしろがっている人は会場には皆無のようだった。その瞬間まで、笑いのツボがまったく同じだと思っていた妻ですら。結婚式を迎えるまでの、あの目の回るような忙しい日々、ぼくたちはしょっちゅう笑いあっていたというのに。

それでぼくは、この巨大なぬいぐるみが目に入った瞬間に唇に浮かびかけた笑みを引っ込めなければという気持ちになった。オークション司会者や妻を含め、周りにいる人たちはみな、じれったそうにする人からあからさまに退屈な表情を浮かべている人まで一様にそれを無言で見つめていた。

「こちらはくまです」司会者が説明をはじめた。「ソフトな手触りのぬいぐるみで、状態は比較的良好。右肩上部にわずかなほつれあり。また、右脚には破れを縫い合わせた跡が少々。十五ポンドからはじめます」

ぼくは椅子をずらしてうしろを振り返って会場を見渡し、この小さな町の住民のなかに、こんなばかでかいものに入札する輩がいるかどうか見届けようとした。ところがそこにいる人たちは無気力な表情を浮かべるばかりだった。

「だれもいませんか。だれも？　このような立派なくまに入札されるお客さまはこちらにはいらっしゃいませんか」司会者の声が会場に響いた。「それでは十二ポンドに値下げします。十二ポンド。立派なくまのぬいぐるみは十二ポンドから」

ぼくはこんども椅子に座ったまま伸ばした首をうしろに向け、この新たな開始価格につられる気の毒な人がいるかもしれないと会場を見渡した。ぬいぐるみがそこにどさっと置かれているようすは滑稽きわまりない。銀色の台車に載せられて、重い頭はうなだれ、手足はだらりとしている。果たして入札はあるのか。

その瞬間、すぐとなりの席でなにかが動くのを感じた。妻が挙手していた。

「十二ポンド、はい、そこの青い服の女性」

ぼくは妻のほうを向いた。彼女がにこりと笑い、あのくまの趣味の悪い滑稽さに彼女も気づいていて、ふざけて入札しただけだと伝えてくれるものと思っていた。ところが、彼女はぼくがそれまで見たことのない真剣な表情を浮かべて、手を挙げたまま、灰色の瞳をオークション司会者とくまに交互に素早く向けている。

「青い服の女性が十二ポンドで入札されました」

なにが起きているのかぼくは理解できなかった。ぼくたちがここに来たのは家具を手に入れるためであって、便利で実用的な家具を新居にしつらえるという目的があったはずだ。この巨大なくまは実用性に欠けるうえ、まったくくだらないではないか。ぼくたちが欲しがるようなものではないはずだ。ところがそのとき、ありがたいことに思わぬ天の助けが現れた。妻ではない、しかもふたりの女性が（ひとりは会場の後方に、もうひとりは前方にいた）手を挙げて、くまを買って家に持ち帰る気があると表明したのだ。女性たちは妻と同じように三十過ぎだが、五十まではいかない。どちらもたいして魅力的ではない。そのうちのひとりは帽子を被っていた。そのとき、妻が目を輝かせてこちらを見た。

「いってみるべき？」彼女はそう訊いてきた。「わたしやってみる。手に入れてみせるから、まあ見てて」

　ぼくはいかなる反応も示さなかった。あまりに面喰（めんくら）っていたのだ。司会者が二十ポンドを提示すると、妻は手を挙げた。それが二十五ポンド、三十ポンド、三十五ポンドになっても手を挙げた。ところが、ほかの女性たちもあきらめる気はないようだった。ぼくはなんとか妻と目を合わせて懸念を伝えようとしたが、彼女の視線は前にいる司会者に釘（つ）づけになっていた。四十。四十五。五十。まだ比較的若い、結婚したてのぼくたちに浪費できる金銭的余裕などない。それなのに、妻は手を挙げつづけた——毅然（きぜん）として動じず、その灰色の瞳に静かな決意をたたえて司会者を見つめていた。五十五。六十。六十五。司会者が値を吊り上げるたびにくまにたいする妻の思いは強まっていき、やがてほかのふたりの女性たちはその気迫におじけづきだした。ふと、たいしたものだと思ってしまいそうになった。それは、六十五ポンドの値がついた巨大くまを持ち帰って、ひとつ屋根の下で一緒に暮らさなければならないということを意味するにもかかわらず。

わが家での暮らしにくまを迎え入れるためにぼくは精一杯の努力をした。しばらくのあいだはあまり問題はなかった。ぼくたちは彼を予備の寝室に置くことにしたから。ぼくはめったにその部屋に入ることはなかったので、ほとんど顔を合わさずにすんだ。ところが、どうも妻はときどきようすを見にいっていたようで、朝食後にその部屋にふらっと入っていったり、夕食後にぼくたちがダイニングテーブルで過ごしているとひとり席を立ったりするようになった（ところで、ソファはまだ手に入れてなかった。ぼくたちのオークション熱は盛り上がったときと同様あっという間に冷めていった）。彼女は部屋に上がっていき、ベッドに大の字で横たわるくまのかたわらに座っていた。だらりとしたくまの体が小ぶりなマットレスを占領していた。夜になると妻は彼を寝具でくるんでやっているのではないかと、ぼくは疑いだした。

七月のある土曜日の朝、ダイニング・チェアに座るぼくたちの前にあるテーブルの上には新聞が広げられ、ポットにはコーヒーが抽出中で、むっとする夏らしい日だったから窓は全開にしていた。妻が言った。「あのね、わたしずっと考えていたの。あなたさえよければ、くまを別の場所に置いてみてもいいかな。だれも入って行かない、あんな小部屋に閉じ込めたままにしておくのはどうかと思って。そうじゃない？」

彼女の提案は、さして問題があるようには思えなかった。そもそも、わが家には充分すぎるスペースがあるのだ。ぼくが同意したので、その日のうちにくまは部屋から出て、家のなかの別の場所でぼくたちと生活を共にすることになった。

妻はまず居間を試すことにした。それで、居間の隅の、ダリアが活けてある花瓶のとなりに彼はだらりと居座って、ぼくたちが夜テーブルで話す姿を眺めるようになった。はじめ、ぼくはその配置は完璧だと思っていた。まあ、来客があったら若干風変わりだと思われるかもしれないが。ところが、陽の長い夏の日がつづき、くまが居間の片隅に居座りつづけるうちに（妻はとなりの花瓶の花を頻繁に変えたり、毎日くまの手足の向きを変えたりしていた）、ぼくはなぜか、いろいろなものや人にいらだつようになって、とくに家にいるとそれがひどくなることに気づいた。妻がグレイビーソースをテーブルカバーにこぼしたときはそれを責めたし、ぼくの靴紐が切れたときなどは、あんまり大きな声でののしったものだから窓ガラスがびりびりと震えたようだった。

最初、すべては夏の暑さのせいだと思っていた。雨の降らない過酷な日々がつづけば緑の芝も枯草に変わり果て、夜になるとぼくたちの部屋にプーンとうなる蚊が出没するようになる。

ところがある日の朝、新聞から顔を上げると、生気のないくまの丸い目がそこにあって（テーブルにいるぼくたちを見つめる彼の笑顔は片側に傾いていた）、この新しい感情は気候と無関係なのではと思うようになった。

その日の夕方、仕事から帰宅した妻が目にしたのは、むきだしの床にあぐらをかいて座り（ぼくたちはまだラグを入手していなかった）、くまと向かい合ってすみずみまで検分するぼくの姿だった。彼のどこにここまで心をかき乱されるのか、ぼくは突き止めようとしていた。そして、なくても困らない存在のくせに、どんな状況であれこんなものがまともに求められ、愛されるということがぼくにはまったく理解不可能だという事実と関係しているのではないかという仮説に到達しつつあった。

そもそも、ここまで大きいと、子どものベッドの隅に置いて、抱きしめたり、なでたりするかわいらしい動物のお友だちとしては役立たずだ。しかも、そのそばで、くまをこの家に連れてきたのはお母さんで、オークション会場での彼女のゆるぎない決意とうらやましいほどの度胸があったからなのだと親が子に話して聞かせる将来像も描きにくい。そして、大きなビーズの目や、織り生地についた小さな口など、妙にくまっぽいところがあるので、ビーズクッションやフトン、あるいは特大クッションみたいに気軽にうたた寝用にするのははばかられた。そんなものにもたれかかって気軽にうたた寝などできるはずがない。ゆったりくつろぎ、まどろんでいると、視線が注がれているのを感じるような代物なのだ。そういうことについて妻がどう考えていたのかわからないが、ぼくはとても落ちついてはいられなかった。

そんな風にくまと向かい合って座っているぼくの姿を見るなり妻はさっと駆け寄って、頭のてっぺんにキスをしてくれた。それで、くまのなにがぼくを悩ませるのか、ある程度は解明できたので事態は改善するはずだとそのときは思えた。ぼくたちが出会ったばかりのころ、彼女をディナーに連れていったり、たまに踊りにいったりしたときはよくふたりで笑っていたではないか。

「ねえ」すると、彼女が口を開いた。「あなたたちふたりとも、そんなところでおかしな格好をしているのね。あのね、じつはずっと考えていたんだけど、この子にも気分転換が必要じゃないかな。来る日も来る日も同じものばかり見ていたら飽きちゃうでしょ」

彼女はぼくたちの寝室にくまを置くことにした。そして、「そうなのよ、いい子ちゃん、気分転換はいい休養になると言いますからね」などと話しかけながら、くまを抱きかかえて階段をあがっていった。くまの腹には彼女の華奢(きゃしゃ)な腕が回されていた。

そして、蒸し暑い夏の夜がつづくあいだ彼はそこに居座ることになった。顔をうつむかせ、手足をだらりとさせた姿で寝室の壁にもたれかかっていた。そのうち、彼がそこにいるせいで妻と夜の営みをおこなうぼくの能力が減退しているような気がしてきた。妻はそういうときに感情をあらわにするタイプではない。あえぎ声や叫び声を上げたり、髪の毛を引っ張ったりして性的妄想をそれとなく表現するようなことはしない。そもそもくまの登場以前は、妻はベッドカバーの上に静かに横たわり、ぼくはそのつぶらな灰色の瞳に見つめられながら彼女を興奮に導くためにあの手この手で奮闘するというのがお決まりのパターンだった。彼女もこのやり方に満足しているとぼくは確信していた。なぜなら、すべてが終わると彼女は毎回かならず両腕で包み込んでくれ、その胸にぼくの頭を埋めて、〝よくできましたね、頑張り屋さんのぼうや、よくできました〟とでも言っているかのように髪をやさしくなでてくれたから。そんな風にされると、ぼくは受け入れられた気になった。守られている、というか。世界のどんなものもいまのぼくに危害はおよぼせないという気分になった。ところが、くまが部屋にいるせいで、必要なだけの興奮状態に達し、それを維持するのが困難になったと感じるようになった。生命のないものがそばに置いてあるだけで萎えるだなんて、きっと男らしさが足りないのだろう。妻のものでも、ぼくのものでもない顔がそこにあるという、ただそれだけの理由で妻が受け取って当然の満足を与えられないなんて。

とにかく、ぼくのようすがいつもとちがうことに妻は気づきはじめた。彼女はわりともの静かな人ではあるが、だからといって鈍感なわけではない。となると、最近のぼくのとまどいは察しているだろうし、彼女を楽しませようとするぼくの労力の質が低下していることには少なくとも気づいているはずだ。彼女はもう情事のあとでぼくを抱きしめてくれなくなった。あのつかの間のやすらぎは、自分は愛されている人間なのだという安堵感は、もうぼくの手には届かないものとなった。かわりに、汗をかきながらの肉体労働が徒労に終わると、彼女の横に寝そべって（ぼくたちふたりはさながら並んだドミノのようだった）、くまを見つめた。

いったい彼の存在のなにがぼくをここまで苦しめるのだろう。それは、彼がもともと役立たずであるという事実にぼくがいらついている、ということだけではない。うだるような暑さのある晩、もの言わぬ妻のとなりに横たわりながら、ぼくはくまに嫉妬をしているのだろうかと無理やり考えてみようともした。そこまでしても、笑っているくまの織り生地の鼻先や肩のほつれをじっと見つめていると、なぜくだらないぬいぐるみのせいでここまで激しい感情を抱くのかと、不思議でしかたなかった。

朝を迎えてようやく――妻がコーヒーを淹れながら心配するような表情でぼくの髪をなでつけているときに――なにが問題なのかはっきりとわかった。それに気づいたとき、思わず椅子を引いて立ち上がりそうになった。そして、そのまま無言でキッチンから出ていき、朝食の席に妻をひとりで置き去りにするところだった。動揺をごまかすためにぼくはとっさにコーヒーに口をつけた。

しかし、ほんとうだろうか。その朝、妻と向かい合わせで座り、トーストにバターを塗ったり、ミルクピッチャーを回したり、ばらした新聞紙を交換しあったりして普段となにも変わらないかのように振る舞いながら、ぼくは自問した。あのくまのちぐはぐさに彼女が気づいているというのは。役立たずの存在だという、あのくまがはらむ矛盾を彼女は鋭くも見抜いていた。それがあのくまに興味を抱き、入札するきっかけだったら？　ぼくの妻も、価値のない無用の長物に心をときめかせるような女の仲間なのだろうか。壊れているわけではないが、デザインやその造りにいささか問題があるために世のなかのどんな用途にもかなうことはなく、はじめからその無価値さを宿命づけられているようなものを好む女の人たちがいる。ぼくの妻は、そんなどうしようもないものに同情するような人間なのだろうか。それが無価値であるがために、自分以外はだれもそうしないからという理由で愛を注ぐような人間なのだろうか。妻の人格のなかにそんな性向がひそんでいるとは、まったく気づいていなかった。ぼくが知るかぎり、あのくま以前に妻の愛情の対象となったのは（当然ながら、愛すべきか否かの選択権のない、生まれながらに与えられた彼女の家族はここから除外する）、このぼくなのだから、無理もない話だ。

　あのとき朝食の席ではっきり悟ってからというもの、何日ものあいだそのことが繰り返し頭に浮かんだ。とくに夜になって、カトリック教会で信徒席の上になんとなく見えている磔刑像(たっけいぞう)のように、くまがなんとなく視界に入る状態で妻と並んで横になっているとその考えが頭から離れなかった。それどころか、ぼくは不安でたまらなかった——妻の愛の正体について思いをめぐらせたり、くまがやってくる前に彼女の腕に抱かれながらぼくが感じていたあのやさしさはどこから来たものなのかと考えたりしているうちにおそろしくなって、とうとう夜眠れなくなった。それで、寝ている妻のとなりでぼくはくまをじっと見つめ、刻一刻と疲労と疑念といらだちの度合いを深めていき、そのうち自分のなかに、分別のあるまともな人に愛されるような美点をひとつも見出せなくなった。

そうこうするうちにぼくはとうとう精根尽き果て、廃人同然になった。そこでようやく単刀直入に妻に訊いてみた。「なぜあのくまがそんなに好きなの？」

「ああ」彼女はそう言った——その目には、春にはそこに宿っていた輝きが戻ってきたようだった。「すごくくだらないことだから。これを言っても笑わないでよ。笑わないって、わたしが頭がおかしくなったと思わないって約束してね。あの子に親近感を抱いちゃって。共感したというか。ときどき自分がちょっとあのくまみたいだなって思うことがあるの。これっておかしいかな？　ほんと、きっとおかしいよね」

彼女はほほ笑んでいた。だが、ふたりで暮らしていながら、いつの間に彼女にそんな考えを抱かせてしまったのか——彼女がちょっとでもくまと似ているだなんて——彼女がそんな風に考えているとは一瞬たりとも気づかないまま、そんな事態を招いたのはぼくのせいだったのだ……ぼくは衝撃を受けていた。彼女の考えや気持ちはよく理解しているつもりだった。たしかにぼくたちの生活は完璧とは言いがたい。それでも、つつがなく共有される、素晴らしいものに発展していくはずだと期待していた。

そのとき彼女が、妻が手を伸ばした。ここ数か月のあいだお目にかかれなかった笑みをその瞳にたたえたまま。くまへの思いをようやく言葉にできて、ほっとしているみたいだ。妻にあやまったほうがいいのかもしれない。ひとまず、ぼくが最近突然気づくようになった、ぼくたちのあいだのへだたりというやっかいな問題について説明すべきなのでは。それなのに、できなかった——なにも言葉にならなかった。それで、かわりに彼女の手を握ってしばらくじっとしていた。

ネズミ捕りⅠ

新王の戴冠から数日後、おれは王宮に呼ばれた。新王が害獣駆除に本腰を入れるサインだとぴんときた。ただし、ネズミ族を一網打尽にするのは王宮の敷地内にとどめておいてほしいものだ。まあ、最近のすさまじい感染状況を考えたら、王が市街地での完全駆除を目指したところで手を焼くだけだが。万が一それがうまくいった日にはおれは職にあぶれる。

包み隠さず話そう。そのときだって、おれは王宮にはたいして好感を抱いていなかった。装飾やアーチ道、円柱、ガーゴイルなんかでごてごてした、見るからに巨大で怪物然とした建物だということが理由のひとつ。そのうえ、贅を尽くしたばかでかい建物であるにもかかわらず、おれの知るところではいまやそこで生活するものはほとんどおらず、たいして使われないままになっているという事実も気にくわない。どうも王宮にとどまっているのはほぼ王だけで、ひとりさみしく暮らしているらしい。昔は大勢いた臣下やその取り巻き連中は姿を消し、いまではおどろくほどほんのわずかになっているそうだ。とはいえ、昔ながらの壮麗な王の住まいをのぞき見るチャンスにちょっとでも興味を引かれなかったと言えば嘘になる。感染拡大にともない市中での仕事に忙殺されていたから、いい気分転換になるかもしれないとすら思った――なにしろ、街じゅうのドブや台所は例外なくネズミであふれ、道を歩けば通行人の足元でぴょんぴょん跳ね回るありさまだった。あいつらは食べ物を台無しにし、家庭の主婦をおびえさせ、小さな子どもに飛びかかっていき、疫病を広めていた。

おれはドアのところで迎えられた――それは、まぎれもない使用人の通用口だったが。自分があの陰気な正面入口から出入りを許される、ごたいそうな身分ではないということぐらいわきまえていた。おれを迎えたのは背中がすっかり曲がったばあさんだった。まるで、しょっちゅうひざを曲げておじぎをしていたせいで、もとの姿勢に戻るのが面倒くさくなって、そのまま背中を伸ばすのをやめちまったみたいな風情だ。得体の知れないその雰囲気におれは身構えた。なにしろ、バランスのとれた姿勢でいることがなによりも大切だとおれはつね日頃思っているのだ。ところが、この出迎え役のばあさんときたら、どうも背中を曲げた姿勢にすっかりなじんじまったみたいで、背後でドアを閉めたときもよろめいたりはしなかった。それから彼女は鍵束の輪をおれに手渡した。おそらく彼女が腰から提げている鍵の一部を複製したものだろう。それにしても家政婦長（ハウスキーパー）という雰囲気ではない。それが終わると彼女はあいかわらずこっちをまともに見ないで押し黙ったまま、左手の薄暗い廊下のほうに足を引きずりながら歩いていった。まさか、ただ出迎えられただけで終わるとは。普通、ちょっとしたあいさつぐらいがあるもんじゃないか。王宮を案内してもらえるかもしれないとも思っていた――もちろん、ネズミの出没が確認された場所を教えてもらうためにだが。とはいえ、おれみたいな男はものごとを勝手に進めることには慣れっこになっている。それで、彼女のあとを追ってもしかたがないと判断して、ポケットに鍵束をすべり込ませて探索へと向かった。

はじめに通りがかった部屋のほとんどは空っぽのまま閉ざされていて、案の定、もう何年も人が足を踏み入れた形跡はまったくなかった。だが、それよりも意外だったのは、活発で旺盛なげっ歯類集団の存在を示す豊富な証拠を確認できたことだ。手はじめに見て回っているあいだはネズミの姿を目にしないよう気をつけていたが、かじられた形跡のないカーテンなど一枚もなく、ほこりよけの布の内側には巣もあった。ほどなく厨房（ちゅうぼう）にたどりついたが（ちなみに、もう何か月もまともに料理はおこなわれていないようだった）、そこではネズミどものどんちゃん騒ぎの跡を目の当たりにした。そこらじゅうにフンが転がり、ひっかき傷や歯形がついていて、さながら聖なるクマネズミさまの祭壇といったところだ。

ここでも、壁の向こうでやつらがなにかをひったくったり駆け回ったりする音は聞こえてきても、その姿はまったく見えなかった。この街のネズミどもはおれと顔を合わせないように用心しているらしい。おれの勝利の噂は食糧庫やドブのなかにまであまねく伝わっていて、あいつらは背筋を伸ばし、耳をぴくつかせながらおれのことを噂しあっているのだろう。この街の伝説（レジェンド）といえば、おれのこと。その筋に訊けば、とにかくすごい現象になっているとわかる。

　おれはうじのたかった小麦粉の入った袋に手を伸ばして、ほこりだらけの一面にひとつかみまいた。そして、くるりと身体の向きを変えて廊下に出た。口笛で曲を奏でながら時間をつぶしてから、ポケットに手を突っ込んで時計を取りだし、秒針を見つめて厨房に戻る頃合いになるまでさらに一分待った。戻ってみると、ほぼすべてが予想どおりだった。粉にはあちこちに足跡がついていた（狙いは的中だ）。それにしても、その大きさといったら！　長らくこの稼業に従事しているおれでも、そんなものは見たことがなかった。堂々たる貫禄（かんろく）。おれが相手にしているのは、どうやら王にふさわしいネズミのようだった。

　おれはコートの奥に手を伸ばしてネズミ捕り用手袋と、とっておきの調合物が詰めてある小さな缶を取り出した。これはソラニンに手を加えたもので、そういう名で呼ぶやつもいる。だが、鮮やかな緑色をしているからおれは〝エメラルド・ダスト〟と呼ぶほうが好きだ。世界に存在するごくちっぽけなものまでいちいち専門用語で呼ぶ連中の心には詩情ってものがない。おれは手袋を装着して、天井近くの細長い明かり取りから漏れる淡い光に手をかざし、均整の取れた指にしばし見惚(みと)れてから、足跡だらけの床にひとつまみのエメラルド・ダストを落として緑色が目立たなくなるよう指先でなじませた。

ネズミはほとんど色の認識はできないから、わざわざそんなことをするのはやつらのためではない。雑な仕事をするのに耐えられないから、おれはいつもそうしている。あのハウスキーパーのばあさんの身にもなってみろ。王宮じゅうをぴかぴかの状態に戻すのは一日がかりだ——いや、人手不足みたいだから二日はかかるな。だが、どうも変だ。王宮がにぎやかなところだとは、はなから思っちゃいなかったが、それにしてもここまで人気(ひとけ)がないのは妙じゃないか。まあ考えようによっては、おれが罠(わな)や毒をしかけても文句を言ってくるやつはいないということだ。今回は手加減しているが。というのも、残されていた足跡が判断材料として信頼できるのなら、ここにいるネズミの体格はおれの控えめなやり方では歯が立たないほどに大きい。こいつらがどれだけ立派に成長しているかを考えたら、おれがさっき厨房にまいた毒の分量ではせいぜい仕留められるのは一匹か二匹だ。しかも、体の動きを緩慢にする効果しかない。だが、それでかまわない。ゲームのこの段階では、おれが戻ったときにじっくりと観察できるように、そこに横たわったまま待っていてくれるだけでいい。まあ、おれは仕立て屋みたいなものだから。仕事にとりかかる前に獲物を観察して、どんな最期がふさわしいかと思いをめぐらす——そして、寸分たがわずぴったりの最期になるようあれこれ工夫するのだ。

ゲームのお楽しみはひとまず置いて、おれは廊下を折り返して、石の階段をあがっていった。ほどなくして昔は緑色の羊毛布張り（ベーズ）になっていたであろう朽ちかけたドアに出くわしたので、そこから先へと進み、応接間のような場所に足を踏み入れた。そこは、それまでうろついていた使用人エリアとは比べものにならないほど豪華な部屋で、王宮にここまで贅を尽くした部屋があるとは想像を超えていると最初は思った。ところが、しばらくあたりをきょろきょろと見回してから少し先に進むと、すえたにおいが鼻につきはじめ、木製家具の脚元に残る歯形や幅木に開いた穴、重厚なベルベットのカーテンが引き裂かれてびりびりになっているようすが目に入った。

部屋に足を踏み入れてすぐにその部屋のすさんだようすに気づけなかったのには、いたしかたない理由がふたつある。ひとつは、カーテンが下ろしてあって、室内を照らしていたのはランプと暖炉のぼんやりした灯りだけだったということ。そのとき外では朝の光があふれていたのだから、なんだかおかしな感じだった。ふたつめは、その部屋には少女がひとりいたことだ。こちらに背を向けて鏡をのぞきこみ、身体の向きをくるくる変えて鏡に映していた。そして、彼女が着ているドレスのスタイルと、ろうそくの光のなかに浮かび上がる髪の毛から、おれがいままでつきあってきたような連中とは毛色のちがう人物だということがすぐに見てとれた。外界のがさつさや汚らわしさのなかでは、彼女の美しさは一日だってもたないだろう。それなのに、おれはそこから動けなくなっちまって、彼女が化粧台から筆を取り上げてそれをそっと顔にすべらせ、眉毛のカーブを注意深く描いているのをただ眺めていた。

「名乗る気はあるの？」彼女が口をきいた。「それとも、午前中ずっとそこに突っ立ってるつもり？」

おれは部屋を見渡した。「あの、おれのことですか、殿下。おれに話しかけているんで？」

「そんな風に呼ぶのはやめて」彼女が答えた。「私の名前がエセルだってことぐらいご存じよね」

「エセル」その名を発する自分の声の響きを味わいながら、おれはおうむ返しにした。

「そーおよ。まあ、あなたってどうも飲み込みが悪いみたいね」そう言いながら彼女がこちらを向いたので、ようやく鏡像ではない、正面からの顔をおがむことができた。「それから」彼女は先をつづけた。「そんなおかしな質問を人にする前に、もうちょっとよく考えてみたら。いったい、あなたのほかにだれに話しかけてるっていうの？」

「それは」おれは答えた。「鏡のなかのご自分にかと、ミス・エセル」

それを聞いて彼女は笑った。くぐもった、音楽のような笑い声――見かけによらず低い声だ。しかも、その笑いには心地よいするどさも含まれていて、自分をしっかり持った少女だということが伝わってきた。おれは手袋を脱ぎ、折り畳んでポケットに入れた。

「それか、壁のなかのネズミに話しかけていたのかも」彼女は言った。「あの、もう少しこちらに寄ってくださらない？　わたしに見えるように、こっちに来て」

　おれは炎の灯りのなかを、前に進み出た。

「こっちへ、そう。それぐらい。ねえ、噛みついたりしないってば。こわがらないで」

「こわがってはおりません、姫」おれは言った。

「姫」彼女はおうむ返しにした。「そういうの、ほんとにいらないから。言ったでしょう、エセルでいいって……あら、でもあなた、思ったより年上なのね」

「すみません、ミス――ミス・エセル」

「あやまらなくたっていい」彼女は言った。「そんなの、自分でどうこうできることじゃないでしょう。でも、ここでなにをしていると言ったっけ？　わたし忘れっぽくて」

「まだ言ってません」おれは答えた。

「まあ」彼女は言った。「あなたって不思議な人ね」

　その瞬間、彼女の視線をまともに受け止められなくなって、おれはその場を離れて窓のほうに移動した。

「どうしてこんな風に閉じこもっているんです？」陽の光を入れるためにカーテンを開くと、かびやほこりが手に舞い落ちてきた。「外に出かけたらどうです。それで、人に会って冒険のひとつでもしてみたら。まちがいなく最高ですよ。血のめぐりもよくなる」

「きょうは日光浴をする気分ではないの」彼女はそう言いながらも、そばに寄ってきて、おれのとなりに立った。あまりに接近したので、彼女の肌にはたかれた粉の粒子がひとつ残らずくっきりと浮き上がり、緑色の瞳のまわりにはきらきらした油分がべっとり塗ってあるのがよくわかる――そんな風に隙があるところに、おれはなぜかますます好感を持った。だが、じろじろ見ていたくはなかったから、窓のほうに向きなおって、ふたりで外の敷地を眺めた。なにもない、凍りついた空間が広がっている。正面に見える木々のあいだから細い煙がゆらゆらと上がっていた。おれが言葉にする前に、彼女はおれの疑問に気づいた。

「いま、彼はあっちで暮らしているの」彼女は言った。「わたしの弟は。犬を連れて。戴冠式の夜からずっと。きっと、わたしたちみたいな幽霊とここで暮らしていたくないんでしょうね」

「弟ぎみが？」おれは訊ねた。

彼女はうなずき、その表情に影がよぎった。「そうよ。といっても異母きょうだいだけど。わたしは姉なの。それに、あの子のほうがお父さま似だわ。本人はそんな風には思ってないでしょうけどね。あのお方が、わたしたちのお父さまがもういないだなんて、いまでも信じられない。ねえ、まだお父さまは上の階にいるのよ」

おれたちはそのまま窓の外を眺めていたが、おれは内心、それはいったいどういうことなのかと考えていた。

「まだ上の階に?」しばらくして訊ねた。

彼女がこちらに手を伸ばしてきて、カーテンを押さえているおれの腕にそっと触れた。そろそろ閉めろという合図らしい。部屋に仄暗(ほのぐら)さが戻った。

「そのうちわかるわ」彼女は謎めいた笑みを浮かべた。それだけ言うと鏡台に戻っていったので、どうやらおれは用済みらしかった。

「なにかお手伝いできることはありますか、ミス・エセル?」そう訊いてみた。

彼女は首を振った。「きょうのところは結構よ」

それで、おれはおじぎをして部屋を辞したが、なにか腑(ふ)に落ちなかった。きょうのところは結構ということなら、じゃあ明日はどうなんだという疑問が残る。

*

つぎは、おれが王宮にはじめて出向いたときに二番目に興味をそそられた場面だ。午後になって厨房に戻ると、エメラルド・ダストが効果を発揮したおかげで、おれを待ち受けていたものが――それもふたつ――調理台の上で意識を失い伸びていた。おれは少しうしろに下がって専門的な分析をおこなった。小柄なイエネコほどの大きさ。鼻から口にかけては平均よりも長く、二本の獰猛（どうもう）な牙が収まっている。くるくる巻いたピンクのしっぽ。そして異常に太っている――食糧となるものがたいしてなさそうなのに、どうしたらここまで太れるんだ？　さらに、かさぶただらけの毛皮。小さな赤い目。これはすごい。おれはまずふうっとため息を漏らしてから、目の前の仕事にとりかかった。そいつらを袋に詰めて肩から提げた。持ち帰ってじっくり調べよう。

だが、おれはそれから小一時間王宮のなかをさまよった。ハウスキーパーかだれかに帰ることを伝えようと思ったのだ。荷物をとっととまとめて勝手に仕事場に引き揚げたのでは失礼になるんじゃないかと心配だった。なにしろ、おれは王じきじきの依頼でここに呼ばれている。だが、みんな壁のなかに消えちまったか、鍵のかかったドアの向こう側に閉じこもって息をひそめているようだった。やがて王宮の外に出て敷地内の道に積もった雪を踏みしめながら進んでいくと、木々のあいだから立ちのぼる煙が見えた。新しい王はなんでまた森なんかに引きこもって暮らすことにしたのか。王宮内がどんなありさまなのか、ご存知なのだろうか。

＊

おれが暮らすのは、街のなかでもお上品な人たちがめったに足を踏み入れることのない、廃工場の立ち並ぶ地区だ。おれが生まれる数年前に先代の王が抱いた途方もない夢の遺産。かつては東の荒野だったこの地が鉄鋼生産に適していると思い込んだ王は、ここに四つの工場を建造した。きっと操業開始は盛大なファンファーレと歓声に迎えられたのだろう。だが、鉄鋼業は五年ともたなかった。最近じゃあ大勢の浮浪者の棲み処になっている。大勢の浮浪者とおれの。ここでネズミに慣れっこになったおかげでひともうけできるとわかった。おれは巨大な製鋼所の屋根裏をひとり占めにしている。罠を組み立てる作業場や、毒薬、チンキ材、粉末などを調合する小さな実験室、おまけに化粧室だってある。しかも、そこからの眺めの美しさといったら。この街を表すのに美しいという言葉がふさわしいかどうかはさておき、ここで生まれ育ったおれのようなものにとっては、まちがいなく息を呑む美しさなのだ。窓から屋根の上によじのぼると、眼前には何百もの建物がひしめき合う市街地が広がる——建物の色は汚れの度合いに応じて、白、灰色、黒とさまざまだ——そして、たくさんのカラス。天使が落とした黒い影のような漆黒の翼がそこらじゅうに浮かび上がって見える。

　その日のネズミ捕り業務を終えて、王宮で捕獲したけだもの二匹の入った袋を肩から提げて戻ってみると、自分の部屋にいつも以上に親しみが湧いた。おそらく王の住まいと比べていたのだろう。きちんと片づけられた、つつましいわが家に入りながら、こっちのほうがよっぽどいいと考えていたから笑ってしまった。金づち、釘、ペンチ、のこぎり、紙やすりなど、すべてが整然と並べられた作業台を指でなぞった。寝床にしている一角に目をやると、ここに戻れたことがうれしくて、満ち足りた気分になり、気分も上がった。だがそれも鏡に映る自分の姿を見るまでのことだった。この家の素晴らしさを実感できる人間はおれひとりしかいないと考えると、一気に憂鬱な気分になった。おれとネズミだけ。まったく素晴らしい同居相手だ。

作業台でけだものを袋から取り出すのにちょっと手間取った。すでに毒の効果が切れかかっているらしく、一匹が袋のなかで吐いていた。つぎに王宮に戻る前に、エメラルド・ダストを強力に調合しておかなければ。こういうときのために常備してある注射器をさっとそいつに刺してから罠を組み立てる仕事にとりかかった。

そこまで難しい作業ではないんじゃないかと思われるかもしれないが、そんなことはない。基本設計だけでなく、いわば心理的な観点からも一定の技術が不可欠だ。それに、おれはいつも仕事にはかなりのこだわりを持って当たる。たとえば、おれの作成した罠のひとつひとつにはある種の刻印がほどこしてある。罠にかかった獲物が最期を迎えるとき目にする、星空のイメージを組み込んであるのだ。命あるものがこの世を去るときになって、広大な宇宙の無限の可能性を目の当たりにするなんて、詩情あふれる光景じゃないか。

定規とカリパスを取り出して二匹のネズミの計測に取りかかり、そのまま日暮れまで作業に没頭した。窓から差し込む最後の光が弱くなると、しかたなく台から顔を上げてカーテンを閉め、ランプに灯りをともした。そのときなにかに気をとられた――おれの腕をなぞる指の感触がふとよみがえったのだ。そして、夜が明ける前に少しでも寝ておきたいのなら時間が足りなくなるとわかってはいたが、作業に戻る前にしばらくのあいだ別のものをつくっていた。木を削って小さな星ができあがった。なんでもない、ただの小さな星だ。おれはそう思った。

＊

翌朝早くに完成したばかりの罠を抱えて王宮へ向かった。朝の仕事に出かける途中の善良な市民をおどろかさないように罠は布で覆ってあった。鍵束がポケットに入ったままだったので自分でなかに入った――もちろん、こんども使用人通用口から――そして厨房へと歩いていった。だが、ハウスキーパーのばあさんがだれかと話している声が聞こえたので、すぐにはなかに入らなかった。おれはドアフレームにそっと頭を突っ込んで、だれと話しているのか確認しようとした……それで、謎がひとつ解けた。ネズミどもがあそこまで太っている理由が判明したのだ。ばあさんはコンロのそばの小さな椅子に背中を丸めて座り、両手に穀物をどっさりのせていた。足元には猫ぐらいの大きさのネズミがうじゃうじゃいて、その手から餌をもらっていた。おかわりをあげようとばあさんがドレスの奥に手を突っ込むと、ネズミどもは彼女の脚や足首にまとわりついた。そこにはばあさんのほかはだれもいない。彼女はネズミに話しかけていたのだ。かわいらしい名前を呼び、調子の外れた子守歌を口ずさんでいる。おれは潔癖症ではないが、その光景を目の当たりにして胃の中身が逆流しそうになった。ネズミの姿を目撃したのも一因だが、あいつらがネズミであることに罪はない。だが、ほかの人間にここまでの嫌悪感を抱いたのははじめてだった。

おれはのどまでせり上がってきた胃酸を飲み込んで罠を廊下に置き、厨房に足を踏み入れた。すると、けだものどもはばあさんの足元から一斉に散っていき、隅の暗がりや戸棚、壁の穴へ逃げ込んだ。ハウスキーパーは椅子からさっと飛び上がった。まるで、そんな風にしたら安全だと思っているみたいに。

「手を洗ったほうがいい」おれは彼女に言った。「それから、どうして背を伸ばさないんだ。あんたがいつも背中を丸めている姿にはうんざりなんだよ。まるで動物じゃないか」

「どうか」彼女が言った。目には涙があふれ、口をわずかに開けている。「ここには命あるものがほとんどいないのです。王宮には」

そう言うと、説明でもするかのように両のてのひらを広げて見せた。またしても、おれの胃が飛び出そうになる。こんどはネズミはいっさい関係ない。

「おれは王に派遣されたんだ」彼女にそう告げた。「だから確実に言えるのは、おれはこの仕事をぬかりなくやるということ」

はじめ、ばあさんはなにも言わなかった。変なにおいのする口がぽかんと開き、そこからあごによだれが垂れていた。

「あなたはひどい、ひどいお方だ」ばあさんはようやくしどろもどろに言った。

「あんたには、とにかくうんざりなんだよ」おれはそれだけ言うと、くるりと背を向けて、厨房から出て罠を拾い上げ、気色の悪い思いをしなくてもすむ別の場所に向かった。口直しをしなければ。

＊

ミス・エセルは三階の部屋にいた。こちらに背を向けて、背の高い窓から外を眺めている。流れるような黒髪が肩に落ちている。おれは手袋を脱ぎ、布をかけたままの仕掛けを床の真ん中に置いた。奇妙な部屋だった。子ども部屋みたいだがほとんどなにも置いておらず閑散としている――暖炉と、鮮やかな塗装がはげ落ちた、古ぼけた木馬が壁に寄せてある。壁も同じようにすさんでいて、あちこちでしっくいがはがれているが、どうやら昔は動物や不思議な生き物が描かれていたらしい。かつては翼の生えたライオンだったものがなんとなく浮き上がっていたので、指でなぞると、手にしっくいのかけらが落ちてきた——折れた翼の一部だ。

「ここは昔は子ども部屋だったの」窓辺に立ったままエセルが言った。「ここにいるのはいやでしかたがなかった。王座の間でお父さまの横に座り、一緒にいてもいいと、お父さまは以前約束してくれたの。でも、それはお父さまが結婚して弟が生まれる前の約束だったから。それからは、よくこうやってここから毎日外を眺めていた。いつまでもここを離れなかったから、おもちゃは少しずつ片づけられていった。そんなものがあっても遊ばなかったら意味がないでしょう?」そこまで言うと彼女はこちらを振り向いておれを見た。「ゲームを楽しんでいる?ネズミ捕りさん」

「おれのこと、どうして知ってるんです?」

「ああ、母に教えてもらったの」

そのときふとおぞましい考えが浮かんだが、どうにかして頭から締め出した。

「こぎれいな仕事じゃないですけどね」おれは言った。

エセルはそっけなくうなずいて仕掛けに近寄った。「これはなに? 死をもたらす新しい道具?」

「さわったらだめです」さっと彼女のほうに駆け寄ったが、すでに布を外したあとだった。布がぱさっと足元に落ちるころには彼女は目を丸くしていた。

「どう思いますか?」おれは訊いた。

「これは——」

どんな言葉が飛び出すと予想していただろう。残酷。むごい。血も涙もない。ところが、彼女はその先をつづけなかった。

かわりに「どういう仕組みになっているの?」と訊いてきた。「教えて」

「いいんですか?」

彼女はうなずいた。

それまでおれの仕掛けを他人に見せたことはなかった。秘密にしていたわけじゃない。ただ、だれも興味を示さなかったのだ。エセルのようなうら若くて愛らしい女性に説明してもさしつかえないかどうか、いまいち自信がなかった。だが、そう簡単にショックを受けるようなタイプじゃないと踏んだ。おれは仕掛けのそばの床で身をかがめた。

「獲物がどの方向から近づいてきても、仕掛け内部の主要構造へとつながる木の通路に気づくようになってます。らせん状になっている通路を上っていくと、このいちばん上の、カーテンつきの台へと到達します。そして、そのカーテンを突っ切ると……この小部屋に落っこちます」おれは外側から木の表面を叩いた。「そこでは――」

「待って」エセルが口を挟んだ。「どうしてあなたの思いどおりにネズミが行動すると思うの？　なぜ通路を上がっていくとわかるの？」

「それは」おれは笑顔になった。「とてもいい質問ですね。木の部分に特製のにおい粉を二種類すりつけてあるんです。いちばん下はほんの少し、でも上にいくにつれてネズミの鼻にはだんだんとにおいがきつくなって、カーテンのすぐうしろは強烈なにおいにしてあります」

彼女のように話に引き込まれている人を見るのははじめてだった。おれは心のなかで、説明の巧みさを自賛した。

「この奥がどうなってるか見たいですか？」そう言って、指を伸ばして小さなベルベットのカーテンを片側に寄せた。

彼女は近寄ってきて、なかをのぞいた。「まあ！」驚いたような声で言った。「どうしてここにはこんなに星があるの？　まるで夜空みたい」

「それですか？　おれの刻印ですよ」おれは説明した。

「刻印？」

「ほかにはなにが見えますか？」

彼女はもういちどのぞき込んだ。「刃が見える。天井から吊り下がっている」

「そう。それから？」

「これは……ドアね」

「そのとおり。内側からしか開かないドアです」

「どうしてこんなものがあるの？」彼女は訊ねた。

「もちろん、ネズミを外に出すためです」

「これは罠じゃないの？」

「もちろん、罠ですよ。刃には毒があります。エメラルド・ダストを塗り込んでおきました」

おれはカーテンがそのまま閉じるにまかせて、今朝調合したばかりの劇薬を詰めた缶を彼女に見せた。伸びてきた彼女の手が触れる前におれはその缶をポケットにすべりこませた。そして、仕掛けに向きなおった。

「落下するネズミの重みで刃が回転するようになっています。彼は逃れようがありません。でも、昨日おれが厨房で発見したような大きさだったら、かすり傷程度でしょう。もしかしたら、けがをしたことすら気づかないかもしれない。いちばん下にあるドアから外に逃げられますが、遠くまでいかないうちに毒が回ってきます」

彼女は息を吸いこんでおれを見上げた。

「罠を空（から）にする手間がはぶけるようにしてあるんです」おれは説明した。

「におい粉」彼女はそうつぶやいたが、表情が急に読み取りづらくなった。

「なんですか、姫」

「におい粉って言ったわよね、ついさっき。でも、わたしの鼻にはほとんどなにもにおわない。なんのにおいなの？」

「ああ」おれは笑顔になった。「そこがおもしろいところなんですよ。ネズミの身になって考えてみればわかります――あいつらが欲しがるもの、追っかけるものといえば」

「食べ物？」

「普通はそうですね。でも、こういう食料にこと欠かない場所では、通路のいちばん上まで誘い込めるものをちょいと加えてやる必要があります。もっとあらがいがたいものを」

彼女はそのときおれをじっと見つめていた。

「なんだかわかりますか？」おれは彼女に訊ねた。

「さあ、よくわからないわ」彼女はそう答えたが、嘘をついているのがばればれだ。

「メスネズミのにおいですよ」とにかく、おれはそう答えた。

「それでさっき彼と言ったのね」

「それで彼と言ったんです。そのうちメスネズミ用にも別の仕掛けをつくりますよ。でも、レディ・ファーストにするのはいかがなものかと思ったので、今回はこれだけです」

「そうね」彼女は言った。「それにしても見事な仕掛けね。こんな風にも言えるんじゃないかな……ええと――」彼女の緑色の目が一瞬おれの目と合った。「美しい作品だって」

美しい。その言葉が広がっていき、その場の空気を光で満たしたようだった。ボウルに張った水にインクが落ちてしみが広がるみたいに。おれはしばらく彼女をじっと見つめ、それからコートの奥深くに手を伸ばして、粉の入った缶や瓶をかきわけ、前の晩に木を削ってつくった小さな星のなめらかな先端を探した。そして、てのひらにそれをのせて差し出したが、彼女はびくっとしてうしろにさがった。

「どうぞ」おれは言った。「あなたにさしあげます」

彼女は顔をしかめてその星を見ている。「あなたの刻印みたいね」

「まあそうですね。でも、どうか。たいしたものじゃありませんけど、おれはいままでだれにも仕掛けを見せたことがなかったんです。こういうものはね。だから、あなたに持っていてもらいたいんです」

彼女は描いてある眉毛をひょいと上げておれを見つめ、一歩こちらに近づき、おれの手から星をさっとひったくった。

「光栄です。ミス・エセル」おれは言った。

そのとき、ドアから入ってきたガタゴトうるさい音がすべてをぶち壊した。あのばあさんがティー・トレーを運んできたのだ。今朝のあんな姿を目撃したあとでは彼女を直視できるはずもなく、おれはその場を離れて窓から外をのぞいた。

「そろそろ休憩時間じゃないかと思いましてね」しわがれ声が背後から響いてくる。「だれだって、ときには軽く休憩を入れるものですよ、このような――」彼女がティー・トレーを床におろす、カチャカチャという音が聞こえてきた。「骨の折れる仕事の最中にはね」

おれは窓のそばから離れずに、ばあさんとエセルがお茶の道具を取り出して並べる音を聴いていた――いくつもの銀のスプーンやシュガートング、陶器がぶつかりあって音を立てている。ふたりとも言葉を交わさずとも手順をわきまえているようだ。ふたりにとっては慣れたものなのだろう。そのとき、あのおそろしい疑念がまたしても頭のなかにしのびこんでくるのをどうにもできなかった。

「ネズミ捕りさん、わたしたちとお茶にしませんか?」エセルがさりげなく訊いてきた。

「いいえ、結構です」おれはそう答えた。

あのばあさんの用意したお茶をエセルが飲んでいるところを想像しただけで、胃がむかついてきた。

＊

王宮の残りの場所での仕事に向かいながら、どうにかしてむしゃくしゃする気分をまぎらわそうとするうちに、ここ最近ないぐらいにうきうきしてきた——エセルのことと、あの魔女のばあさんのお茶にエメラルド・ダストをひとつまみ加えるところを交互に思い浮かべていたのだ。あの毒薬は粉状だと鮮やかな緑色だが、上質なアッサムやラプサン・スーチョンあたりの濃い色のお茶に混ぜたらまずわからないだろう。そう考えるとおかしかった。なにか味がするかどうかは、さだかではなかったが。それが問題になることなどこれまでいちどもなかった。いまだってとくに問題ではないと、おれは自分をいましめた。だが、一考に値する興味深い疑問ではある。

そんな陰険な妄想を頭から追い出すために、エセルにおれの部屋を見せたらどうなるかという空想にふけることにした。エセルがあの部屋にいる、あの上品さと優雅な身のこなしがおれの日常生活に入ってきたらと考えたら、なんだかくすぐったい気分だった。だが、おれの棲み処は朽ちかけた王宮よりもよっぽど整っているんじゃないか？　それに、彼女はここで鏡に向かったり窓の外を眺めたりするほかはたいしたことをしていないようだ。逃避行のチャンスをおおいに楽しんでもらえるかもしれない。

空想のなかでおれは彼女におじぎをして、その手を取っている。宵のひとときを一緒に過ごしませんかと誘いながら——それどころか、もっと遅くまでここにいてもらってかまわないと伝えている。とはいえ、おれの部屋は彼女の趣味からすると、ちょっとばかしすさんで、がらんとしているだろう。くつろいでもらえるように、化粧台や彼女が気に入りそうなこまごまとした装飾品は当然そろえておかないと。だが、まちがいなくあの街の眺めはそのまま気に入ってもらえるはずだ。おれは窓から出て、うしろを振り返って彼女に腕を差しだすところを思い浮かべた。おれのあとから屋根の上にのぼってこられるように。そして、そんな風にしておれたちはそこで何時間も過ごす。腕を絡ませあい、身を寄せあってとりとめのない話に興じ、目の前の建物上空で黒い鳥たちが旋回するのを眺めている。空想のなかの彼女はおれのとなりでうれしそうにしている。

＊

その日の夕方も仕事終了を報告する相手はだれも見つからなかった。この王宮はどうもおそろしく静まり返った、わびしい場所らしく、日が暮れると一段とそれが感じられる。もちろん、ミス・エセルのような人をおれの部屋に招待できるだなんて、本気で考えていたわけじゃないが、だれか人がいないかと呼びかけたり、口笛を吹いたりしながら王宮内をさまよっているうちに、彼女だってたまにはここから出ていきたくなることがあるはずだという確信が強まった。はつらつとした若い娘なのだから、ときにはもっとたくさんの、おもしろい人たちと過ごしたいと望んでいるはずだ。

降り積もったばかりの雪をざくざくと踏みしめながら王宮内の道を歩いておれはそんな空想にふけっていたが、ふと木々のあいだから立ちのぼる煙が目に入ってわれに返った。これも解せないことのひとつだ。おれは王の命令でここにいるというのに、ここに来てからというものその姿をいちども見かけていない。いったい、いつになったら森からおでましになるのか？ときどきは王宮に行くことだってあるはずだ。あんな場所ではまともに国を治められまい。おれはその場を通りすぎるとき、さっとおじぎをした。まあ、意味のないふるまいだったかもしれない。だがそうすることで、すさんだ見かけとは裏腹にここにも秩序は健在だという気になって元気が出た。

その晩寝ぐらに戻ったおれは、毛布を身体にぎゅっと巻きつけて作業台へと向かった。くたくたに疲れていたから、こごえるような冷気を逃れてあたたかな眠りの世界に入っていきたくてたまらなかった。だが、その前にしておきたいことがあった。作業台の上でそのままになっていた、仕掛けをつくっていたときに出た端材をのこぎりとサンドペーパーで加工しはじめた。そのうち目がしょぼついてきて、薄暗い灯りのなかではほとんどなにも見えなくなった。ようやくできあがったものを窓にかざして見て、納得のいく出来栄えかどうか確認した。完璧な形をした三日月。

おれはまた毛布にくるまって、よろよろとマットレスに向かった。寒さのあまり、骨がかちこちに固まっちまったみたいだった——ようやく目を閉じて夢の世界に身をゆだねたその瞬間は、ミス・エセルの笑顔をもってしても太刀打ちできない、このうえないよろこびだった。

*

翌朝、王宮の使用人エリアにはまったく人気（ひとけ）がなく、ハウスキーパーのばあさんも見当たらなかったから、おれはかえってほっとした。最初に出くわした生きものは、二日前にエメラルド・ダストをまいておいた調理台の上でけいれんしていた巨大ネズミだった。おれはまず手袋を装着して、そいつの首を素早く折ってから陰気臭い廊下を進み、王宮のなかでも豪奢な区域へ足を踏み入れた。

古ぼけた子ども部屋のほうに歩いていると、まぎれもない音楽のような彼女の笑い声が、廊下の先のドアの向こうからきこえてきた。ドアが少し開いていたので、おれは大胆にも押し開けて、そっとなかに足を踏み入れた。

すぐにしまったと思った。そこにいたのはエセルひとりではなかったのだ。この前おれが見たときに彼女がのぞきこんでいたのと同じようにきらびやかで立派な鏡台の前に座っていたが、彼女のうしろにはあのハウスキーパーのばあさんがいて、櫛を手に黒々とした長髪を編んでいた。おれが急に戸口に現れても、その妖怪婆はなんの反応も示さなかった——作業に没頭するあまり、鏡に映りこんだおれの姿が目に入らなかったのだろう——ところがミス・エセルはちがった。彼女はばあさんの手の下でじっとしていたが（あのつややかな黒髪のあちこちにけがらわしい手が触れると考えただけで、おれは耐えきれなくなった）、目をさっと上げたので鏡のなかでおれと目が合った。おれは最後にもういちどだけ彼女を見つめた。ランプの光のなかに浮かび上がる、非の打ちどころのないその姿を見ていたらいたたまれなくなって、そのまま部屋を出て胸糞悪くなる光景から遠ざかった。

そのまま子ども部屋に向かおうとしていると、うしろでドアの閉まる音がして、つづいて廊下に鋭い靴音が響いた。

「ネズミ捕りさん」彼女の声が響いた。「こんなに早くお帰りなの？」

「ミス・エセル」おれは振り返って会釈をした。きょうの彼女は緑色の瞳とおそろいの緑のドレスに身を包んでいる。「お忙しいと思ったものですから」

「忙しくなんかないわ」彼女が言った。「こんな王宮で忙しいわけがないじゃない」

「でも姫、ハウスキーパーがおそばにいましたので」

「待たせておけばいい」エセルが言った。「あのね、わたし彼女にあなたの罠のことを話したの――昨日説明してくれたあの仕掛けのことを」

「そうなんですか?」

「そうなの。それでね、意外でしょうけど、彼女興味津々で。だから、わたしが髪を編んでもらっているあいだ、こっちにきて一緒に座らない?」

「残念ですが、おことわりさせていただきます、殿下」

エセルの表情が曇った。「前にも言ったよね、殿下じゃないって。わたしの名前は、言ったとおり――」

「ミス・エセルですね、わかっています。でも、先を急ぎますので」おれは彼女にそう言った。「王宮のほかの場所でも作業に当たらなければなりません。とにかく、王のご命令ですから」

彼女がなぜかやたらとあのばあさんになついているようすから、おれの胸にある疑念が生じたぐらいだから、あのばあさんとちょっとでも一緒に過ごすと考えただけでうんざりするという本音を明かすのは控えておいたほうが賢明だ。

「あら、でもきっとネズミはそんなにたくさんいないと思うけど」エセルが言った。

無理して明るさを装っているような言い方だ。彼女のいつもの冷静さからしたら妙だった。

王宮の害獣問題の深刻さについては、そのまっただなかに暮らしている彼女ならよくわかっているはずではないか。

「それでも、おれが仕事に追われるほどにはいますから、ミス・エセル」

そのとき彼女の表情がこわばった。「わかった」そう言うと、くるりと背を向けて去っていった。

「ミス・エセル！」おれは彼女のうしろ姿に呼びかけた。

「なあに、ネズミ捕りさん」

「さしあげたいものが」おれは手袋を脱ぎ、コートに手を突っ込んで、おれが昨晩寝る前に作業台で木を削ってつくった小さな三日月を探した。

「これを」彼女にそれを差し出した。「あの星と合わせてください」

彼女はそれをおれのてのひらからつまみ上げて、しげしげと眺めていた。しばらく真剣な表情を浮かべて、それを指のなかで転がしていた。

「ほんとうに、わたしたちと一緒に過ごす気はないのね？」彼女は念押しをした。

「ありません、ミス・エセル」

「とても残念だわ」彼女はそう言うと、ドアを閉めて部屋のなかへ消えていった。

これは現実なんだろうか。エセルのような、美しくて気品のある女性が——しかも王の異母姉だぞ——朝のひとときをこのおれと過ごせなくて残念だと思っているだなんて。はじめはとても信じられなかった。

＊

ところが、朝の時間が過ぎるにつれて晴れ晴れとした気分になってきた。朽ちかけた廊下を行ったりきたりしてエメラルド・ダストの緑の筋をつけ、それと交互に獲物をおびきよせるためのにおい粉を散布する作業をしながら、とても残念だわという彼女の言葉を思い出してはうきうきとした気分になった。またしても、気づいたら作業中に口笛で曲を奏でていた。波止場で仕事をしていたときに水夫かだれかが歌っていておぼえた舟歌だが、メロディが美しい。どんなに醜悪な環境で醜悪な仕事をしていたとしても、見るべき場所に目を向ければ美しさはまちがいなくそこにあるのだと、その朝その曲が思い出させてくれた。それで、王宮のなかではじめて足を踏み入れた場所で、縁（フリンジ）がぼろぼろになった豪華なタペストリーに毒の粉をふりかけている最中にドアがぎいっと開いて見たことのない若い男がそこから出てきても、たいして動じたりはしなかった。男のたたずまいは完璧だった。おまけに清潔で新しそうなスーツに身を包んでいる。彼の立派な外見と周囲のすさんだようすとのギャップがあったからなのか、彼が不機嫌な表情を浮かべていて、おれのぶしつけで遠慮のない視線から貴重なものを守るかのように背後でドアをぴしゃりと閉めた態度のせいなのかはわからないが、とにかく、こいつは好きになれないとすぐにぴんときたことを告白しておく。

「たいへんありがたいのだが」男が口を開いた。「そんな風に大騒ぎするのをやめてくれたら」

「おれですか、サー?」フリンジにつけすぎたエメラルド・ダストを払い落としながらおれは訊いた。「大騒ぎとは?」

「きみの口笛だよ」男は答えた。「調子が外れている。しかも、わたしの仕事の邪魔になる」

「ああ、そういうことでしたら。心からお詫びもうしあげます、親愛なるサー。お言葉どおり、おれに音楽の才能があったためしはないですから」

「そのようだな」男が言った。「それから、きみがなにをしているにせよ、よそでやってくれると助かる。いま重要な書類を扱っていて、気をそらすわけにはいかんのだ」

「ですが、おれはネズミ捕りでして、サー」おれは言った。「必要とあらば、どこにでも出向かなきゃなりません」

彼は不意打ちを喰らったような表情でおれを見つめた。あるいは、ただ嫌悪感を表していただけかもしれない。

「王宮内のすべての廊下に罠をしかけ、毒をまかなくてはなりません」おれはさらに続けた。

「王のご命令です」

「ああ、きみは王に派遣されたのか」ため息をつきながら男は言った。「まあ、そういうことならしかたがない、大目に見よう。きみがネズミ捕りだったとはな」彼はしばらく指先を見つめていた。「とにかく、この部屋に近づかないでいてくれたらありがたい。ああ、それから。子ども部屋にも近づかないほうがいい。自分の身が大切ならどうするのがいちばんいいか、わきまえているだろうがね」

「子ども部屋ですか？」おれは言いかけたが、彼はすでに部屋に引っ込んでドアを閉めたあとだった。

タペストリーの作業は完了した。それからふと好奇心が湧いて、彼の部屋のドアに掲げられたプレートを見た。ぴかぴかに磨き上げられ、きちんと手入れがされているようだ。おれがこれまでに王宮で目にしてきたものとはおおちがいだ。そこには華麗な渦巻き状の書体で〝ショー、法学博士〟とあった。思わず、ドアの前の床につばを吐いていた。

＊

あんな男に午後をぶち壊しにされるなど愚の骨頂だが、子ども部屋に近づくなという忠告の真意が気になり、頭のなかで何度も考えた。なにかの脅しだったんだろうか。態度もとげとげしかったし。だが、命じられた仕事をしているだけなのにあんな態度を取られるとは意味不明だ。もしや、子ども部屋に置いてあるおれの仕掛けに、あいつはなにかよからぬことをしたんじゃないか。そんな風に考えだしたら止まらなくなって作業をつづけるどころではなかった。それで、におい粉とエメラルド・ダストの缶を廊下にほっぽりだして、異常がないか確認するために引き返した。

*

仕掛けは無事だった。子ども部屋の床の真ん中に、置いたときのままになっていた――ただし、いまやその周辺にネズミの死体が散乱しているというちがいはある。死体は仕掛けを中心に同心円状に転がっていて、どのネズミがしぶとくて、毒が回る前に遠くまで逃げられたかを示す地図になっていた。黒々とした死体が床に落ちているのを眺めていると、ふとカラスを思い出した。おれが窓から眺めていると、カラスたちは街の上空へ舞い上がり、その翼が落とす影が屋根の上で黒々としていた。だが、これとそれとはまったく別だ。ここで展開されている光景は、カラスたちの自由さ、優雅さとは多くの点で対極にある。おれはしゃがみこんで、いちばん近くに落ちているネズミの死体を調べた。目は大きく見開かれ、こと切れる寸前に吹いた泡であごは湿っている。美しい作品。エセルはそう言ってくれた。もう少しでその言葉を鵜呑みにするところだった。

「さわらないで」背後のドアのところでエセルの声がした。彼女がやってきたことにおれはまったく気づいていなかったが、動揺をどうにか表に出さないようにした。

「大丈夫ですよ。慣れてますから」おれは言った。「もう死んでいて、なにも危険はありません。ほらね？」おれはしっぽをつまんでネズミを持ち上げ、彼女に見せたが、すぐに後悔した。彼女はびくっとして、叫びだしそうになったが、とっさに口を両手で覆った。

「それに触らないで、お願いだから」彼女は言った。「ほんとうに、あなたにはそんなことをしてほしくないの」

「おれは仕事をしているだけです」おれは言った。「あの、エセル、ショーって男がこのあたりにいるのをご存じですよね？　そいつが子ども部屋で仕事はするなと忠告してきたもんですから。どうしてそんなことを言ったのか、わかりますか？」

　彼女はかすかにほほ笑んだが、顔はすっかり青ざめていた。「まあ、それはご親切に」彼女は言った。

「なんですか?」

彼女は首を振った。「たいしたことではないわ」彼女は窓のほうにふらふらと歩いていって、しばらく凍りついた芝生を眺めていた。どうやら、おれのせいで受けたショックから立ち直ろうとしているようだった。わざとゆっくりと呼吸をして、スカートの前身頃を整えていた。それから、こちらを振り返った。かげりはじめた午後の光のなかに、額に収まった彼女のシルエットが浮かび上がった。「ここにきたのは死体を見るためじゃない」彼女は口を開いた。「一緒に散歩でもどうかとお誘いしようと思って。この時間になるときまってさみしくなるから」

にわかには信じられなかった。おれは仕掛けのそばの、しゃがんでいた場所から立ち上がった。

「散歩ですか?」

彼女はにっこり笑った。「そう言ったのよ」

「ばあさんも一緒に?」

「彼女は一緒にこなくてもいい。というか、きっと来たがらないでしょう」

「本気ですか?」

「もちろん、本気よ」彼女は言った。「本気じゃないわけがない」それから彼女はおれに近づいて、手を取った。この世でとびきり素晴らしい現実を目の前にして、おれはかたまっていた。

まだネズミ捕り用手袋をはめたままだ。一日じゅう仕事をしてどんなネズミの汚れがついているかわからない。そんなものが、彼女のなめらかで、かぐわしいにおいのする肌に触れている。おれは手を引っ込めようとしたが、エセルが指先をぎゅっとつかんで、おれをドアのほうへと引っ張っていった。

「ほら」彼女は言った。「恥ずかしがってないで、ネズミ捕りさん――ちょっと失礼なんじゃない？　ほんとはわたしと一緒に行きたいくせに。ワインの瓶やなんか、全部用意しておいたから。きっと楽しいわ。野暮はよして」

彼女の言うとおりだ。おれは一緒に行きたくてたまらない。なにをさしおいてでも。それで、おれは自分の疑念にふたをして彼女についていった。先王の娘がおれのような男と本気で宵のひとときを過ごしたがっているんだからと、どうにかして思い込もうとした。彼女がさみしい思いをしているというのは、ほんとうなのかもしれない。

＊

おれたちは王宮内の道を歩いていき、敷地を突っ切って、一面凍りついた大きな湖までやってきた。月明かりを受けて氷の表面がきらめいている。彼女はおれたちのために二つのグラスにワインをそそいだ。おれのコートをピクニック・ブランケットがわりにして、ふたりで湖のほとりに腰を下ろした。おれはこごえちまいそうだったが、あんまりしあわせな気分だったから、たいして気にならなかった。

「母はあなたのことが気に入らないみたい」藪から棒に彼女が言った。

「じゃあ、やっぱりあのばあさんが母ぎみなんですか？」

「ええ、そうよ」彼女は答えた。

「じゃあ、おれからも伝えてください。おれだって、気に入らないですと」

「まあ」彼女はワインをひと口飲んだ。「悪い人じゃないのに。彼女の最悪な部分を目撃してしまったのね」

「あれが？」

エセルはしばらく考えていた。「幼かったころ、わたしはお父さまのお気に入りだった。わたしはお父さまの小鳥、ナイチンゲールだったの。でも、それもあの人がほんものの恋に落ちて結婚するまでの話だった。想像がつくと思うけど、そうなるとわたしの存在が不都合になって、わたしは子ども部屋へ追い払われた。わたしが私生児であることが周囲に害をおよぼす伝染病であるかのように、何年もそこに閉じ込められていた。でも、すっかり見捨てられたわけじゃなかったの。母がいてくれたおかげでね。だれかに言われたわけでも、命令されたわけでもないのに、彼女はいつもそばにいて私を見守ってくれた」

「けだものどもの群れを引き連れてね」

エセルはそれについてはなにも答えずに、ただワインをちびちびと飲んで、こちらを見ようとしない。しばらくして訊いてきた。「あなたは……罠のつくり方にくわしいのでしょう？」

「ええ」おれは答えた。

「ああいうドアだとか、滑車、通路なんかはよく工夫されている。でも、いちばん肝心なのは――」彼女がこちらを向いたので、おれと目があった。「獲物が欲しがるものはなにかを突き止めることじゃないかしら。彼らが求めるものを」

「おとりのことですね」おれはうなずいた。「まともに考えたら野蛮な仕事ですよ、ほんとうに」

彼女は黙っている。おれは彼女の緑色の瞳がいつもよりきらめいているのに気づいた。

「エセル、泣いているんですか？」

彼女は首を振って、湖に視線を戻した。また話せるようになるまで、しばらくかかった。

「わたしのおとりはなんなの？」彼女は言った。

「なんですか？」おれはそう言いつつも、彼女の言いたいことはちゃんとわかっていた。

「わたしはなにが欲しいの？　なにを求めているの？」

「それは――おれにはさっぱりわかりません」

「でも、あなたは考えていたんじゃない？」

　そのときとっさに彼女を笑わせたらどうかと思った。あるいは、なにか気を引くような、うまいことを言って話題をそらす。だが、おれの口をついて出たのは「そのとおりです」という言葉だった。

　長年この仕事をするうちに身についた考え方が急に恥ずかしくなった。おれは立ち上がって、湖のほとりに行きつく小径を歩いていき、頭を冷やそうとした。もしかしたら彼女が追いかけてきて、そのうえ手を握ってくれるかもしれない。でも、そんなことは起こらなかったので、おれはひとしきり呼吸を整えてまた彼女のもとへ戻った。月明かりに照らされた彼女の顔はどこかおかしかった。寒いのだろうか。

「王に派遣されたのがあなたじゃなきゃよかったのに」そのとき彼女は言った。「だれか別の人だったらよかったのに」

「もしそうさせてくださるのなら、おれはあなたをここから連れ出しますよ」おれは夢見心地で言った。「こんな王宮のことは――王やネズミ、母ぎみのことなんか全部忘れて、ただ逃げるんです。もしよかったらおれと暮らしませんか。おれの仕事場に案内して、窓からの眺めもお見せできます」

彼女はなにも言わず、こちらを見ようともしない。無表情のまま、ただ前方をじっと見つめている。

「ばかなことを言わないで」彼女はようやくそう言った。「ここに座ってワインでも飲んだら」

雪のなかにふたつのグラスが並んでいた。彼女のグラスは空になっているが、おれのグラスはまだなみなみと注がれたままだ。おれはそれを一気に飲み干して言った。「寒いでしょう。こんな夜に外で座っているなんて正気の沙汰じゃありません。王宮まで送りましょう」

彼女は首を振りながら立ち上がって、毛皮のコートをぎゅっとかき合わせた。「いいえ、結構。ひとりで帰れるわ。ここはわたしの家だもの」

「たしかに」おれは言った。

彼女は身をかがめておれのコートを拾い上げ、雪の塊を払い落として返してくれた。なぜかそのとき、おとりだとか罠の話は別にして、彼女がおれにとってどんな存在なのかを説明しておかなければという思いにかられた。それなのに、どこから始めたものかさっぱりわからなかった。「ありがとう」おれは彼女に言った。「おわかりだと思いますが、あなたに会う前は世の中にはだれひとりとしていなかった――可能性を見出してくれる人はだれも……」

落ちついて話そうと、おれはしばらく木々を眺めた。そして、また彼女に視線を戻すと、こちらを見つめる彼女の目にはあわれみらしきものが浮かんでいた。

「そんな風におれを見ないでください」おれは言った。「エセル、お願いだから――そんな風におれを見ないでくれ」

手を伸ばしたが、彼女は身をひるがえし、雪原のなか王宮へ走っていってしまった。

「おやすみなさい」おれは走り去る彼女に向かって言った。

彼女の謎めいた態度を不審に思う時間はたいして長くなかった。筋肉がけいれんしだし、呼吸しづらくなったと自覚したとき、おれはまだ王宮の門にもたどりついていなかったのだ。手足がもつれ、胃が飛びだしそうになって身をよじりながら、ふとひらめいてポケットに手を伸ばし、エメラルド・ダストの缶をそこに探った。むろん、あるはずはない。あの弁護士の薄っぺらい言葉にむしゃくしゃしてすべてを投げ出したとき、廊下に手袋やなんかと一緒に置きざりにしたのを思い出した。

おれは崩れ落ちてひざをついた。自業自得なんだろうか。おれが一線を越えて踏み込みすぎたせいなのか――そんな思いが頭をかけめぐったが、それに対抗するように彼女の瞳やほほ笑みが心に浮かんだ。こんなことがおれの身に起きるだなんて、とても信じられない。なにしろ、この世界にはそれほどに美しいものを宿す場所があるのだ。だったら、どこかに慈悲だってあるはずじゃないか？　しかも、こんなに激しく身もだえしていなかったらおれは笑い出していたところだ。意識が途切れる寸前におれの目に飛び込んできたのは、満天の星だったから。

ハートの問題

どこに行ってなにをするのかまったく決めておらず、ましてやどこかに行くことが自分にとってほんとうに必要なのかも判然としない状態で、人は何度同じスーツケースの荷づくりをしてはまたやり直し、ということをあきれずに、ただあきれずに繰り返せるのかな。ロンドンのせいでぼくの頭はおかしくなりかけている。というか、うまく言い表せないが調子がすこぶる悪い。漠然とした感覚だから具体的にこれだと言えない。不調の原因のひとつは、やたらと人が多いこと。通りを歩くだけで意思どうしのせめぎ合いにいやおうなく巻き込まれ、ラッシュアワーの地下鉄車内では他人と身を寄せ合わせないといけない――となりの女性がいらついて、無表情でこっちにぐいぐいと寄ってくるのは、リュックサックを背負った長身の男性が彼女にもたれかかっているのに気づかず、ただ直立の姿勢を取るために黄色い金属の棒にすがりついている彼女のこぶしを圧迫するという事態がつい数分前に発生したからだ。この街はいつだってそんな具合だ。ここにいるせいで落ちつかず、不快になるという、それだけの理由で赤の他人がぞんざいな態度を取り、ときに残酷にもなる。ここで生きていけるのは適者だけ。老人や子どもは病院や保育施設、その他どこかわからない場所に収容されて都合よく視界から消えている。

だから、そう。言ってみれば、ぼくはこの街がきらいだね。ここのペースは苦手だし、ここで暮らしつづけるうちに自分が変わってしまうのではないかとおそれているのにもかかわらず、出ていけないことにも嫌気がさす。日を追うごとにぼくがこの街に抱く嫌悪感が増し、気が滅入っているというのに、ぼくはあいかわらずここにいる。去年のクリスマスにキログリン（アイルランド、ケリー州の町）に帰省したときにとまどったことを最近ではしょっちゅう思い出しているっていうのに。そもそも、ケリー空港でパスポートの確認にあんなに時間がかかるだなんてどうなっているんだ。係の女性はそこを通過するどの家族とも知り合いで、どんなささいな変化も聞き逃すまいとしているんじゃないかと腹が立った——たとえば、ジョンは新しい自転車をうまく乗りこなしているかとか、イーファの赤ちゃんはどんなようすで、歯は順調に生えているのかとか、フィンタンはまだ犬アレルギーなのか、小さなココを飼っているアニーの場合はどうなのかということを訊きだしていたんじゃなかろうか。それから、新聞販売店でマルボロ二十本入りを買おうと思ったら、九〇年代の旧式レジの上で店員のロリーの手がゆったりと踊るのをじっと見つめながら、ようやく品物を手渡されるまで待たなきゃならない。そしてもちろん、思考をまとめ、それを言葉にするのに時間がかかる父さんにたいして、ぼくがしびれを切らしたときの姉さんの顔。父さんはぼくが速度を増すのと反比例するようにペースを落としていき、動きが緩慢になって、どうやら後退しはじめたようだ——時の流れをさかのぼっているから最近のできごとはすべてもやの彼方だ。

それなのに、さっきも言ったとおりぼくはここにいる。ここで暮らす覚悟を決めているわけじゃないが、かといって出ていく決心も完全につかないまま、ぼくたちふたりには広すぎる衣装収納のなかにある年季の入ったスーツケースに荷物を詰めて準備万端にしておき、予期せぬなにかがやってきたときに備えている——それは啓示のようなものになるはずだ。現時点でのぼくの人生の問題、これまで二百と十四日のあいだずっと抱えつづけている、どんな形でも落としどころのない問題を魔法のように解決してくれるなにか。その期間中の一日一日は、箱に入ったばらばらのジグソーパズルの一片のようなもので、それらをつなぎ合わせて新しい図柄をどこまで完成させられるのか、現状ではまったく見通しがつかない。

婚約者のベアトリスが仕事で留守にしているあいだ（彼女はやる気に満ちあふれているからときどき土曜日も働く。だから、それはほぼ毎日ということになる）、ぼくは広すぎる衣装収納からスーツケースを引っ張り出してきて（〝広すぎる〟と言ったのは、それが寝室の半分を占めていて、まともな人間が送る人生の規模を考えたらまちがいなく大きなものだから）、二十分ぐらいかけて中身を検分する。ときどき、なにかを取り出して、以前は必要だと思えなかったものを入れることもある。たとえば、今朝ぼくはスーツケースのなかにコンパスを入れた。どちらに向かえばいいのかわからなくなっても、コンパスさえあればある地点との関係から自分の居所を割り出せる。だから、いつだって役に立つはずだ。

また別の朝はこんなことをする。スーツケースの中身をひとつ残らず取り出してベッドカバーの上に一列に並べ、ひとつひとつ順に手に取り慎重に確認していく。ポンドが入っている封筒、ユーロが入っている封筒、ぼくたちが暮らすロンドンのフラットの鍵、遠く離れたキログリンにあるぼくの実家の鍵、毛糸の帽子、母から借りた『海よ、海』*（読む時間をいまだ確保できていない）、いざというときのためのタバコ――そこにいま、コンパスが加わった。そして、ひとしきり確認すると、ぼくは品物をスーツケースに戻して留め金をカチッと閉め、今朝はいよいよこのスーツケースの取っ手をにぎりしめてフラットを出て行き、二度と戻らないんだろうかと考える。

そのままロンドンの通りに出て、このだだっ広い、汚染された街を革のはがれかかったスーツケースの取っ手をにぎりしめながらリヴァプール・ストリート駅を目指してよたよたと歩いていくことになるんだろうか。その道中考えているのは、夕食の準備をする母さんと姉さんの手伝いに間に合うように帰れるかなとか、父さんはまだぼくをなじみの存在として認識できるのかなとか、みんなあいかわらずだらだらと時間をかけて朝食をとっているのかなとか、兄さんと姉さんとぼくが小さかったころみたいにビーチを散歩したり、山のほうにドライブに行ったりするのにまだ間に合うのかなということ。駅に着いたらそのまま空港行きの電車に飛び乗り、空港に着いたらこんどはライアンエアーの人たちのところに直行して、〝ケリーまで片道切符をお願いします。支払いはカードで。いえ、いくらかかってもかまいません。それよりももっと大切なことがときにこの世界にはあるんです〟と言う。でも、なにしろ目的地がケリーだから、まずまちがいなく、〝本日はケリー行きの便はございません。水曜日までお待ちくださいい〟と、けばけばしい黄色と青の制服に身を包んだ受付の女性に言われるだろう……それで、水曜日まで待つのはたいしたことじゃないのに——人の一生の壮大な時間の流れや地質学的な時間、すでに二百と十四日のあいだどっちつかずの気持ちのままここにいるという事実を考えたらまったくたいしたことじゃない。それなのに、それまでほんものだと思っていた緊迫感や熱に浮かされたような刹那的な衝動は消え失せて、ぼくの心はベアトリスや彼女が集めた小さ

＊　アイルランド出身の作家アイリス・マードックによる一九七八年のブッカー賞受賞小説。

なキャンドルや服、一緒に買った陶器がそろっている居心地のいいフラットへとさまよいだす。

それで、もっとよいものを受け取って当然の相手にたいしてそんな仕打ちにおよぶのは残酷ではないかという気がしてくる。あらかじめ計画のうえで水曜日の便を予約して、彼女が仕事に行っているあいだに忽然と姿を消すなんて。仕事から帰ったらぼくがそこにいて、リゾットをつくったり、隣人の悪口を言ったり、それ以外にも彼女がしたいことをなんでもできると彼女は信じ切っているというのに。だから、ぼくは結局空港をあとにするだろう――想像上の、架空の人生に生きるもうひとりのぼくは――そして、また電車に乗り込む。電車が距離を進んでいくたびにぼくの手のなかでスーツケースはどんどん重たくなる。そして、そのなかに入っているコンパスの針は、ロンドンのフラットの玄関ドアとぼくが出てきた空港の方角とのあいだで揺れ動き、ぐるぐる回転し、どこかを指している。

それから、夕方のラッシュのさなか、とがった顔をした仕事帰りの人たちの足取りをかわしながら街を歩いていく（家に帰りたくてたまらないその人たちの気持ちをぼくも共有できたらいいのにと思いながら）。そのうちぼくは舗道やビルやなんかからは離れて、ハイド・パークのなかを歩くようになる。公園内はそこまで混んでおらず、いらついた人ごみは消え、いくぶんゆったりした雰囲気の歩行者たちが現れる。その人たちだってなにか目的があって歩いてはいるが、いっぽうでこの街に負けてたまるかとも思っていて、バラの香りが漂ってくればときに顔を上げることだってある。それで、ぼくもバラの香りをかごうとするんだけど、緑あふれる環境にいるというのに足元の道がアスファルトで舗装されていることに気づく。現在のぼくみたいな状態じゃなかったら（それがどんな状態なのかは言葉にできないが）、ハイド・パークはそこを通りがかっただれの目にも居心地のいい場所に映るはずだ。それなのに、建物や高層ビル、オフィス、鉄道の線路がひしめき合って、それぞれがほかよりも目立とうとしているロンドンの喧騒の中心部にあるのは、この人工の池と、アスファルト舗装の道と、鳩と、だだっ広い空っぽの場所だけじゃないかと気づいたぼくは、うろたえ、愕然とするだろう。

そのせいで、想像のなかのさまよえるぼくは帰宅が遅れる。とはいえ、いまではすこぶる重くなっていて、いったいどうやって運んできたのか理解に苦しむスーツケースを広すぎる衣装収納にしまい込み、それがすむと手と顔を洗い、髪をとかしつけて、ベアトリス（ぼくの婚約者だ、彼女はベアトリスという名前なんだ）が鍵を回す音が聞こえてくる時間には間に合った。

〝ただいま、ダーリン〟彼女はそう言うだろう。〝出かけていたの？〟

〝ちょっとセインズベリーズ（英国の大手スーパーマーケット）まで行ってたんだ〟あいさつがわりのキスをしながら、ぼくはそう言う。

〝夕食になにか買ってきてくれた？〟

〝いや〟ぼくは答える。〝ごめん、買ってない。忘れてた。山羊チーズを探しに行ったんだけど好みのものが見つからなくて〟

〝あなた、好みのチーズを見つけられたためしがないじゃない〟ベアトリスはあからさまに困惑した表情を浮かべている――どうして夕食の食材の買い出しを忘れない程度にしゃきっとしていられないのかと言われているみたいだ。なにしろ、彼女が仕事に行っているあいだにぼくは丸一日使えたのだから。深刻な不調を抱えていることは彼女に打ち明けていない――頭が、胸が、腹が痛むのだと、正体不明の、疲労困憊する不調に苦しんでいるんだと。そして、ぼくの祖父母はじいちゃんが育った島で酪農を営んでいて、山羊たちはその牧場で草を食み、ばあちゃんは義理の兄弟が海岸で採ってきた海藻を少量混ぜてチーズをつくっていたじゃないかと、ベアトリスにあらためて説明したりはしなかった。そんな事情があったら、ぼくがここで好みのチーズを見つけられなくたってしかたないじゃないか。見つかるわけがない。だからといってぼくは探すのをあきらめたりしないんだよ。ましてや、スーツケースのこと、空港のこと、電車のなかで回転しつづけるコンパスのことを彼女に打ち明けたりはしない。

普段から昼間は仕事探しをしているということにしてある。現在のところは、ふたりで暮らしていくには充分すぎる収入が彼女にあるから、あせらなくてもいいと言われている。でも、ぼくだって貢献したい。そう言うと彼女はいつだって、よくわかったと言うように真剣な表情でうなずく。彼女は意識していい人になろうと人一倍努力するようなタイプなんだ。なにも、素の彼女がいい人ではないと言っているわけじゃない。つまり、つねにそういう努力を怠らないタイプだということ。わかってもらえるかな。

〝もちろん、そうだよね〟ぼくがまた働きたいと言うと、かならずベアトリスはそう言う。〝もちろん、よくわかってる〟

だから、仕事探しをしていることにしてある。それに、あながち嘘という感じでもないし。単純化しているだけで。というのも、ぼくは日がな一日街じゅうをほっつき歩き、硬くなったパンをハイド・パークの鳥たちにほうり投げ、ショーウィンドウをのぞきこみ、こんなチラシを拾い上げる——

ストップ‐モーション

ウェンデル・ブラウンによる二十一世紀のダンス・オデッセイ

太った猫は九生に値せず：銀行員に責任を取らせせよう

空間vs.非空間：写真の新たな息吹

清掃員求ム：時間を守れて常識のある、信頼できる方　時給八・五〇ポンド
お問合せは電話番号〇七八四九六五二六三まで

——そのすべてが、名前こそついていないが、仕事探し（ジョブ・ハンティング）をしているも同然の行為のように感じられるということは、わかってもらえるかな。ぼくはまさにこの街で狩り（ハンティング）をしているようなものじゃないか。ところが獲物の正体となると、これがよくわからない。きっと姿を見たらわかるんじゃないかな。でも、なにかを探している気分になっている人だったら、まったく的外れなことをしている人ですら、そんな気持ちになるもんじゃないか。それか、なにを求めているのかなんてまったく気にしていないかのどちらかだね。

　それできょう、ぼくはとりあえずいつもどおりに過ごして、テムズ河畔をぶらぶら歩き、グリーン・パークを抜けて、ピカデリーの門（ゲート）の近くにある新聞販売店に立ち寄った。ロンドンには新聞販売店というものがなく、わずかにあったとしても店を開けつづけるためにアルコール類の販売に頼っているというありさまに、ぼくはいまでもあきれてしまう。とにかく、ぼくの行きつけの販売店のこの男、毎朝ぼくが新聞を買っている店の男は根っからの国際人で、世界じゅうの新聞を販売しているんだ。ぼくは《アイリッシュ・タイムズ》を手に取って、彼の前のカウンターに置き「これだけお願いします」と言う（〝これだけ〟だとか〝ここにあるだ

け〟と前置きせずにものを買えないというのは、どういうわけか)。新聞を買うわずかな時間、ぼくは家に帰ったような気分になる。

「ダン」と新聞販売店の男は大きな声で言う。ぼくは彼の名前をおぼえていないというのに、彼はぼくの名前をこっちが気おくれするほどしっかり把握している。「調子はどうだい」

最後に彼と会ってから二十四時間しかたっていないというのに(たまに夕方に帰宅する途中であいさつがてら寄ることもあるから、もっと短い時間しかたっていない場合もある)、彼は毎朝かならずぼくにそう声をかける。

「悪くないよ」ポケットのなかでごそごそお金を探しながら、ぼくは返事をする。

「悪くないだって?」彼はうなる。「こんなに美しい日だっていうのに、悪くない?」

五ポンド札を見つけたぼくは、にやっと笑ってそれを手渡す。

「《アイリッシュ・タイムズ》ね」釣銭をそろえながら、彼は言う。「アイルランドは好きだよ」そう言われるのはおそらく七十八回目だ。ぼくがロンドンに来てから過ごした朝の数から、彼とこの売店を見つけるまでにかかった時間を引き、ベアトリスが家にいるのでぼくが外出しない日曜日をそこからさらに引き、彼がそういうことを言う気分じゃなかった数日と、そしてもちろん、ぼくが体調を崩しているか、なにかの理由で落ち込んでいて新聞を読む気になれない例外的な日数を引いたらそうなるはずだ。

おかしな話だけど、この新聞販売店の男を見ていると、なぜかぼくの兄のキアランを思い出すんだ。兄さんはぼくよりも三歳年上で、ダブリンで研究者をしている。ふたりの容姿はそこまで似ているわけじゃない。というか、似ているところなんてほとんどない。キアランがその男よりも数十歳若いのもその理由のひとつだ。ところが、男のしぐさや、かもしだす雰囲気がなぜか兄さんを彷彿(ほうふつ)とさせるんだ。たとえば、単純にあごの形が似ているし、話しながらやたらと眉毛を動かす癖も同じ。ふと似ていると感じるその瞬間、ぼくは高等学校修了試験を終えて兄さんを大学に訪ねたあの夏に舞い戻る。彼はまだそこで暮らしはじめて一年かそこらで、ぼくたちふたりは雨が降るなかオコンネル通りに立っていて、彼はサブウェイのサンドウィッチにかぶりついている。背後で七四七線のバスが水たまりのできた路面を進んでいくあいだ、ぼくたちは彼と同じゼミにいる女の子の話をしている。

「アイルランドは好きだな」新聞販売店の男がまたそう言ったので、これで彼が同じことを口にしたのは八十六回目だったかもしれないと心のなかで計算する。でも、つづいて男は「息子がそっちに住んでる」と、きょうはじめてぼくに明かした。「ダブリンに。いい子だよ、息子は。向こうの人たちによくしてもらってる」

「きっとそうでしょうね」そう答えながら、正直なところぼくはほとんどうわの空だった。というのも、ぼくの一部はどういうわけかまた山羊チーズのことを考え、残りの大部分は兄さんのことを思い出していた——それは、ぼくたちがまだ学生のときの兄さんではなく、去年のクリスマスに会ったときの兄さんで、彼はキッチンで母と一緒にいる。青白い顔をして紅茶のカップに口をつけながら、春になったら父さんを助けるためにもっと家に寄るようにすると約束している。テーブルカバーの上で母さんの手を取り、そんなに離れていないからたいしたことではないのだと、電車に乗ればすぐだし、午前中に講義が入ってないときは平日だって来られるかもしれないと伝えている。

「息子がいないとさみしいもんだ」新聞販売店の男が言う。「でも、まだ若いからね。あんたと同じぐらいかな。あんたたちみたいな若者は少しは世界を見て回らないと。ちょっと冒険をして、いろいろな場所に住む。でも、あいつはいい子だから。そのときが来たらこっちに戻ってきて、父親のそばに腰を落ち着けるはず」

父親のそばに。そのときが来たら。まるで、ふたりのあいだの絆をしっかり感じているから、どちらかが離れていくという危険性を心配する必要などまったくないかのようだ。世界のどこにいてもふたりはつながっている。釣銭を手渡されたので、ぼくはそれを無造作にポケットに突っ込む。そこに入れたらあとで取り出すときにひと苦労なのに。たぶん、小さなコインが何枚か縫い目のほつれから裏地のなかへ落ちていく。このコートの内側には長年のうちにそうやって迷い込んだ小銭がたくさんたまっていることだろう。ユーロ、ポンド、ドル、そしてまだコートがおろしたてのときにあのおかしな家族旅行でストックホルムを訪れたときのスウェーデン・クローナ。いまだにぼくから磁力が出ていないだなんて、奇跡みたいなものだ。でも、もしかしたらすでに出ているのかも。だから、スーツケースに入れたコンパスの方角判断は、ぼくが発する磁力の影響でおかしなことになっている。ぼく個人の混乱状態とコートの雑な縫製のせいで、方角が読み取れなくなっている。ぼくは《アイリッシュ・タイムズ》を受け取って、男の店で売っているすべての新聞が一面で大々的に報じている見出しに目を落とした。

EU条約第五十条*から一年：ブレグジットの時計は止まらない

気候変動による災害抑制に残された時間は十年以下

パリ動物園で五十頭のヒヒが脱走して観客に避難指示

「それじゃあ、ダン」新聞販売店の男が言う。「自分を大切に」ロンドンではめったにない、奇妙で異例なことだが、彼の意図は別として、その言葉じたいは心からのものだという気がした。

その瞬間、彼の手を握りしめて訊いてみたい衝動にかられる。「ばらばらになってしまいそうな気持に圧倒されたことってありますか？　全世界が崩れていって、小さな塊にわかれるような感覚なんですけど。それで、ばらばらになった塊どうしはもう助け合ったりしないし、またくっつこうともしない」

ところが口を開くと、ぼくの声がこう言っているのが聴こえる。「自分がすごく場違いな場所にいると思ったことはありますか？」

それを聞いて彼はおやという顔をするが、笑ったりはしない。質問についてなにか考えているようだ。

「あんまりないな」しばらくすると、そんな答えが返ってきた。「でも、そんな風に感じたんなら、どこにいたってそこには長居しないだろうな」

「というのも、ぼくは悩んでいるんです」気づくとぼくはその先をつづけていた。「ロンドンっ子のふりをするのは、もういいかげんにやめておいたほうがいいんじゃないかって」

「どうして〝ふりをする〟だなんて思うんだろうな？」男が訊いてきた。

＊　ＥＵ離脱について定めた条約。二〇一六年に英国で行われた国民投票の結果を受け、メイ首相がこの条約にのっとりＥＵ離脱を発動。

「それはその、ぼくは……よくわからないんです。痛むんですよ、ここが――それで、なんとか見通しがきくようにならないかともがいてます」

「あのな、相棒。医者に相談したほうがいいかもしれないぞ」

「大丈夫ですよ」ぼくはそう答える。「きょうはさんざんな一日だったから」さんざんな二百日と十四日だ。

「そのうちよくなるさ」男が言う。「とにかく、ちかごろじゃあ、いろんなものが前よりましになってる。もうすぐ春だってことを忘れちゃいけない」

　別れのあいさつがわりにうなずきながら、ぼくはピカデリー通りのほうにふらふらと歩いていく。顔を上げると、一見するとまだ冬の状態の、クモの脚のような木の枝に気の早い新芽がいくつか出ているし、陽差しも確実にあたたかくなってきている。それで、ぼくは新聞をわきにぎゅっと挟んで、地下鉄の駅へと吸い込まれていくおぞましい人ごみを避けながら道を渡った。そのあいだは気持ちが軽くなっているのがはっきりとわかる。こんな場所にいながら気もそぞろにならず、いつもより少しくつろいでいられる。

　ところが、気分が上向きになりかけたちょうどそのとき、奇妙なできごとがはじめて起きた。とにかく、それはそのときたしかに起きたんだとぼくは思っている。わけのわからないできごとだったから、そこまで自信を持って言い切れるわけじゃない。しかも、ほんの一瞬だったから、ぼくがそれに気づいたときにはすべてはいつも通りに戻っていた。さらに、そんなことや、それに類するどんなことも起きるだなんてまったくの想定外だったから、狼狽したという事実がある。そのうえ、思いがけず木の枝の新芽に気づいて、季節のうつろいや時の経過に思いをはせている最中だった。にもかかわらず、ぼくはそれをありありと感じたんだ。自分の身体に異変が起きたらなにかまずい事態になっていると、ぼくたち人類はただわかるようにプログラムされている。ぼくの胸の真ん中からはじまった鋭い痛みが左腕に流れていき、手首まで達した……と思ったら、近くに燃えているものなどないはずなのに薪をいぶすようなにおいがふっと漂い、雲ひとつない晴天なのに顔の表面に雨粒が当たる感触があって、かすかに波音が聴こえてきて舌の上に塩味が広がった。

ぼくは必死に平静を装おうとした。それで、はげましてくれた新聞販売店のあの人の名前を明日また確認しておかないとだとか、ちょっと人と話しただけでもこんなに変わるんだから、ベアトリスと一緒にいるだけじゃなくて、こっちでもっと友達をつくらなきゃだめだな、というようなことをわざと考えるようにした。それで、鼻歌を歌いながらここハイド・パークまで歩いてきたんだ。途中、コスタ・コーヒー近くのマーケットで硬くなったパンの袋を買い、ここでしばらく日光浴をしながら新聞を読んで、鳩に餌をあげてのんびりするつもりで。

ロンドンに越してくる前、ベアトリスとぼくはダブリンで四年間暮らした。ぼくたちはそっちではうまくいっていたと思うよ。ふたりとも似たような人生を送っていたからね。当時のぼくには仕事があったし、けっこう楽しく働いていた（きらいな仕事じゃなかったことはたしかだ）。それに、街には友達がたくさんいた。ぼくたちはおおいに笑い、睡眠時間は短くて、将来を真剣に考えていなかった（少なくともぼくは考えたことはなかった）。ふたりとも多忙で、いつも時間が足りなかった。あるよく晴れた土曜日に、グラフトン通りのあたりで買い物をしている最中にベアトリスは〝しっかり働き、全力で遊び、やさしくなろう〟と書いてあるポスターを見つけ、いたく気に入った。ぼくたちはそれを買って帰り、ダイニングテーブルの上に飾った。いまにして思えば、そのポスターはまさに、思い描いた充実した暮らしを維持していくのはたいしたことはないと思い込んでいたぼくたちの浅はかさをよくとらえていた。そのころのぼくは、架空の人生を歩んでいたらどんないいことがあるかなんて、ほとんど考えなかった。そもそも、そんな考えじたいがばからしいし、能天気な妄想にすぎないと思っていた。当時のぼくが自分について思い描いていたのは……過去じゃなくて理想の未来にかかわることだった。たとえば、毎日ちょっとでも息のつける余裕があったらいいのにとしょっちゅう思っていた。金のために働いたり、家事をしたり、友達の相手をしたりしなくてもいい時間があったらダンスや絵画を習いたい、小説だって書けるのに、とね。

すみません。なんだか的外（まと）れなことばかり話してしまったみたいだ。でも、なにがほんとうに重要で、なにが単なる偶然なのかを見極めるのはすごくむずかしい。つまり、こういうとりとめのない話から飛び出すなにかが、ぼくのいまの状態の核心であり、鍵を握るもの、重要な原因となるものであるはずなんだ。そのなにかが的であるはずなんだ。そうじゃなかったら、自分の問題にどう取り組んだらいいんだ。なにかが出てくるはずなんだ。というのも、道を歩きながら、あちこちで鳥に餌をやりながら、こうやっていま話したようなことを考えていた最中に（具体的になにを考えていたのかは、いまとなってははっきりとは言えない）、奇妙なことがまた起きた。おかしなことが二度までも起こったのでぼくは心配になってきた。それから……その。白状すると、ここに座って、ぼくがこうやってきみに語りかけている最中にも異様な事態が進行しているのがぼくにはわかる。それはぼくの胸の真ん中からはじまって両腕から指先まで広がり、それから両脚へと下りていき、つま先まで達している。この瞬間も、あくびや吐き気をがまんするように、ぼくはその感覚を押さえ込もうとしている。どうせたいしたことじゃない、なんでもないことだと。かりに医者に診てもらったとしても問題をうまく説明できるかわからない。それでも、この干からびるような感覚をぼくはどうしても振り払えない。ぼくの身体が形を保つのに必要な土くれがどんどんなくなっているような気がする。それからまたあの不思議な、なにかが燃えるにおいがして海の味が広がり、雨粒の感触がやってきた……どれも不可解なものばかりだから、そのせいでぼくは不安になっているし、とまどっている。

もしかしたら、未来のぼくがある朝目覚めたら、ベアトリスやロンドンにたいする気持ちがはっきりとするのかもしれない。それで、彼はスーツケースの取っ手をつかむ——羽根のように軽くなっているから難なく持ち上げられる。それからぱりっとした白いシャツに袖を通して、磨き上げたばかりの靴を履き、ハイド・パーク内のこの池（いまぼくたちの目の前にあるこの池のことだ）へしっかりとした足取りで歩いていく。ここまで来ると、スーツケースをぶんぶんと高く振り回しはじめる。そして、カーブの頂点に達したところで手を離し、スーツケースは空高く飛んでいく。ほうり投げられたときの推進力から重力だけに切り替わって池に落下するまでしばらくのあいだ、スーツケースは空中にとどまっている。宙ぶらりんになっているその瞬間に、本の表紙がぱっと開き、いろいろな国の紙幣が封筒から飛び出してごちゃまぜになり、鍵束は耳障りな音を立て、今朝入れたばかりのコンパスの針は、ぼくのコートの裏地にたまっている、なくしたコインの磁気の影響による混乱からようやく解き放たれておかしな動きをぴたりと止め、まともに動き出す。その針が真北を指した瞬間にぼくとそのコンパスの絆も断ち切られるのだと、ぼくは本能的に悟る。ぼくの真ん中に、奥深いところにひそんでいる、閉ざされていたものが解き放たれて、かつてないシンプルさが人生に流れ込んでくる。その後、スーツケースはそこにいるカモたちを蹴散らしながら池のなかへ落下する。池のちょうど真ん中に落ちたそれが水底に沈んでいくのをぼくは眺めている。

それから、もちろん、あいかわらずぱりっとしたシャツを着ておしゃれな靴を履いた、この頭脳明晰（めいせき）な架空のぼくは気を取り直して仕事を探しにいく。なにか役に立つ、普通の仕事を——それはおそらく、床から天井までガラス張りで、ゴムの木が置いてあるオフィスでするような仕事になるはずだ——その時点で彼はようやく、とてつもない幸運に恵まれた末に与えられた人生を受け入れる。そして、世界のなかで自分のためだけに用意されている空白地帯にどうやらはまりこむ。それは彼の背格好にぴったりフィットする空間のようなんだが、彼自身はそんなものを望んだおぼえはまったくない。疑問を投げかけたり、あがいたり、流れに逆らったりといった行為を彼は一切あきらめた。これからは年に三度はアイルランドの家族に会いにいって、めったに帰れないとこぼすこともない。それどころか、そんな考えじたいが浮かばなくなるだろう。それに、うっかりそっちを家と呼んでしまうこともなくなる。ベアトリスを連れて両親に会いにいったら、キログリンのみんなはふたりを見てよろこぶだろう。父親の状態がゆっくりと悪くなっているのを見るのは彼にとっては悲しいことだけど、だからといって身構えたり、軽蔑するような態度を取ったりしない。そのせいで、こんな風に救いがたいぐらいにまったくものごとの見通しが立たなくなったり、いままさにその瀬戸際にあるように、壊れてしまったりはしない。彼は有能でたよりがいがある男なんだ。パーティーに顔を出して、知らない人に自分のことを語って堂々としていられる。かわいそうなベアトリスにようやくなにか自慢できるものをあげられる。

　ふたりが出会ったときのことをぼくはよく思い出すんだ。当時ぼくたちは大学生で、ダン・レアリー（ダブリン近郊の港町）に立ち並ぶ大きな家の一軒でパーティーがあった。だれが主催者なのかわからないパーティーだった。そこには兄のキアランに連れていかれたんだよ（彼のことは前にも話したよね）。それから、そういえば当時のベアトリスはいまとはまったく印象がちがっていて、すごく気楽な感じだった。肩の力が抜けていて、ドレスに赤ワインをこぼして笑っていた。そもそも髪の毛からして長かったし、人類学の学位取得のために勉強中で、そのときはそんな彼女のいかにもイギリス人らしいところが、ぼくの目にはとてもエキゾチックに映ったんだろう。ぼくたちは食べ物が並べられたテーブルのそばで話しはじめた。ダン・レアリーでのパーティーだから当然なんだけど、テーブルには多種多様なおつまみが並んでいて、真ん中にはチーズの盛り合わせがあった。それで、ぼくは思わずこんなことを彼女に話していたんだ。じいちゃんが酪農をしていて山羊を飼っていたことやその兄弟が海藻を採ってきたこと、ばあちゃんとじいちゃんがうちにくるときはいつも大量のチーズを持ってきたから、数日間は毎食チーズを食べるはめになったということ、父さんがいつもの忍び笑いをするのを見て、ぼくたちはしょっちゅう笑っていたこと。そんな風に、自分の両親が訪ねてくる、にぎやかな大家族を築けたことを父さんは誇りに思っているみたいだった。それで、よくわからないけど……これがひどくばかげた、おかしなことだと思われるのは承知している。チーズがロマンチックな話題になるなんて考えにくいし、少なくとも普通に考えたらぜんぜんロマンチックじゃないからね。でも、ぼくはそこでベアトリスと座っていて、そんな話をできる相手はほかにいないと確信したんだ――ソーダブレッドの上にのっている山羊チーズのことや、それが故郷の味に近いだなんてことを話せるのは彼女しかいない。

たったの数年でこんなにも変わってしまうだなんて、笑える。数か月でも、数週間でも、二百と十四日間でも――きょうも入れたら二百と十四日と半日だ。時の流れのなかで自分が置き去りにされていると感じることはあるかな？　物忘れが激しくなりだした父さんはそんな気持ちでいるのかもしれないと、ぼくはよく考えるんだ。とくに最近のできごとほどおぼえていられない。ほかの人たちにしてみればもう何週間も経過していて、とっくにそこから離れているのに、父さんだけはそこにぽつんと置き去りにされてじっと動かない。

でも、きっとこれは言っておかなきゃ――どんどんまずいことになっている気がする。ぼくの腕の例の奇妙な感覚がなくならないんだ。いままではすごくはっきりと感じられる。しかも……ちょっと移動しているみたいでね。おそらく、胸の筋肉にも達している。それは……まあ素直に白状すると、ぼくはそのせいで不安になっている。不安でたまらない。なにかの病気だったらどうしよう。麻薬のような物質を偶然摂取していたとしたら？　それからさ、人生でやっかいごとが起こったときのための、わかりやすい鉄則はどうして存在しないのかな。つまり、ぼくの身にどうもなにかが起きているらしいというときに使える鉄則が。たとえば、やけど、髄膜炎や脳震盪、心臓発作が起きたときやなんか……あのさ、ぼくはなにも命を危険にさらしたいわけじゃないんだ。でも、そんなときに人が取るべきとされる一連の行動ってあるよね。適切とされる行動で、そういう状態になったときに症状の改善を助けてくれるわかりやすい対処法が。でも、診断がついていなかったらどうなる？　どういうことか、わかってもらえるかな。いったいぼくのなにが問題なのか、それが突き止められなかったら、回復の見込みや治療法、自分がかけられた罠から、苦しくなってしまう思考や言葉から、胸の内側に痛みを感じるこの状況からの逃げ道なんて見つかりっこない。話についてきてる？　ぼくの言ってること、わかってもらえるかな。

*

リアンはピザをひと口かじってもぐもぐ食べながら、サーペンタイン池の水面をかすめるように飛んできたカモが着水し、羽根や翼を腹のほうに格納して泳ぐ姿勢を整えるのを眺めている。空気、水、カモ。しばらくのあいだ彼女は、ダニエルの言葉がふたりの頭上で漂い、ベンチのあたりで旋回するにまかせている。それから、口元を上着の袖でぬぐう。

「どこに――彼女の名前はなんだっけ？　ベアトリスだったかな。そういうあれやこれやのなかで、ベアトリスはどこにいるの？」リアンは訊ねる。

「いまごろ仕事だよ」ダニエルはそう答えて、腕時計に目を落とす。「それから、八時か九時には家に戻ってくる。ベアトリスの職場はぼくたちのフラットからそんなに離れていないけど夜遅くまで働いているからね。ときどきジムにも行くし。彼女はやる気に満ちあふれているんだよ」

「あなた、彼女のことそこまで愛しているの？」

「なんだって？」

「簡単な質問でしょ」リアンはまたピザにかじりつき、ダニエルが話しているあいだずっと背を丸めてベンチに座っていたせいでこり固まった首をほぐすように左右に動かしている。「彼女を愛しているの？」

「それはさっきの質問とちがうじゃないか」ダニエルは言う。

「なんですって？」

「さっきの質問は――そ、こ、ま、で愛しているかだったよね」

「たいしてちがわないじゃない」

「ぼくはおおちがいだと思う」

「そうなんだ。じゃ、答えられる?」

「どっちの質問に?」

「ねえ、ちょっと」

「だからさ、そのふたつはまったく別の質問だから」

「じゃあ、〝彼女をそこまで愛しているの?〟に答えて」

「ぼくは——よくわからない。それ、すごく個人的な質問だし。それに——そうやって口いっぱいにほおばりながら話すのは失礼だよ」

リアンはため息をつく。「わたしに力になってほしいんじゃないの?」

「だれにも力になってもらわなくてもいい」

「そう……」リアンは首のストレッチを再開した。

「つまり、ぼくだってだれかに力にはなってもらえたらと思うよ。でも条件がある」ダニエルが言う。「変な決めつけをする人や明らかに心の問題を抱えている人以外なら」

リアンは彼を見る。「まあ、わたしになにか言えるとしたら——そういう状況について話しているのに、ベアトリスにはあんまり触れないってことが妙だよね」

「ベアトリスのことは話しているじゃないか」

「彼女といずれ結婚する婚約者として話しているようには聞こえないけど」

「いや、彼女のことは話しているさ。ちゃんと。彼女は……今のところはたいして問題じゃないんだ。それどころか問題にかかわってすらいない。ぼくは彼女についてはそんなに心配していないよ」

「どうして彼女に結婚を申し込んだの？」

「ぼくは申し込んでない」

「申し込んでない？」

「その、彼女のほうから申し込んだからね。ぼくからは申し込めなかった。収入も仕事もないし」

「ほんとうに？」

「もちろん、ほんとうさ」

「いや、そうじゃなくて。ほんとうにそんな理由で彼女にプロポーズしなかったの？　いまは二十一世紀なんだよ、ダニエル。そんなことが問題になるわけないじゃない」

「あのさ、当時彼女はこっちでの仕事がすでに決まっていて、いろいろなことを計画していたんだ――家具のことを考えたり、フラットの保証金にするお金を貯めたり。それでぼくは――ぼくはどうしてもできなかった――」ダニエルはそこで言葉を切って胸や腕をさすり、手首の腱をほぐす。「とにかく、もちろん大問題だよ。それを否定するのなら、きみはわざとなにも知らないふりをしているんだ」

リアンは片方の眉毛をぴくりと上げる。「まあ、あなたってほんとうにひねくれてる」

「なんだって？　ちがうよ！　ぼくはただ——話しているだけ、話そうとしているだけだ」

「それで、彼女があなたにプロポーズしたんだよね？」

「ああ、言ったとおりだ」

「それで、あなたは〝はい〟と答えた」

「まちがいなく」

「ねえダニエル、どうしてそんなことしたの？」

「質問攻めにするのはやめてくれないか。おかげでぼくの腕の症状が悪化しているよ」

「力になりたいから」

「でも、なってないじゃないか。きみは力になってないよ」

「ダニエル、これはわたしの問題じゃないんだよ。わたしはあなたのこと、ろくに知らないんだし」

ダニエルはベンチの上で身をよじり、彼女と向き合う。「きみはどうしてぼくをそんな風に見るの？」

「わたしはどんな風にもあなたを見ていません」

「いや、見てるよ。きみはむかついてるだろう。ぼくにはわかるんだ」

「ちがうって」リアンが言う。「わたしはむかついてなんかいません」

「むかつかせてしまって、すまないね」

「あなたはそんなことしてない」

「いや、ぼくのせいだ」

「言い争いなんてしたくない。あなたのせいでむかついたのなら、ちゃんとわかります」

それにたいして彼はなにも答えない。しばらくのあいだ、ふたりは無言で座ったまま、足元で地面をついばんでいる鳩を眺めている。リアンは腕時計に目を落とし、しわくちゃになったピザの包みを放り投げる。それはダニエルの頭上を飛んでいき、ベンチのすぐそばにあるゴミ箱にすとんと収まった。

「あのさ」彼女は口を開く。「そろそろ仕事に戻らないと」

「きみは働いてるの？」

「もちろん、働いてる。日がな一日公園のベンチに座って、おかしな人の言葉に耳を傾けているとでも思うの？」

「この街の人たちはみんな働いている」

「ほとんどの人はね」彼女は言う。

小道のかたわらでつぼみをつけている気の早いラッパスイセンをリアンはじっと見つめる。それが、この会話に新たな視点をもたらしてくれるものであるかのように。

「でもあなたは働いていない」彼女は言う。

「ああ」ダニエルは言う。

リアンはあいかわらずラッパスイセンを見つめたままだ。それから、腕時計をまたちらっと見て、あくびをして目をこする。

「近くで働いているの。この近く?」ダニエルが訊く。

「まあね。すぐそこだよ」リアンはある建物を指さす。

「でも、あれは――」

「セント・メアリー病院」

「あれはきみの職場じゃない」

「なんで?」

「きみは医者らしくないから」

「看護師だからね」

「それに、看護師っていうタイプでもない」

「なんでそうなるわけ？　看護師ってどんなタイプなの」

「わからないよ。ぼくが言いたかったのは――その……きみの態度にはどこかトゲがあるってこと。看護師らしくないよ」

「なんですって？」

「きみが訊いてきたんだぞ。どういうことなのかって。それに、きみだって気づいているはずだろう。そもそも、そういう態度はどこかで身につけたものなんだから。それとも、もともとそういう性格で、隠したり押さえつけたりしていないだけか。自分が人に与える印象に気づかないわけがない。きみはそこまで頭が悪いようには思えないしね」

「いいかげんにして。こんなことにつき合っている時間はないんだから」リアンは足をさっと前に出して、ベンチから立ち上がる。「あなたの具合が悪そうだったから、大丈夫なのか確認しようと思って声をかけただけ。誹謗（ひぼう）中傷はけっこうです」

「ちがうんだ」ダニエルが言う。「待ってくれ、すまなかった。こんなつもりじゃなかった。こんなのはぼくだっていやだ。でも、とにかくひどい気分なんだ。まるで、ぼくの内側でなにかが壊れかけているような、全身がばらばらになるような。それは……すごくやっかいなんだ」

リアンはため息をつく。なにか考えているようだ。それから振り返ってダニエルを見る。

「どこなの」彼女は言う。「どこが痛むの？」

「なに？　いま、ということ？」

「ええ、いま」

「わからない。なんていうか……すべてが？」

「具体的な場所はわからないの？」

「ああ。わからない。言えないんだ」

「わかった」リアンは目をくるっと回して、コートのポケットに両手を突っ込み、立ち上がる。まだ本格的な春ではないから、これだけ長いこと外に座っているときつい。しかも、きょうはすでに仕事で八時間立ちっぱなしだったのだ。骨が痛む。彼女はあくびをして歩き出し、いつもの午後へと戻っていく。ダニエルの相手をするのもこれぐらいにしておかないと。心のなかでそう思っているのに、振り返って彼に声をかける。「あなたに必要なのは医者じゃないと思うよ。ベアトリスをほんとうに愛しているのか、よく考えてみたら。それがわたしにできるアドバイスね」

「待ってくれ！」リアンに向かってダニエルはまたそう言う。

最初、リアンはおかまいなしに歩いている。でもそのうち立ち止まる。

「なんなの？」そう言って、両手をポケットに突っ込んだまままうしろを振り返る。彼の相手をしていたら仕事に遅刻する。ダニエルのような男と話しこむなどという余計なことをして困った事態になるだなんて、ばかばかしいにもほどがある。相手は自分のことしか考えていないし、話しているとこっちがいやな気分になるというのに——でも、彼はどこか少し……おかしいということもたしかに感じている。看護師としての第六感になにかが引っかかるのだ。彼がさきほどから暗にほのめかしているように、身体のどこかに問題があるわけではなさそうだ。そういう男たちなら、これまでにも見てきた。頭で考えすぎて損をしている人たち。そういう人たちは、はっきりとしない、想像上の症状を訴えて彼女に助けを求めてくる。彼らが欲しいのは同情、正当性、そして注目だ。だとしても、ダニエルの場合はまちがいなくなにかある。

　そうは言っても、ここまでかかわるのはすでに度を越している。病棟巡回があるのだから、出てくるべきではなかったのだ。マヤの髪の毛を洗わなければならないし、戻ったらすぐにダグラスの様子を見にいかなければ。緊急の呼び出しやらベッドのシーツ交換やら、そのほかにもどれだけのことをしなければならないだろう。こんなところに来るんじゃなかった。彼女はダニエルをじっと見て、そもそもこんなことはまちがっているという気持ちをよく吟味して、あと少しだけここにとどまる価値があるのか考える。

「きみは結婚しているの？」唐突に訊かれて、彼女の思考は中断する。

「なんですって？」

「お願いだ。知りたいんだ」

「本気なの?」

「ああ、まちがいなく。ぼくは本気だ」

彼女はまた腕時計に目をやる。あと八分で戻らなければ。もう立ち去ることしか考えられない。でも、彼の表情は真剣そのものだ。

「そういうことなら、いいえ、ダニエル。わたしは結婚していない」彼女は答える。

「どうして?」

赤の他人になんという質問をするのか。

そして突然、ほんの一瞬、すべてが彼の言葉どおりに感じられる――時はどんどん流れていくのに、彼女は置き去りにされたみたいだ。ふたりとも置き去りにされている。

公園の敷地のすぐ外側をサイレンの音が通り過ぎていく。鳩が集まっているところに、幼児がずかずかと入っていく。Mサイズのミントチョコチップ・コーンの代金を支払う客がなにかを言って、アイスクリーム売りが笑いだした。ロンドンに暮らす何万、何千という人たちが、いまふたりを取り囲むこの街じゅうで歩き、立ちどまり、走り、踊り、キスをしている――それから、リアンは考える。まず、おもしろいことでも言ったらどうかと思う。でも、なにかの答えを求めて必死な形相になっているダニエルに向かって軽口をたたく勇気はない。それで、彼女はまたラッパスイセンに視線をさまよわせながら、思い出していた。彼女をパリまで連れていき、帰りの電車のなかでプロポーズしてきた男がいた。そして、大学生時代のボーイフレンドは、花束を手に彼女のアパートメントによくふらっと現れた。でも、彼が法科大学院に進んで引っ越したときにすべておしまいになった。それから、どう考えても理想的な男に彼女は二年間つきまとった。それなのに、ふたりでいても話すことがなにもなかった。そして、彼女の二十一歳の誕生日の朝に、母親が自分の祖母の形見である婚約指輪を贈ってくれたこと。急に風がさっと通り過ぎて、彼女は身ぶるいする。ハイド・パークですずめが一羽、さえずっている。

「どうして結婚してないの?」ダニエルはまだ知りたがっている。

「どうしてって」彼女は言う。「だって、ほんとうに。この件にかんしては、わざとなにも知らないふりをしてるって言ってもらっていい。でも、わからないじゃない。わたしだって、もしかしたら——でも、どうなのかな。わたしはまだ信じている——」リアンは空を見上げる。まるで、その広がりが彼女の言葉を正当化してくれるように——「わたしだっていつかだれかに出会えるかもしれないって。その人は、そうだな……」彼女は目を閉じて息を吸い込み、そしてまた目を開けた。「わたしは遺跡の発掘現場なの」

「きみは発掘現場なんかじゃないよ」ダニエルが顔をしかめる。

「口を挟まないで」リアンが言う。「たとえば、わたしが発掘現場だったとする。そしたら人がやってきて、わたしの心臓(ハート)を掘り起こすでしょう。そして、それをこじ開けて、なかにあるものを確かめようとする。そこに彼がいるの。わたしのハートのなかにいるのは彼だけ。わたしが出会いを待ちつづけている、その人だけ。そこになにか意味があるのなら」

「それは、わざとなにも知らないふりをしているということじゃないと思うけど」

「うん、そうだね。たぶんちがう」

「ぼくのハートのなかになにがあるのか、見当もつかない」ダニエルは言う。「その人たちが発掘したとしても――考古学者たちがね。果たしてなにかを見つけられるのか、わからないよ。ハートの考古学者たちが」

そして、午後になってはじめてダニエルの顔にかかっていた雲が晴れ、間の抜けた薄笑いが浮かんで表情が明るくなった。きっとハートの考古学者を思い浮かべたせいだ。リアンは思わず彼にほほ笑み返していた。もっとも、彼女の場合はまったく別の理由からだったが。

「ただ」ダニエルは言う。「ぼくにはなにかが欠けているみたいなんだ、欠陥があるっていうか――ハートにかぎらず、なにか重要なものが、ぼくの中心にあるべきものがそこにない。そのせいで、ぼくはどっちつかずの状態でふらふらしている」

そうやって話していると、彼のなかから、熱に浮かされたような、不安なエネルギーが抜けていくようだった。ふたりが話しだしてからはじめて、彼がこちらをまともに見ていることに彼女は気づく。そしてなぜか、なんと声をかけたものか、まったくわからなくなる。

「あなたは大丈夫だよ」ようやくそう言った。でも、おざなりで、ありきたりで、わかりきった言葉じゃないかという気がする。「わたしだって、もとはここの出身じゃない。一年目は大変だった。でも、あなたもそのうち慣れるから」

「そうなるといいけど」彼は言う。

彼女は精一杯がんばって、元気づけるようにうなずく。それから、彼をひとりにしたらだめだと彼女の一部がずっと訴えているにもかかわらず、身をひるがえして小道を先に進みはじめた。

池をぐるっと周りこむまで彼女は振り返らない。そこまで来ると立ち止まって池の対岸に並ぶベンチを見渡し、午後の時間帯に小道に集まってくる、のんびり歩いたり、ジョギングしたり、早足で歩いたり、散策したりする人たちの向こうにダニエルの姿が見えないかと探す。すると、彼はたしかにそこにいる——遠くに黒い人影が見える。コートのポケットを引っかきまわしていて、なにかを探しているようだ。刻一刻と必死さを増している——外側からポケットをたたいたり、裏地をひっくり返したり、生地をつかんでぎゅっとにぎったりしていて、まるで裏地になにかが紛れ込んだようだ……と、そのとき、大きなベビーカーに赤ちゃんをのせた母親の集団がそこを通りがかったので、彼女の視界はしばらくさえぎられる。その集団が通り過ぎるのを待つあいだ、彼女は疲れ切った目をこすっていた。目を開けると、ありえない光景がそこにあった。ずいぶん離れたところにいるせいなのだろう。午後の陽差しがまぶしすぎてよく見えないのか、別のベンチを見ているのか、その両方なのか。なにしろ、まったくありえない光景だったから。とくに、いまは三月で、彼女の頭上の木の枝には緑の新芽が出ていることを考えたら。

それでも、そこにあるのだ。秋の葉っぱがわんさかと。黄金色や茶色、あずき色、ハチミツ色、焦がし砂糖の色、そして、鮮やかな赤い木の実の色の葉っぱがそこに見える。春になりたてのころに特有の軽やかにさっと吹きつける風にはおかまいなく、それらの葉っぱはベンチの周辺でさあっと舞い上がって渦巻き、ひと塊になる。はじめ、ハリケーンみたいだとリアンは思った。それはそのうち砂嵐になり、それから二重らせん構造になった。

そのとき三月の風が強く吹きつけて、彼女の首のうしろがひやっとし、葉っぱの形が荒々しく乱れた。らせん構造は崩れ、葉っぱは散り散りになる。黄金色、赤色、深い琥珀(こはく)色はばらばらになって、空という広い窓に吸い込まれる。四方を高層建築やビルに囲まれた、ロンドン中心部にぽっかり空いたこの場所の上空にはなにもない。

それから、葉っぱは立ち並ぶビルよりも高く舞い上がり、気まぐれな気流に乗って揺れている——リアンはあいかわらず地上にいるから、その気流は感じられない。いま、彼女の目には一枚一枚の葉っぱが、燃え立つような赤い色をした、秋の鳥の翼から落ちた、鮮やかな小さい羽根のように見える。

でも、そこにはまだ、ベンチに置き去りにされたままの人影が座っている。ダニエルはポケットのなかに葉っぱを入れていたのだろうか。それで、彼女が去るのを待って、両手いっぱいの葉っぱを空へとほうり投げたとか。でも、別れ際の彼はそれほどおかしな感じではなかった——ただちょっとばかり不安と悲しみを抱えていただけで。しかも、いま彼女に見えている、向こう岸のベンチに座っている人はほんとうに彼なのだろうか。ベンチの前の道をせわしなく行きかう人たちのせいで、よくわからない。それに、水面に反射する光のきらめきがまぶしい。ここからだと、その人影は実在の人物というよりも、鉛筆で描いた男性のラフスケッチのようにも見える。それか、ユーモアのセンスのある人がベンチにコート、シャツ、ズボン、靴を並べて天日干ししているみたいでもある。もしかしたら、いつかまたダニエルと会えるかもしれない。そのときに葉っぱのことも訊けるだろう。

〝あの葉っぱはなんだったの？〟彼女はそう言う。

〝ああ、あの葉っぱね〟彼は答える。〝きみがあの葉っぱのことを訊いてくるなんて、おもしろいね。というのも〟——それからまた彼はスーツケースやコンパスや硬貨について話しだす

——あるいは、島で暮らしていた祖父母のことを、海藻混じりの山羊チーズといえば故郷を思い出すことを。

毛刈りの季節

昔あるところに、不思議なほど才気煥発なジェイミーという名の十一歳の少年がいた。好きなものは、電車、飛行機、宇宙船で、将来の夢は宇宙飛行士になることだった。ところが、彼が住んでいたのは湖水地方のど真ん中、辺鄙な場所にある羊農場だった。家族や小さな集落の住人はだれひとりとして、宇宙旅行業界を目指すに当たってまずなにをすればいいのかはおろか、宇宙にかんする基本的なことすら知らなかった。

　ところが、ジェイミーのママはコンピュータを一台持っていた。それは、彼女の寝室の片隅に息づく、音のうるさい旧型のデスクトップ・パソコンで、インターネット接続もすんなりとはいかない。それでも、ジェイミーは毎日何時間もそのパソコンの画面にくぎ付けになった。バッファリングにどれだけ時間がかかろうとも辛抱強く待ち、大好きなユーチューブ動画を楽しんだ。なかでもいちばんのお気に入りは、六〇年代と七〇年代の、粒子の荒いNASAの記録映像だった。ロケット打ち上げの成功例や失敗例、地球の軌道に落下する人工衛星……それからもちろん、月面着陸のようすを収めたもの。ジェイミーはその動画を繰り返し観たので、しまいには目を閉じていても再生中に不意に聴こえてくる雑音や人の声を再現できるまでになった。

「ジー、ジー——了解（ラジャー）、ヒューストン。はっきりと聴こえています——ジー、ジー」こんな風に、アメリカ人の鼻にかかったしゃべりかたを精いっぱいまねて、ひとりでぶつぶつと練習していた。

ジェイミーのママはよく農場に下宿人を置いていた。羊の出産が終わり、つばめが空を舞いはじめる春になると彼らはやってきた。学校の勉強や家の手伝い、ユーチューブ鑑賞で多忙をきわめていたジェイミーは、家庭にいっとき滞在する下宿人にはまったくと言っていいほど関心を示さなかった。毛刈りの季節のある昼下がりに、マイルズという名の、ひょろっとしたぼさぼさ頭の青年が、紹介状と、航空宇宙工学分野の博士課程の院生だということを示す、体裁が整っているように見える書類をたずさえて農場にあらわれるまでは。それがどんな学問なのかジェイミーにはよくわからなかった。それでも、彼の専門分野を知った瞬間にチャンスだと思った。そして、ある朝、いつも遅くに起きてくるマイルズがまだマーマレードをトーストに塗り広げているときにジェイミーは自己紹介をした。

トーストをぱくつくマイルズの視線の先で、どんな進路が最適なのか――たとえば、最初の応募先をＮＡＳＡか欧州宇宙機関のどちらにするのか、パイロット宇宙飛行士として訓練を受けるのか、それとも別の専門知識を深めたいのか――そういうことを決めたらすぐにでも宇宙飛行士になるつもりだと説明した。事前に調べていたので意気揚々と語ってはいても、じつのところジェイミーの胸はどきどきしっぱなしだった。この新しい下宿人がぼくのことを仲間だと認めてくれ、頭の切れるやつだと感心してくれたらいいのにと思っていた。ところがマイルズの表情ときたら目がくらむほどのうつろさで、それをどう受け止めたらいいのかジェイミーにはわからなかった。それでも、マイルズはやっとトーストを食べ終わり、眼鏡の太い縁を鼻に押し上げて、かすかにカリフォルニアなまりが混じった口調でしゃべりはじめた。

「ああ」マイルズはそう言った。「それは理にかなっている。ＮＡＳＡのほうが資金獲得の面では有利だ。でも、どちらかといえば、ぼくは欧州宇宙機関のほうがおもしろいと思うよ。少なくとも国際関係的な観点からいえばね」

ジェイミーは目をぱちくりさせた。これまでに現実の人間がこんな話し方をするのを聞いたことがなかったのだ。

「それにもちろん、欧州宇宙機関は地元の機関だという利点がある」

まるで、それらの機関が現実そのものだという話しぶりではないか。もちろん、それらが実在していることぐらいジェイミーだって知っている。でも、マイルズにとってはごく当たり前の存在で、日々の言葉や関心の一部になっている感じなのだ。

「どうしてうちに来たの？」そのときジェイミーは訊かずにはいられなかった。「どこかの砂漠や街や、それともハワイやなんかで、ほんものの科学者や宇宙飛行士と一緒に仕事だってできたんじゃないの？」

「ぼくは安らぎを求めてここにきたんだ」マイルズはただそれだけ答えた。そして、指先のパンくずを払い、椅子を引いて立ち上がると、シンクへ皿を洗いにいった。「きみの勉強はどこまで進んでいるの？」せっけんの泡をすすぎながらマイルズが訊いた。「もしよかったら、ぼくが力になれるかもしれない」

マイルズが言うには、まず手はじめにスケッチブックを用意して、部屋にこもって〝泡だつ〟とはどんなことなのか、絵で表現したらいいとのことだった。そんな絵を描くことになんの意味があるのか、ジェイミーはいまひとつ釈然としなかった。でも、もちろん疑問をさしはさむようなまねはしなかった。すぐさま居間に駆け込んで、いちばん上等な鉛筆を削り、持っているかぎりの色鉛筆とクレヨンをコーヒーテーブルに並べて、土星の形をした新品の消しゴムの封を破った。それから、舌をちらっと出しながら深い集中に入り、星や笑顔や彗星(すいせい)が不思議な渦巻きとなってひゅんひゅんと流れていく様子をスケッチブックに描いた。星のまたたく宇宙空間には、手足を折り曲げ、楽しそうにしている羊も何匹かまぎれこんでいた。ジェイミーは午前中ずっとその作業に没頭して、午後にさしかかっても昼食をとるのも忘れて、〝泡だつ〟という言葉から連想する独特の躍動感をとらえようと奮闘した。

ジェイミーは仕上がった作品をマイルズに見せた。

マイルズはただうなずくだけだった。「うん、そうだね」彼は言った。「でもね、〝泡だつ〟のなかにあるざらついた感じをきみは表現しようともしていない——太陽が一定の角度から差したときに、その光をしっかりととらえる、きめの粗い、ざらざらした目立たない部分があるだろう。あるいは、そういうざらついた部分のすぐそばによく現れる、平べったい油じみだって——それが太陽の光を反射すると、虹色のしみのようになるんだよ。そういうものはどうなのかな。やっぱり、そこまで描くのはむずかしかったかな？　すべては光の反射にかんすることだから、とらえにくいということはわかっているよ。でも、宇宙について理解したいんだったら、そういう光の働きにも楽に対処できるようにしておかないと。いまはよくわからないかもね。でも、この仕事には欠かせない資質なんだ」

ジェイミーはがっかりした。一生懸命がんばって最高の出来だと確信していたのに。だって、学校でミセス・ウォーカーがいつも言っているじゃないか。〝なにごとも一生懸命取り組むんですよ、おちびちゃん。そうすれば結果は素晴らしいものになります〟。それでも、おそろしく難解そうな書類が散乱するなかで床にあぐらをかいて座っているマイルズの姿を見ると、ミセス・ウォーカーの授業で学べる内容からかけ離れた領域に足を踏み入れたんだということがわかる。だから、絵のことで泣きだしたくなる衝動をこらえてきゅっと口を結んだ。

「そういう点を考えてみて」マイルズが言った。「それで、ちゃんと考えられたら、こんどは〝視点（パースペクティヴ）〟の絵を描いてきてほしい。つまり、遠近法（パースペクティヴ）を使って描くんじゃなくて、視点（パースペクティヴ）そのものを絵で表現してほしいんだ」

こんどこそすべて抜かりなくやりとげると固く心に誓ったジェイミーは、鉛筆やスケッチブックはそのままにして自分の部屋に直行して座り込み、ざらついて、反射するという〝泡だつ〟の性質をなぜ見落としていたのかと反省した。そして、夕食の用意ができたというママの声がようやく聴こえてくるころには、マイルズの真意がわかったような気になっていた。いずれにせよ、彼の真意を理解しようとして長時間考えつづけたということだけはたしかだった。

その日の夕食はジェイミーの好物だった。スマイル・ポテトにフィッシュスティック、そして豆。それなのに食事に集中して味わうどころではなかった。ママが農場で羊たちを相手に仕事をしているあいだに起きた不思議なできごとのことばかり考えていた。向かいに座ったママは、生まれたばかりの仔羊（こひつじ）がちゃんと育つかどうかを心配し、農場全体の毛刈りを終えるのに、毎度のことながら時間がかかるとこぼしていたが、なにを言われてもジェイミーはうわの空だった。それから、マイルズはもうすぐ出てくると思うかと訊かれた。ママとしては何度も声をかけたくない。でも、早くしないと彼の分のフィッシュスティックが冷めてしまう。そもそも、彼は食事をまともにとっているのだろうか。毎回食事どきになっても姿を現さないから、ママはちょっと気をもんでいる。でもマイルズといえば、ジェイミーが彼と仲良くやっているようでうれしい。だけど、明日は時間をつくって農場で毛刈りを手伝ってくれないかな。

ジェイミーは夕食をすませて〝視点〟に取りかかるのが待ちきれなかった。食べ物を流し込むようにして食べ、豆はほとんど残して、スケッチブックと鉛筆をつかみ、全速力で階段を駆けあがって自分の部屋の静寂のなかに飛び込んだ。ドアをバタンと閉めてからしばらく時間を取り、呼吸を整えた。それから、先がひときわとがっていて、格好よく見える鉛筆を選び、まっさらの用紙を用意した。こんどこそ与えられたテーマについて細かいニュアンスまで徹底的に考えるんだ――光と闇、ざらつきやなめらかさなどを。その結果、Ａ3サイズのスケッチブックから紙を切り離し、裏面で貼り合わせたものを使わなくてはならなかった。そうしないと彼が必要とする大きさのキャンバスにはならなかったのだ――彼の抱いた構想にはそれだけの大きさが必要だった。

出来上がった絵は、〝泡だつ〟を描いたものとくらべたらずいぶんとすっきりした印象になった。〝視点〟はぽつりと浮かんだ宇宙ゴミが無重力の真空空間へ漂っていくようすを描いたもので、その上には小さな宇宙飛行士が乗っている。彼のヘルメットの傾き具合から、地球を振り返っているのだとわかる。その地球は右隅に、水にあふれた小さな球体として描かれている。絵のなかの、この二つの主要部のあいだにきらきらした火花や彗星などを入れすぎないようにジェイミーは気をつけた。星と星とのあいだにはなにもなく、ただ冷たい真空空間が広がるばかりだということをよく考えて、手元にある、さまざまなタイプの鉛筆を駆使して細かい陰影をつけて光の差さない空間を表現し、冷え冷えとした真空をとらえようと集中力をとぎすました。

午前五時になってやれるだけのことはやったとようやく確信できたので、少しでも眠っておこうとベッドに倒れ込んだ。

＊

目を覚ますと九時ぐらいになっていたので、あわててキッチンに駆け降りると、マイルズが朝の最初の一杯らしいコーヒーをちょうど淹れているところだった。

「できたよ！」ジェイミーがそう言うと、眼鏡をかけたマイルズは、ふくろうのように目をしばたたかせた。「〝視点〟をとらえたんだ！」

それを聞いた瞬間、マイルズは完全に目が覚めたようで、コーヒーをその場に置き、完成した作品を見るために、ジェイミーと一緒にドタバタとそこから出ていった。

ところが、作品の前に立ったマイルズは、ぼさぼさの眉毛のあいだにしわを寄せてじっと動かない。それから無言のまま、どんな評価を下したのかはおくびにも出さずに目を細め、首を左右にかしげて、さまざまなアングルから理解しようとしているようなそぶりをした。ジェイミーはもうほとんど耐えきれなかった。あれだけ長時間集中して、ろくに寝ていないのだ。だれかに背中をぽんぽんと叩いてさすってもらいたかった。それとも、この場で地団駄を踏んで、〝はやく教えてよ。ぼくには宇宙飛行士になれる素質はあるの？〟と、マイルズに向かってまくしたてたっていい。とはいえ、彼に最後までしゃべらせることが肝心だという気がしたので、なんとかこらえてそのまま待った。マイルズは首を左右に振るのをやめた。そして、重々しい感じの、「ふーむ」という声を連発しはじめたのだが、なにやら意味ありげだった。

「この絵は物語（ストーリー）が過剰だな」ようやく彼はそう言った。「基本的なことは理解できている。でも、説明（ナラティヴ）が多すぎるんだ。説明なんかなくたっていい。かえって視点を別のもので隠してしまうから――故郷から遠く離れた宇宙飛行士のストーリーがね。ぼくが求めたのはそんなストーリーじゃない。追求すべきは、〝視点〟なんだ」

ジェイミーはがっかりした。がんばりすぎてへとへとになっていたので、そのまま洗面所に飛び込んで閉じこもり、かんしゃくを起こして思う存分泣いた。

しばらくすると気持ちが落ちついてきたので顔を洗い、水を飲もうとキッチンに行った。すると、淹れたてのミントティーのポットとともにマイルズが待っていた。

「〝視点〟にたいするぼくの態度がきみを傷つけてしまったのなら、あやまるよ」マイルズはそう言いながら、ティーカップとソーサーを差し出した。ジェイミーがそれを受け取るものと思い込んでいるらしい。「自分が他人にどんな風に受け止められるのか、ぼくはたまによくわからなくなるんだ。きみのこれまでの作品は並外れているよ。ぼくが指摘するのは、改善の余地がある点だけだ」

ジェイミーは文句を言わずにミントティーを受け取った。でも、こんな大人っぽい飲み物はこれまで口にしたことがない。よどんだ表面にふうふうと息を吹きかけながら、これもまたマイルズ流のレッスンなのだろうかと思った。

「あとひとつだけ挑戦してほしいことがある」顔色ひとつ変えずに熱いお茶をすすりながらマイルズが言った。「そうしたら、きみに宇宙を理解する素質があるかどうかがわかる」

作品が〝並外れている〟というマイルズの言葉に気を取り直していたジェイミーは、最後の課題はなにかと尋ねた。

「〝未知なるもの〟を描いてほしいんだよ」マイルズは言った。

「〝未知なるもの〟？」ジェイミーが訊いた。

「〝未知なるもの〟さ」マイルズは答えた。

「でもどうやって——」ジェイミーはそう言いかけた。

「だめだよ」マイルズは威厳を持ってさっと片手を挙げ、その言葉をさえぎった。「ぼくは教えられない。自分で考えるんだ。いままで学んできたことをよく考えて」

これが最後の課題だなんて。ぜったいに無理だ。こんなの、意味がわからない。でも、会話はそこまでだということだけははっきりとわかった。ジェイミーはそこから出ていかなくてはならなかった。だからそうしたのだが、ドアから出ていきかけたとき、こんなの不公平じゃないかと思えてきた。自分の家のキッチンからなぜ追い出されなくてはならないんだ。

それでも、〝そうしたら、きみに宇宙を理解する素質があるかどうか、わかる〟とマイルズはたしかに言ったのではなかったか。それになによりも、ジェイミーはその答えを知りたくてたまらないのだ。素質があるとわかったら、どうなるのかな。マイルズの航空宇宙工学の仲間に紹介してもらえるかもしれない。それで、ぼくの誕生日のサプライズプレゼントとして、その人たちのはからいで若い宇宙飛行士のための早期養成プログラムに入れたりして。ぼくはそこで、ニューヨークや香港や東京から来た、羊農場なんて聞いたこともない子たちと知り合って、すっかり意気投合する。そしてぼくたちは一緒に訓練を受け、ミッションに参加し、いつか月面にだって降り立つのかも。そういう夢や希望や野心は別にしても、マイルズはこれまでに会ったどんな人ともちがっている。だからがっかりさせたくない。だってマイルズは……あれはなんて言葉だったっけ？　そう、おごそかだから。そういうことなんだ。もしジェイミーが〝おごそか〟の絵を描くとしたら、マイルズを描いていただろう。

でも彼がこれから描くのは〝おごそか〟ではない。〝未知なるもの〟を描くことになっているのだ。そんなもの、いったいどこから手をつけたらいいのか、わかる人なんていない。太陽が丘の上高くのぼってうららかな陽差しが窓から差し込んでくるようになるまで、ジェイミーはひたすら考えていた。そのうち、下のキッチンの時計が十二時を打った。その瞬間、ひらめいた。彼はリネン戸棚のなかに、まっさらの用紙を載せたイーゼルを置き、削ってある鉛筆を入れた箱を用意して、すべてがしかるべき場所にあるかどうか、自分がそれぞれの位置を正確に把握しているかどうか確認したのちに真っ暗闇のなかに閉じこもった。

そして、なにも見えない状態でまるまる五時間、戸棚のなかで作業をつづけた。そのうち目が慣れてくるかもしれないと最初は心配したが、周りに畳んで積みあげられた、やわらかくて、むっとするシーツにくるまれた闇はどこまでも漆黒だった。

スケッチをするあいだ、ジェイミーは〝未知なるもの〟がはらむ、対立し、矛盾するあらゆる要素をいちどきに心にとどめておくという、ある意味で曲芸じみたことをやっていた。それにしてもこの概念はどこまでも懐が深い。というのも、それをどんな風に思い描いたところでまちがいにはならないし、だれもが不可能だと言うこともそのなかに含まれるのだから。それにもちろん、ジェイミーのママにとって〝未知なるもの〟はいつだって悩みの種だ。彼女は一日のうちに何度かラジオの天気予報に耳を傾けるのだが、ラジオの出演者が予報を伝え、解説しはじめる直前にお決まりの顔をする――これも、〝未知なるもの〟の一例だ。それから、ジェイミーだって、マイルズがつぎの課題を発表したり、ジェイミーの作品にたいする感想を伝えたりする前に感じていることがある――それに、マイルズの、あの奇妙なうつろなまなざしだって――いまではジェイミーは、これまでの自分の人生を考えたら、〝未知なるもの〟はまったく異質だと気づいた。ひょっとしたら、どこもかしこも羊だらけの世界では、〝未知なるもの〟が、季節ごとに繰り返される単調なリズムからの逃げ道みたいになるのかもしれない。

そんな風に考えながらも、ジェイミーはひとつの考えがほかを圧倒しないように気をつけた。そして、心を純然たる可能性と不確かさが共存する状態に保つよう心がけた。そんな風にするのは、〝未知なるもの〟が非常にこわれやすい性質を持っているために、具体的な言葉で想起されるほどの実体をともなった瞬間に〝未知なるもの〟ではなくなってしまうのではないかと心配したからだ。彼が自分にひとつだけ許した変わらないものは、なにかを目の隅でとらえたときに湧き上がる感情の記憶だ。彼は作業中ずっとその方針を貫いた――いままさに取り組んでいる主題についてはまったく考えずに、ただ〝未知なるもの〟を心の片隅に置きつづけたのだ。

どうやらすべての作業が終わったようだと思えたとき、ジェイミーは戸棚の扉を開けて光を入れた。そして、キャンバスに向かって何度かまばたきをして、目に映ったものに満足した。

彼はマイルズを探しにいった。

マイルズは自分の部屋で机に向かい、変てこなものばかり集めてなにかを組み立てている最中だった――ホチキスの箱、短い紐（ひも）、トランプ一式の、だいたい四分の一ぐらいの量にまで減らされたもの、溶けかけた小さなキャンドル……開けっ放しになっているドアをノックする前、ジェイミーはマイルズの姿を階段の踊り場から眺めていた。

「なにか用?」作業中のプロジェクトから顔を上げることなくマイルズが訊いた。

「完成したんだ」ジェイミーは彼に伝えた。

そのときマイルズは、伸縮する定規の先端に鉛筆をのせて水平方向にバランスを取ろうとしていた。それに失敗すると、組み立てていたもの全体が崩壊した。彼は眼鏡を外し、目をこすってからかけ直し、ようやくジェイミーを見た。

「できるはずがない」彼は言った。

「でも、とにかくできたんだよ」ジェイミーは言った。

ジェイミーは〝未知なるもの〟のところへマイルズを案内した。マイルズのことはそこまでよく知らないが、不安や興奮をあらわにするタイプではないということはなんとなくわかった。それでも、こうやってマイルズがあとからついて来るのははじめてだと、歩きながらジェイミーは考えた。それまではジェイミーのほうが彼についていく側だったから。

リネン戸棚の前まで来ると、ジェイミーは昔の召使いのように、マイルズのために扉を開け、それを押さえた。マイルズは戸棚のなかへ入っていった。彼が絵を見ているあいだ、ジェイミーは廊下から眺めていた。

「〝未知なるもの〟」マイルズは息を呑（の）んだ。

「言ったでしょ」ジェイミーはそう言ったが、マイルズは聞いていなかった。

マイルズは目の前のイーゼル上の驚異をじっと見つめ、ふうっと息を吐いた。ジェイミーにはそれが安堵（あんど）のため息のように聞こえた。曖昧な笑顔がゆっくりとマイルズの顔に浮かんだかと思うと、彼は両手を伸ばしてそれを一身に浴びるかのように、抱きしめるかのようにして絵に近づいていった。

「美しい」ただそれだけ言い残して彼はジェイミーの絵そのもののなかに入っていき、そのままこの惑星からきれいさっぱり消えてしまった。

すべてはあっけなかった。なにか騒ぎがあったわけではない。ただイーゼル周辺の空気に一瞬の視覚上の混乱があり、ミネラル分豊富な岩石のきらきらしたかけらが黒いサンドペーパーの上にぱらぱらと落ちたみたいだとジェイミーが思った音がしただけだった。だれかがそれを目撃していたら、リネン戸棚から人が出てきたり、鉛筆で描いた絵に入ったりするのは日常茶飯事だと思うだろう。

マイルズが姿を消してからしばらくたって、ジェイミーは絵をまじまじと観察した。ほとんどなにも変わっていないように見えたが、よく気をつけて見ると、視覚の工夫をこらした渦のなかにマイルズを思わせる断片がきらりと輝くのが見えた——ぼさぼさの髪の一部や眼鏡のフレームの端がそこに、靴紐や歯の白さがここにといった具合に。ジェイミーはそれらの断片を目で順に追っていき、倫理的にどう判断したらいいのかまったくわからなくなった。

「ありがとう」それらの断片から、そんなささやきが聞こえたような気がした。

それからしばらくして、ジェイミーはリネン戸棚を閉ざし、毛刈り小屋にいるママを探しにいった。そして、残りの午後の時間は羊の毛刈りを手伝い、暗くなってきたらふたりでキッチンに戻って、純チョコレートのかけらを溶かして牛乳に混ぜるという本格的なやり方でココアをつくった。

マイルズはどこにいるのかとママが訊いた。彼の分の夕食も用意しなければならないのかと。そのとき突然ジェイミーは不安に駆られた——午後じゅうずっと、それを考えて不安にならないようにしてきたのに——自分がなにをしたにせよ、そのうちママがなにがあったか気づくんじゃないか。それで、さも変わったことはなにも起きていないかのようにジェイミーはにっこりと笑い、マイルズはもうここにはおらず、〝未知なるもの〟へと消えていったから、今夜は料理をしなくてもいいと伝えた。その〝未知なるもの〟とはいったいなんなのか、それについてどう考えているのかをママが訊いてきたらどう答えようかと、ジェイミーはどこかで考えていた。ところが、ママはそんなことは思いもしなかったようで、ただため息をつき、目をこすって、でもとにかくお腹がすいた、と言った。それで、ふたりでコンロのところでパンケーキを焼き、レモン汁と砂糖をふりかけた。彼女は天気予報を聞くためにラジオをつけて、ふたりが食事をするあいだ、低気圧だとか予想される雨の話題が部屋を満たした。それから、ジェイミーはその晩、暖炉のそばで針仕事をするママに新聞記事を読んで聞かせた。そのころになると、普段どおりに過ごしたおかげでジェイミーの心もほぐれ、謙虚な気持ちになって、マイルズなどはなから農場に現れなかったんだと思えてきた。

ところが、十時になってママが寝室へ去っていっても、ジェイミーはまったく疲れていなかった。それで、しばらく暖炉に薪をくべながら座っていたが、どうにも耐えきれなくなってリネン戸棚へ舞い戻り、あの不思議な絵を眺めた。踊り場の照明で絵を見ているうちに、きょうの午後の一件は実際に起きたことなんだと確信した。

そして、自分も戸棚のなかに入って、絵を見つめた。マイルズのように心をちょっと開いて手を伸ばし、そのなかへ進んでいったらどうなるのかな。

そうは思っても行動には移さなかった。気が変わる前に絵から視線をそらして戸棚の扉を閉ざし、キッチンに行って、ママが朝食に食べるオーツ麦を浸してから、さっとベッドにもぐりこんだ。その晩は、〝未知なるもの〟についてもうそれ以上あれこれ悩まなかった。もしそれが欲しくなったら、どこにあるのかはもうわかっているから。

ネズミ捕りII　王

おれは王じきじきに仕事の依頼を受けていた。少なくとも、数日前におれの家のドアを叩いた、ひょろっとした使いの少年はそう言っていたじゃないか。それがどうしたら、森のなかで意識が戻って、自分が調合した毒の粉を盛られたのではないかという疑念を抱かざるをえない状況になるんだ。おれは雪の上に横たわっていた。皮膚は凍りついて骨が痛み、胃に激痛が走って、頭はなにかに打ちつけたようにズキズキしていたから、たいしてなにも考えられなかった。ただ、エセルのことは考えたくないとだけ思っていた――彼女に人気（ひとけ）のない庭園での散歩に誘われて、おれがワインに口をつけたときにそばにいたのは彼女だけだった。わざわざワインを用意して、それを注いだのも彼女だ。そんな考えを頭から追い出すために、凍てつく夕暮れどきの薄れゆく光のなかにはっきりと見えている、木々のあいだからくねくねと立ちのぼる煙に視線を向けた。そもそも、王に命じられた仕事をしている最中に毒を盛られたのだ。だとしたら、説明を求める相手としては王が妥当じゃないか。エセルに非はないのかもしれない。

おれは苦労して森のなかを進んでいった。木の根っこにしょっちゅうつまずいたし、せき込んだり、息を整えたりするために木の幹にもたれかからないといけなかった。あるときなど、完全に立ち止まって身体を二つに折り曲げるというみっともない格好になり、体内に残った、願わくは最後のエメラルド・ダストを吐き出した。自分をはげまし、ただ歩みを止めないために無意識のうちに口笛で適当な曲を吹いていた。森のなかでおれの動きは目立ったから、先のほうでネズミ以外の動物も逃げだしているのがわかった。あわてふためいた動物たちが、小さな足で小枝や雪や何層にも積もった枯れ葉を踏みしめている音が耳に届いたが、そこにはネズミも混じっていたはずだ。つやつやとした毛並みで、湾曲した牙と虫のように曲がりくねった尻尾を持った、異様にでっぷりとしたネズミどもがまちがいなくそこにいる。あわてて逃げようとして、たがいに重なりあい、滑るように進んでいくうちに勢力を増して、ついには奔流のようにうごめくネズミの群れとなる。それは、おれを源泉とする川の流れのようなものだ。森のなかでおれの姿を見てよろこんでいるのは上空で旋回しているカラスぐらいのものだ。やつらに非はない。なにしろ、死人が歩いているように見えたはずだから。おれは震えの止まらない身体をかがめ、小さな歩幅でしか歩けずに醜態をさらしていた。これでも、毒を盛られ、冷気のなかで長時間過ごしたせいで変わり果てた身体に必死に鞭打っていたのだ。そんな状態で目下の任務に意識を集中して煙を目指して進んでいくうちに煙が視界から消えた。ということは、近くまで来たんだ。

おれは鼻を上に向けて空気のにおいをかいだ。あっち、だ。薪を燃やすにおいが風に乗って漂ってくる。熱をおびた、すえたにおいをたどっていくと森のなかの開けた場所に出た。そこには山小屋が建っていた。キャビンという言葉を使ったのは、そういう様式の木造建築だったからだ。ところが実際は、これが街なかに立っていたら豪邸だとみなされるだろう。煙突までそなえていて、煙はそこから立ちのぼっていた。それを見て、おれはちょっとあっけにとられた。煙の発生源はもっと素朴なものだと思っていたのだ。たとえば、たき火のような。大自然のなかで愉快に気取らない暮らしをしているもんだと思い込んでいた。

足を引きずりながらドアに近づくと、その向こうで小型犬が甲高く吠えだした。おれは犬が、とくに小型犬が苦手だ。だが、そこでひるんだり、気が変わったりはしなかった。それで、こぶしを振り上げてノックをしようとした……が、こぶしがドアに振り下ろされる前に、ドアがさっと開いてなかからありがたい熱気がもわっと吹きだし、薄汚い生き物がおれの足元に突進して飛び跳ね、吠えたてた。そして、少年がひとりそこに立っていた。いや――これは失礼――若き紳士という言葉を使ったほうが的確だな。ただし、髪の毛は伸び放題で、顔は薄汚れていて、体臭から判断するに長いあいだ身体を洗っていない。そのせいで、最初はだれなのかよくわからなかった。でも、たしかにその人だった。若き王。戴冠式のときよりも王らしくないだけで。あのときのような壮麗さや風格が消えたら、まったくの別人だ。

おれはそれまで、こんな風に訴えようと思っていた――

〝お会いできて光栄です、陛下。おれの素性を不審に思われるかもしれませんが、戴冠式の直後に陛下じきじきに派遣されたネズミ捕りでございます。わざわざこちらにうかがったのは、この任務の性質にかんして確認したい点があったからです。なかでもとりわけ、王宮内で職務を果たしている最中になぜ毒を盛られるような事態になったのか――つまり、おれは殺されかけたんです。それから、このような窮地に立っているおれに、ご助言なり、ご支援をいただけないかと思いまして……〟

それなのに、彼の姿はどこか妙だ。森で暮らす、やせた少年。ともに過ごす相手はちっぽけな犬が一匹だけ。おれはその姿を上から下まで眺めた。

「なるほど」それで、ほとんど無意識にそう言っていた。「豪華な衣装も、召使たちも、にぎやかさもないところでは王だってただの人みたいに見えるわけだ」

王は目を細め、犬は吠えつづけていた。おれは犬を蹴り飛ばしたくなる衝動をなんとかおさえた。すると、王は笑いだした――耳障りな、甲高くて大きな笑い声だった。

「これはおもしろい」王は言った。「だれかが訪ねてこないかと待ちわびていたのだ。ここの夜は長いからな――」そして、話しながらキャビンの奥へ引っ込んだので、王のシャツがびりびりに破れ、靴を履いていないことにおれは気づいた――「退屈でしかたがないのだ。まあ、そんなところに突っ立っていないでなかに入れ。せいぜい楽しませてくれ」

おれは犬と敷居をまたいでなかに入った。一週間のうちに二度までも王の住まいに招き入れられることになるとは。

室内には家具はおろか、カーテンすらなかった。ごく簡単な暖炉が部屋の片隅で燃えていて、その向かいの隅には毛布が積み重なって巣のようになっていた。王と犬はそこで一緒に寝ているのだろう。ほかに犬用のバスケットや毛布はあたりに見当たらない。そんな風に人間と動物が密着する暮らしぶりに、おれはつね日ごろ嫌悪感を抱いている。不自然に思えてしかたがないのだ。おれはネズミがいる証拠がないかと室内にさっと目を走らせた。ところが奇妙なことに――市街と王宮内で感染が猛威をふるっていることを考えたら、いかにも奇妙だった――ネズミの痕跡はほとんど見当たらなかった。向こうの壁の下部に、せいぜい一匹か二匹の小さなネズミが住んでいるらしい穴がひとつ空いていただけだ。

室内に入ってすぐに、おれの抱いている懸念を説明しておくべきだった。どういうことなのか説明してほしいと思い切って訴えて、さっさと用をすませておけばよかったのだ。ところが、思いがけない光景を目の当たりにして、おれの喉から声が奪われちまったみたいだった。森にいたときは、質素な玉座に腰かけた王が、おれがここに来た理由をまず訊ね、それから訴えの奏上を許すという展開になるんだろうなと想像していた。ところがふたを開けてみると、おれはすっかり居心地が悪くなって、どこからはじめたものかさっぱりわからなかった。

暖炉からそれほど離れていないところに未完成のジグソーパズルが置いてあった。なにか気をまぎらわせるものはないかと探していたおれは、そちらに歩いていった。それは田園風景を描いたものだった。青い空、緑の丘、空を飛んでいく鳥の群れ、葉を茂らせた木々、そのなかを川が流れている。ただし、パズルのピースが足りずに途中でせき止められている。というか、王にはそれを完成させる気などないのかもしれない。

「美しい光景ですね、陛下」おれはそう言った。

王は犬と遊んでいた。犬の鼻先になにかをぶら下げて、その薄汚い動物が飛び上がってそれを奪う寸前に、さっと引っ込めていた。残酷なゲームだとおれは思ったが、犬がどう考えていたかはわからない。その犬はたるんでつぶれたような顔をしていたから、なにを目の前にしても不満そうだった。

おれはまたジグソーパズルをじっくりと眺めた。

「ここはまったくかけ離れた風景だ」しばらくして、そう言った。

力の抜けた指から落ちたなにかを犬がひったくるままにして、王はこちらを振り向いた。そして向こう側から歩いてきてパズルを眺めた。

「興味深い意見だな、ネズミ捕りどの。そなたはネズミ捕り、そうであろう？　それにしても、王宮にいるはずなのに、なぜここにいるのだ。いまごろ姉上のそばでいろいろと引っかきまわしているはずではなかったのか。なにはともあれ、そなたの意見ももっともだ。われわれが置かれた環境とは正反対の風景ではある。まあそれでも、場所という点にかんしては、このささやかなキャビンにもおもしろいことはあるのだが、わかってもらえるだろうか。かわいいルーカスとここに引き込もっていると、どんな場所にだってなると思えてくるからな――そう、どんな場所にだって！　だから、玄関から一歩外に出れば、そこに広がっているのは凍てついた森ではなくて、このパズルのような風景かもしれないと思えてくる……そうなったら、リトル・ルークとわたしはうれしさのあまり歓声を上げるだろう。緑の草原で飛び跳ね、田舎の少年のように木によじのぼる。そんな牧歌的な遊びにふけるんだ。なあルーカス、そうだよな？」

王は振り返って、身をかがめ、犬を腕のなかに抱き上げた。あごのすぐ下に、犬のふわふわとした頭がすっぽりとおさまっている。たがいに重なりあってひとつになった彼らと、おれは向き合うことになった。

「なあ、われわれはそうするよな？」王は話しつづけた。「心ゆくまではしゃぎまわり、陽が高くのぼるころにはふたりともすっかり熱くなってそれ以上遊んでいられなくなる――ああ、熱くなるだなんて想像してみろよ。だが、こんなに長いあいだ寒さのなかに閉じ込められていては正直なところ想像すらできないな……だが、まあ気にするな、リトル・ルーク！　われわれはそれでも前に進むんだ！　昔はそうしていたみたいに、ふざけて身体を動かし、それ以上そうしていられないほど熱くなってきたら、こうやって走っていけばいい。ほら――」彼はパズルのかたわらにしゃがみ込み、片腕で彼が〝リトル・ルーク〟と呼ぶその犬を抱えたまま、まるでパズルが地図であるかのように指でなぞった。「草原を抜け、丘をくだって……川に出る！　リトル・ルーク、そこでおまえは泳ぐんだ。というか、われわれは一緒に泳ぐ。こんなに流れの早い場所では、おまえがうまく浮かんだままでいられるとは思えないからな。いや、おまえはわたしから離れて流されていく、おまえはきっと――」

　王はそこで言葉を切って、犬の鼻を自分の顔に押しつけた。犬はくんくんと王のにおいをかいでいたが、これが食べ物だったらいいのにと思っているみたいだった。いまにして思えば、王も小さな犬もどっちもほとんど骨と皮だけの状態だった。彼らはそこでいったいなにを食べて生きていたのだろう。

「だが、川は流れていない」床に腰をおろしながら王が言った。「それにここにいたって、外はいつもと変わらない寒さだとわかる。だが気にするな、リトル・ルーク。そんなことはどうでもいいさ」

王はパズルのなかの、空の部分をいじくってそれをルークに食べさせるふりをして遊んでいる。おれはそれを眺めていた。

「なにかおもしろい話はできないのか、ネズミ捕りどの」顔を上げずに王は訊いてきた。「歌は歌わないのか？　踊りは？」

「いいえ、陛下」おれは答えた。

「それに、なぜそんなに醜い姿をしているのだ。そんな姿でふらふらと玄関にあらわれたから、心底ぞっとしたぞ。おぞましい悪鬼のようだったからな。だがその点にかんしては、そなたに同情する」王はそこでささやき声になり、おれの口調をわざとらしくまねて言った――「もといいいそこまで器量よしではありませんからいい」。そして、あの耳障りな甲高い声でまた笑った。

「まあ、だが素晴らしいではないか、リトル・ルーク。われわれはおもしろい人物を新たに迎えることになったのだから！」そこで王はまた、大げさにおれの声をまねた。「ネズミ捕りどいの」そう言うと、こらえきれずに笑いだした。

「ものまねはなさらぬようお願いしたいのですが、陛下」おれは言った。

「ものまねはなさらぬようお願いしたいのですが、陛下」王はおうむ返しにした。

おれはなにも答えずに足を前に出して、パズルの一部を踏みつけた。おれの靴の下で組み合わさっていたピースがばらばらになった。王の顔から間抜けな笑みが消え、なにも罪はないかのように目を大きく見開いたが、そっちのほうが信用できなかった。

「ああ、ただちょっとふざけていただけだよ、ネズミ捕りどの。ここにいると退屈でたまらないのだ。リトル・ルークとわたしは。だから、そなたが歌ったり、踊ったり、おもしろい話を聞かせてくれないのなら、どうやって楽しめばよいのだ。なんでもいいからできないのか、ネズミ捕りどの。それとも、われわれにまったく望みはないのか？」

「ネズミなら捕まえられます」

「ああ、そのとおりだ。それはいかにも役立つことだ」その先をつづける前に、王は顔をしかめて間を置いた。あたかも不愉快な考えが自分のなかから消えるのを待っているようだった。

「でもそれは、おもしろいとはいえない。そうではないか？」

「そうでもありませんよ」おれは言った。「みんな、おれのつくった仕掛けには一目置いてくれます。こう言われたことだって……」だが、そこでおれは言葉を切らなくてはならなかった。森のなかをずっと歩いてきたからまだ消耗していたし、そのうえなにかがのどに引っかかったみたいだった。おれはせき込んで、その先をつづけた。「美しいと言われたことだってあるんです」

それを聞いた王は身体を折り曲げて笑いだし、犬をつつきだした。王のひざの上で犬は身をよじっている。おれが見たところでは、主人の手荒な扱いから逃げたがっているようだ。

「美しいと言われたことだってあるんです」おれの声をまねて王が言った。「ああ、だがわたしはこやつが気に入ったぞ、リトル・ルーク。こんなにおもしろい男はめったにいない」それから、彼は意識して心を落ちつけ、これみよがしの好奇心を満面に浮かべてこちらを見上げた。

「だが、さしつかえなければ教えてほしい、親愛なるネズミ捕りどの。そなたの仕掛けにそんな賛辞を贈ったのはいったいどこのどいつなのだ？　教えてくれなければ、わたしもリトル・ルークもとても信じられない」

「ミス・エセルです」おれは答えた。「王宮でミス・エセルがおれの仕掛けが美しいとおっしゃったのです。信じるも信じないも、ご勝手にどうぞ。ですが、ほんとうのことです。うそいつわりのない真実です」

「姉上が？」王は急に立ち上がって、犬を床へどさっと落とした。抱えていた小動物が生きているのを失念したかのようなふるまいだった――とはいえ、ルークは慣れたものでさっと脚をついて着地した。そして、隅に積み重ねてある毛布へ突進していった。主人の注意がようやくそれて、うれしそうだった。

「それはほんとうか」王が言った。「確かなのか？　いかにも奇妙ではないか。だが、姉上にもしかるべき理由があったのだろう。ああ、だが教えてほしい」自分がつくったパズルを裸足で踏みつけて王はこちらににじりよってきた。「姉上のことをどう思ったかな、ネズミ捕りどの？」

「姉ぎみは」そう言いかけたとき、毒を盛られたのではないかというしつこい疑念がおれの舌の上で踊っていた。「それは魅力的な若い女性でいらっしゃるようです」

「それは魅力的な若い女性」王が言った。「そなたは紳士だったのだな——古風な礼儀正しさをそなえている。だが、ネズミ捕りどの、それももっともだ。姉上はとても魅力的な女性だから。そばに近づいて見ないかぎりはな。ところで、あちらでショーには会ったか？　おべっかを使うやつだからすぐにわかる——というか、とにかくあいつは姉上の腰ぎんちゃくなのだ。彼女に王位を継がせたがっている。それで、もう何日も父上の遺言書を隅から隅まで読み込んで、条項ひとつ、あるいはコンマひとつを見つけて、わたしを追い出すのに使える解釈が成立しないか調べている。もっとも、わたしは早々に姿をくらましたんだが。どうしてみんな姉上がそんなに好きなのか、解(げ)せぬ。そなたにはわかるか？　わが母上だって、姉上にはいい印象を抱いておられなかった。いいか、ネズミ捕りどの、母上はその天使のような人柄で広く知られたお方であられたのだ。ああ、だが、とにかくあのふたりのあいだでよからぬ企てが進んでいるんだろうよ——姉上とショーのあいだでな。そう疑わずにはいられない。それで、そなたはあいつに会ったのか？」

「会いました、陛下」

「で、あいつはなにをしていた？　笑っていたのか、踊っていたのか。それとも、わたしをこの小さな家に閉じ込めておいて、あのふたりが愛してやまないネズミだらけの王座には近づけないようにする法的根拠をいくつもでっち上げていた？　ああ、わたしとしたことが。あいつは笑ったり踊ったりするタイプではなかったな。わたしの知るかぎり、にこりとも笑わない。ネズミ捕りどの、教えてくれ。知りたいんだ。姉上はほんとうにそなたの仕掛けが美しいと言ったのか？」

「ひとつだけですが、陛下」おれは言った。「姉ぎみにはおれの仕掛けをひとつしかお見せしてません。でも、そうです。美しいとおっしゃいました。たしかに」

「奇妙な話だ。だが、ネズミ捕りどの、こうなったからには、わたしにもひとつ仕掛けを見せてくれないと。きょうだいのうちひとりに見せて、もうひとりには見せないなんて不公平じゃないか」

「残念ながらそれはできかねます、陛下」

「できかねるとは、どういうことなのだ」王は言った。「姉上にはしっかり見せておいて、どうしてわたしにはできない」

「おたずねの仕掛けはいま使用中だからです。それに、どのみちあの仕掛けにはもう近づきたくありません」

「ほう」にやにやしながら王は言った。「それは気になるな。その仕掛けのせいでつらい過去の記憶がよみがえったりするのか。魅力あふれるミス・エセルにはかられたとか」

「そのようなことではありません、陛下」

「あわれなネズミ捕りどのだ。姉上は他人の気持ちには無頓着だからな。それもいたしかたない。愛を知らずに育った子どもはそうなるのだから」

それまでの発言が、天気の話題のようなつまらない社交辞令であるかのように、王はあくびをしてふらふらと毛布の山へ戻っていき、そのなかにいたルークをすくいあげた。

「われわれのために新しい仕掛けをつくってくれ、ネズミ捕りどの」腕のなかにルークをまたしっかりと抱えながら、王は言った。「というか、これは命令だ。もしそれが気に入ったら、褒美（ほうび）として助言を与える気にもなるかもしれないな。なあ、リトル・ルーク？　ああ、きっとそうなる！　この醜い姿の、おぞましい男に、ご執心のミス・エセルと仲直りするにはどうすればいいか教えたくなるだろうな」

「ミス・エセルのことをもっと教えていただけるのですか」

「当然であろうが！　よき市民にはそれなりに報いることにしている。わたしは暴君ではないぞ。そなたは姉上と近づきになりたいのではないか？」

「男だったらだれだってそう思うんじゃないでしょうか」そのとき、湖のほとりでの一件にはなにか別の事情があったのではないかという、ずっとつきまとっていた希望が頭のなかをよぎった。おれが毒を盛られた背後には、あの弁護士が、老婆が、あるいは王がいたのかもしれない。だが、おれはそんな返事をするべきではなかったのだろう。というのも、それを聞いた王の表情が陰ったのだ。

「わたしは恵まれているのだな」王は言った。「それほどまでに魅力あふれる姉上がいて」彼はそう言いながら、ジグソーパズルの残りの部分を蹴散らしたので、ピースが床じゅうに散らばった。「台無しだ。最初からやり直すしかない」

それから王は毛布を積み重ねてあるところまで戻ってそのなかに座り込み、腕に抱いていたリトル・ルークを解放した。ところが、ルークはしばらく主人の周りをうろうろしていて、なぜか自分からそのひざの上に戻っていきたがっているようだった。愛犬の毛並みを手で撫(な)でている王からは、それまでの虚勢がすっかり抜け落ちたようだった。おれの目に映っていたのは、まだあどけなさの残る、ちょっとくたびれた少年だ。その少年が首(こうべ)を垂れて犬の両耳のあいだにキスをしていたので、おれは顔をそらした。さっきも言ったとおり、おれはこういう場面に出くわすと虫唾が走るのだ。

それから振り返ると、王は毛布のなかで丸くなっていた。お気に入りのおもちゃを抱きしめる子どものように胸にリトル・ルークをかき抱いている。暖炉に燃える火がちらつくなか、おれたちは――ネズミ捕りと王は――しばらくのあいだただそうして見つめあっていた。

「眠くなってきた」ようやく王が口を開いた。「もう下がれ。仕掛けをつくってくるんだ。たまには、目覚めたときに美しいものがそこにあってほしい」

　そう言うと王は目を瞑(つむ)って、あっという間に寝入った。

　おれは世界がよい方向に向かうと信じているような人間ではない。わかってもらえると思うが、おれたちの周りには魔法のような正義の力が存在していて、それがちゃんと働いているだなんて思っちゃいない。ところがそんなおれでも、これだけ腐敗しきった国の王が夜すんなりと寝入るところを目の当たりにして困惑せずにはいられなかった。だが、王の犬にはまた別の感情を抱いた。王に抱きしめられたままのリトル・ルークのつぶらな瞳がきらきらと輝いている。朝までこのままなのか。主人を起こさないよう小さな体をできるだけ動かさないようにして、ずっと気を張っているのか。

　王の寝姿をさらにしばらく眺めてから、おれは身をひるがえしてドアへ向かった。そして、王のすやすやとした寝息と、パチパチと音を立てる暖炉の炎から離れていった。木の枝を集めなければならないし、仕掛けの構想を練るためにどこか離れた場所を見つけないと。出ていくとき、おれは犬に向かって軽くうなずいた。おまえのほうがたいへんだ。心のなかでそう語りかけた。

＊

森のなかを戻りながら作業に適した場所を探すうちに、自己嫌悪に陥った。不満を訴えようと王のもとへおもむいたというのに、こんなありさまで出てくるなんてばかげている。事態は進展するどころか、さらなる命令を受けて負担が増えた。王であろうとなかろうと、まだほんの少年じゃないか。

その晩の早い時間に自分でつけた、お粗末な道筋をたどっていき、おれは王宮の門のあたりまで戻った。夜なのですべて閉ざされ、先のとがった鉄の棒に重い鎖と南京錠がからまっている。それだけ離れた場所から眺めると、門の向こうに広がる市街地は夜空を背景として黒々とした塊のように見える。ガス灯の灯りがそこに、乗り物の前照灯がここにといった具合に、不意にところどころで光が点滅する。おれは鉄の棒にもたれかかってそのまま街を眺めた。煙っぽい熱気が充満していた王の小屋で過ごしたあとだったから、吸い込む夜気が肺に心地よい。風にまじって、かぎなれたネズミのにおいも漂ってくる。それはどこにいても響いてくる太鼓の音のようなものだ。それで、ついまた王のキャビンに戻りたいと思ってしまった。最近の疫病の蔓延(まんえん)のせいで、どこにいてもそのにおいに慣れっこになっていた。おれは意識してちょっと肩の力を抜いた。そして、引きつづき夜の街を眺めながら、下水管や排水構のなかで小さな生き物がうごめき、走り回るところを思い描いた。何万というネズミども。そういうよく見かけるタイプのネズミだったら、ここまで苦労せずに捕えられるのに。王宮の門の向こうの世界でおれの手をわずらわせるやっかいな問題もなく。

それから視線を上げて、悪くなった老人の歯のように、でこぼこと重なりあう屋根を眺めた。視線を東へ移し、病院の煙突から出る煙を越えると、その向かいにある古ぼけた製鉄所の、黒々として角ばった輪郭が見えてきた。そのどこにも灯りはついていない。ここから眺めたら、人が住みついて寝ぐらにしているなんて思いもよらないだろう。

連続する三つの屋根を数えながら指でなぞっていくと、おれが根城にしている建物がわかった。工房はその最上階にあって、そこには道具がひととおりそろっている。おれ好みに並べられたひとそろいの道具が、おれが帰宅して作業ベンチに（おそらく毛布とともに）腰を下ろすのを待ちかまえている。おれは、これまでにない最新作の構想に没頭する準備ができている。最初は工房が確認できてただうれしかった。ところがその後、なにかが変化した。なぜか、その屋根の上に座っている自分になりきるという奇妙な体験をしたのだ。街が一望できるお気に入りの場所でおれは立ち上がり、王宮の門を見下ろしている——そこには鉄の棒をにぎりしめたおれがいて、こっちを見ている。

そんなのはまったく好きになれない感覚だったから、おれはぶるっと身を震わせて、足を引きずりながら引き返そうとした。だが、そのときようやくそれに気づいた。〝ようやく〟と言ったのは、厨房(ちゅうぼう)そばの使用人通用口から王宮へ足を踏み入れたあのときからずっと、どこかでわかっていたことだったから——老婆がネズミどもに餌をやっている現場を目撃してからはとくに。街を乗っ取りつつあるネズミどもは王宮からやって来たんだ。まちがいない。ここまでネズミが密集する場所は見たことがない。ネズミの群れのニーズを完璧に満たす、これほどまでに広大な繁殖場所はほかにない。それは突飛で、反逆的ともいえる思いつきだった。でも、気づいてしまった以上はもう無視できない。まぎれもない真実だから。

王はそれを承知のうえでおれを派遣したんだろうか。だとしたら、労力をかけるにしてもいかにもやる気がないじゃないか。おれはまちがいなく腕利きのネズミ捕りだ。だが、王国じゅうに蔓延する疫病の核心に切り込んでいくのなら、ひとりの男を派遣する以上の、より徹底した対策が必要だ。とはいえ、いろいろなことを見てきたいまとなっては、そこまで驚かない。どうやら王本人がやる気がなく、自分のことしか考えていない、そういうタイプの王らしいから。

仕掛けの構想を練るに当たっては通常、標的となるネズミのサンプルが欠かせないと前にも説明した。それで、おれは一夜の工房に定めた空地にネズミを一、二匹おびき出そうとした。ネズミ捕り用の手袋も、念入りに調合した粉を詰めた缶もなにひとつとして手元にはなかったが、なかが空洞になっている木の根元にまだらに生えているコケのなかにキノコが育っているのに気づいた。指先でそれを押しつぶして地面にまいた。それから、落ち葉が堆積しているそばに身をかがめて、できるだけ息をひそめて待った。

下草から最初に出てきたのは、おれのひざ先数メートルのところに積もった落ち葉のなかから長い鼻をひくひくと突きだしたネズミで、王宮ネズミの特徴をよくそなえていた。まっすぐキノコの餌に向かうネズミの黒っぽい毛皮は月の光を受けてきらめいていた。そいつが手の届く場所までくるとおれはさっと突進したんだが、まだ本調子ではなかったし、けがだってしていた。かたや、そのネズミは全盛期にあるらしく、でっぷりとした体なのに動きはしなやかですばやかった。鋭い牙でキノコをひと口かじると、おれの指のあいだから逃げていき、森のくらがりへ消えていった。ひとり取り残されたおれは、自分でばらまいたキノコの餌のなかでてのひらを下にしたまま立ち尽くしていた。

*

気を取り直して急いでもとの場所に戻った。そしてまた息をひそめて完璧な静寂のなかで待った。カラスが鳴き、上空で風が吹いて木の梢（こずえ）がきしむ音がしたかと思うと、ようやく二番目のネズミが姿を現した。まいてある餌にひょこひょこと向かってくる。おれはそいつを捕まえて、首を絞めるか首の骨を折る気でいた。だがそのとき、あることに気づいてうろたえた。そいつはおれがそこにいるのに気づいていたのだ——そのネズミは。たしかにこっちを見た。どのみち、においでわかったはずだ。それなのに、おれが歯をむき出しにして、いまにも飛び出そうとしてるっていうのに、まったく逃げようとしない。ただくんくんと空気のにおいをかいで、そのままじっと見ている——それで、なぜかおれは襲撃しそこねた。

　おれは身体を揺すりながら、いつでもそいつに突進して雪の中で大立ち回りをして、足元のシダの茂みを引っかきまわす気満々だったのに、そいつは身を守ろうともしなかった。それどころか、こっちにひょこひょこ近づいてきて、おれのひざや靴のにおいをかいだ。向こうから身を差し出しているも同然だったのに、おれはまったく動けなかった。情が湧いたとか、そういうことじゃない。おれは長年ネズミを捕りつづけてきたが、そんな風に交戦上のルールをことごとく無視されたのははじめてだったのだ。それで、しばらくそいつにおれの周りのにおいをかがせてから森のなかへ追い払った。きっとばかなまねをしたんだろう。だが、王宮の門のところでの思いつきがいまだに払拭できず、骨抜きになったような気分でいた。だから、そうやって向こうからやってきたものをほいほいと捕えるのもどうかと思ったのだ。

その一件があってから、キノコを周りにばらまいた、朽ちかけた木のそばでこれ以上じっとしている場合ではないと気づいた。王のところを出てきてからずいぶんと時間が経ち、周囲では夜がいっそう深まって月が夜空を移動している。しかも、おれはいつもの便利な道具をなにひとつ持ち合わせちゃいない。ということは、仕掛けをひとつこしらえるのに、いつもよりも時間がかかる。もういちど空地にさっと目を走らせて、ネズミが現れる気配がないことをたしかめると、作業に取りかかることにした。これからつくる仕掛けが想定する獲物のサンプルは、記憶にたよるしかない。

のこぎりや厚板、刃物、薬品などを自由に使える環境に慣れていたから、小さなペンナイフだけで分厚い生の木を削ったり、材料を求めて木によじのぼったりするのは、はじめは骨が折れ、まどろっこしい作業だと思えた。だが、組み立て作業に集中するうちに、そんな条件の悪さは気にならなくなって、仕掛けの細かい構造や仕組みを考えるのに没頭した。おとりにはなにを使おう。においの粉は手元にない。それに、異性で釣って毒を盛るのは、今夜ばかりはできない。そう考えるうちに、王のやせた姿を思い出したせいなのか、自分の腹が減っていたせいなのか、この最新作のおとりとしては食べ物がふさわしいんじゃないかと思えてきた。それについては、いわば、メニューの構成を決定するシェフさながらに入念に考えた。そして、口笛を吹きながら削って切り込みを入れ、打ちつけ、彫り、木の皮を裂いたものを編んでロープにするうちに、ようやく仕掛けは完成した。顔を上げると夜が白みかけていた。おれはコートを脱いで装置にかけた。そして、まだ痛む腕でコートで覆った装置を丸ごと抱えて、また森のなかで難儀な思いをしながらゆっくりとキャビンへの道をたどっていった。

*

煙突から盛大に煙が出ていたから、王が起きているとわかった。おれはドアに直行してノックをした。

「ああ！」ドアの向こうで王の声がした。「ちょっと待ってくれ！　われわれに時間をくれ」そう言われて、おれは寒いなかそのまま五分は待った。仕掛けの重みで腕が付け根からもげちまいそうだった。しびれを切らしてもういちどノックをした。

「ああ！」また王が言った。「入ってくれ！」

仕掛けをしっかりと抱えながらドアの取っ手に手を伸ばすのに苦戦していると、王の声が聞こえて来た。「さあ、リトル・ルーク、だれが入ってくるかな？」

ようやくドアが開いた。というか、ドアの取っ手を探っていたら、力を入れて握りしめていの仕掛けの下で突然取っ手が動いたので、おれは戸口のところで雪に足をすべらせて重みで前につんのめったが、かろうじて踏ん張った。健康そのものだった以前の状態を考えたら、ずいぶんと情けない。よろめいたところで顔を上げると暖炉で赤々と燃える炎が目に入った。そして、リトル・ルークがクンクン鳴く声が背後から聞こえる。前の晩、最後に見たときに王がいた、部屋の反対側のほうにおれは振り向いた。

毛布は隅によせられていた。王は壁にもたれかかって、クンクン鳴き、もぞもぞ動くリトル・ルークを腕にしっかり抱いていた——そして、その光景には胸糞悪くなるものがあった。王は森から集めて来たらしい小枝で自分の王冠をつくっていた。だが、それじたいはどうだっていい。そんな風におもちゃの王冠を自分でつくって、めかしこむのも王の好きにすればいい。おれが気分を害したのは、彼がおそろいの小さな王冠をつくって、いつも一緒にいるリトル・ルークの、毛皮で覆われた獣くさい頭に押しつけていたことだ。

人間と動物が同じような格好をしてはならないというのがおれの持論で、普段からそれを公言している。だからこそ、こんな状態になる前は毎朝王宮に上がる前にわざわざ時間をとって正しい姿勢になっているかの確認を怠らなかった。これはあくまでおれの意見だが、腹ばいや四つ足で進むもの、野生のものとは一線を画しておくべきなのだ。こんな風に人間と獣が仲良くしている姿をわざとらしく見せつけられると常軌を逸していると思わざるをえない。かてて加えて、王の腕にしっかり抱えられたルークはもぞもぞしっぱなしで、頭から王冠を振り落とそうとしている。そんな風に犬のほうは乗り気ではないということが見てとれたから、おれはますますいたたまれなくなった。

「おはようございます、陛下」おれは言った。「昨晩はきっとよく眠れたことでしょう」

「ほとんど」王が答えた。「ほとんど眠れなかったぞ。ここにいるリトル・ルークがわたしの気を引こうとちょっかいをかけてきたからな。それでほぼ一睡もしていない。ルーカス、そろそろ寝てもいいか?」そう言って、王はいつものように犬に鼻をこすりつける。おそろいの王冠がこすれあった。「だめだ、ふざけるのはよせ。いったいなにが望みなのだ。この純真無垢(むく)な顔つきにだまされたらいけない。たいしたいたずらっ子だからな。でも、もう大丈夫だよな、ルーク? わたしとおそろいの王冠をつくってやったから、嫉妬せずにすむ。ネズミ捕りどの、こやつはひどく嫉妬しているのだ。姉上のようにしつこくな。だが、これで二人とも王になったから、こやつもご満悦だ」

　さっきも言ったとおり、リトル・ルークがご満悦にはとても見えなかった。これっぽっちも。だが、そんなことを言っても無駄だ。

「それを聞いてうれしいです、陛下」おれはそう言って、仕掛けを下に降ろした。仕掛けはコートに覆われたまま、床の真ん中の、ばらばらになったジグソーパズルの残骸のそばに置かれた。「ご満足いただけるものと思います」おれはそう言うと、手をさっとひるがえして、仕掛けがより魅力的に見えるようにコートの位置を調整した。「こちらは、陛下と小さなお仲間が棲み処に選ばれた魅力あふれるこの場所を祝福するもので、森の暮らしをテーマにしております。陛下、よくごらんください。この仕掛けの本体は、しなやかなニレの木を思わせる形をしております。蝶番はカエデの色が目を引きます。そして、素朴で、牧歌的でもある作品全体の雰囲気をお楽しみいただければと思います。どうしたら陛下によろこんでいただけるか苦心して考案したものでございます。もちろん、こちらのリトル・ルークにも」

ルークを抱きしめたまま、王はなんとか拍手をした。

「これはこれは」王は言った。「まさに、われわれがずっと待ち望んでいたものではないか、リトル・ルーク？　わが小さなルーカスよ、そうではないか？　そなたが考案した仕掛けを見るのが待ちきれないぞ、ネズミ捕りどの。さっさと先を進めてくれ。じらすのはなしだ」

だがこのときばかりは、おれは一歩も引かないつもりだった。それで、仕掛けを覆ったコートはそのままにした。

「陛下、まず質問がございます」おれは言った。

王はにやっと笑ったが、口元以外はまったく笑っていなかった。「これはこれは」王は言った。「おもしろいではないか。質問だと？　これも余興のひとつなのか？　つづけるがよい、ネズミ捕りどの。その質問とやらを」王はまたおれの口真似をした。人形に話しかける腹話術師さながらに自在に声色を変えている。

「ミス・エセルのことです、陛下」おれは言った。「彼女について教えてくださることがあるとおっしゃってました」

「そうだったか?」王は目を見開いて言った。「おお、そういえばそうだったな! すっかり忘れていた。ああ、だがその仕掛けが、そなたが言っていた彼女のほめ言葉にふさわしいものかどうか確認してからだ。あれはどんな言葉だったかな? 美しい。悪く思わないでほしいのだ、ネズミ捕りどの。それがほんとうかどうか、確かめたくてしかたがないのだから。ありえない話に思えるからな」

おれの神経を逆撫でする、ぞっとする甲高い声でルークが吠えだした。王が最後の言葉を口にしたとき、こぶしにぎゅっと力を込めたらしい。

「仕掛けをお目にかける前にお話しいただかなければ」

「そなたもつまらんやつだ」王は言った。「われわれが楽しむあいだのわずかな時間も待てぬとは。姉上はそんなに魅力的なのか? 実際はそなたが思うほど魅力的ではないのだぞ。わたしが知る姉上の姿を知ったら、そなただってもうひとことも口をききたくなくなるだろう」

「強情な態度をお許しください、陛下。陛下はおれと取引をなさいました。そして、きょうコートに包んでお持ちした仕掛けの大きさと形から、おれが約束を果たしたとわかっていただけるはずです。ですから、陛下もちゃんと約束を守っていただけるという保証がほしいのです」

王は目を細めた。「約束を守るだと？　こんなささやかなゲームに、少々大げさな考えではないか。だが、いいだろう。そなたがそこまでねばるのなら、教えてやろう。だが、それが気に入らないからといってわたしを責めることは許されんぞ。というのも、わたしはこれから、ネズミのことでそなたに警告をする。そなたが本気で姉上に気に入られたいのなら、もうネズミは捕えられなくなる――」ここで王の口元がゆがみ、ぞっとする笑みが広がった――「なにしろ、姉上はネズミを愛しているからな。わたしがこのリトル・ルークを愛しているようにな。わたしの場合はリトル・ルーク一匹だけだが、姉上の心はネズミどもに占領されているのだ。ああ、そんなにこわい顔をするのはやめてくれないか、ネズミ捕りどの。わたしの口から出る言葉はすべて真実だ。それは保証する。子どものころから姉上にとってネズミは唯一の遊び相手だった――あの気味の悪い、頭のにぶい母親は別としてな。しかも、あの母親は遊び相手というわけでもなかったし。とにかく、どんなおもちゃでも遊ばなかったのだ。わが姉上はな。しかも、わたしが彼女のもとに連れて行かれると、いつだって遊ぶのを拒否された。口をきいてもくれなかった。わたしが彼女とゲームをはじめようとすると、うなり声を上げ、引っかいてくることもあった。そして、わたしがそこからまた連れて行かれるまでのあいだ、窓の外をずっと眺めていた。ああ、だがいまはネズミの話だったな——彼女はいつもネズミどもと遊んでいた。そのようすは、そいつらに親近感のようなものを抱いているようだったとすら言える……だから、姉上がそなたの仕掛けをほめたというのは、ありえないことに思えるのだ。わたしがまちがっているのなら訂正してほしい。だが、彼女はそなたにうそをついているとしか思えない。ああ、でもだからといってそんなにこわい顔をしなくてもよいぞ」その話はここまでだと言わんばかりに王は手を振った。「さあ、そなたの仕掛けを見せてくれ。それが美しいとこのわたしが心から思ったなら、少なくともわれわれのうちのひとりからは賛辞を寄せられたことになる。さあネズミ捕りどの、見せてくれ」

王は腕のなかでリトル・ルークを抱え直して、また手をたたいた。おれは自分がほとんど息もできない状態になっているのに気づいた。

「残酷です」おれはようやくそう言った。「ミス・エセルについて、そのようなことをおっしゃるのは」

「かまうものか」王が言った。「そなたに伝えなければならぬことを伝えたまでだ——こんどはそなたが約束を守る番だぞ。こんどはそなたがすべきことをするのだ」

リトル・ルークがあいかわらずそこで騒いでいたことも手伝って、おれはそのときまともにものが考えられなくなっていた。だから、そこで当意即妙の返答をして、王のおかしな話にまったく動揺していないということを示すこともできずに、ただ首を振って暖炉のそばまで歩いていき、そのまま仕掛けの背後に立った。

おれは息を吸って、森のなかでの決意を思い出した……そして、手を下に伸ばして、かけてあるコートの上の部分をつかみ、それをさっとはぎ取った。王ははっと息を呑んだ。おれは顔を上げて王の顔を見た。その表情からは高慢さや悪意はほとんど消えていた。その瞬間、王はおびえた子どものようだった。それを見て、おれの内側にぞくぞくする感じが駆け抜けた。王はすぐにもとの表情に戻ったが、おれにその表情を見られたことはわかっていた。おれは足を引きずりながら仕掛けの背後から出た。

「こちらの、中心となる曲線構造の細部にご注目ください」おれは説明をはじめた。「樹皮の模様を活かして彫ってあります。おわかりのように、これは美的観点からの工夫で、森の暮しというテーマにふさわしく、素朴な雰囲気を出し、仕掛け全体が木に見えるようにするためです。それから、こちらとこちら、そしてこちらには――」おれは仕掛けのそばにしゃがみ込んで、それぞれの箇所を指し示した。「小さな刻み目と溝をつけてあります。これは、言うなれば足置き場です。王宮に出没するネズミの大きさにぴったり合う間隔で配置してあります。このおかげで幹のほうへ誘導しやすくなりますし、そちらに行ってみたいと思わせる効果があります。とはいえ、ほとんどお飾りではありますが。陛下の王宮に棲みついているネズミどもはいささか太ってはいても、なにかをのぼっていくのに助けなどいらないはずです」おれは王に向かってにやっと笑い、仕掛けを手でなぞり、木の枝のところで止めた。「こちらの木ででき た星は、おれの刻印のようなものでして……そして、こちらでフィナーレを迎えるのです」

「鳥の巣で、ということか?」そう言った王の声には、どこか不快さも混じっていた——王の声から伝わるとまどいをおれは堪能していた。

「はい、鳥の巣でございます」おれは答えた。「よくお気づきになられました、陛下。このなかには森に生えていたキノコを細かく砕いたものを底に敷きつめてあります。おいしいごちそうのにおいが漂ってくるように」

「なるほど」こう言ってはなんだが、そのとき王は首を絞められているような声を出した。

「鳥の巣の周りがぐるりと台になっているのがわかりますね、陛下」

「ああ、ネズミ捕りどの。わかるぞ」

「この部分をぐるりと取り囲むように、木にやすりをかけて調整いたしました。この台が鳥の巣に飛び込む前の最後の踏切板になるようにしてあります」

「やつらがこの台にたどりついたとき、なにが起きるのだ、ネズミ捕りどの」

「こちらの台にたどりついたとき、なにが起きるか、ですか?」おれは王に向かって繰り返した。「それをお訊ねいただけるとは、うれしいです。というのも、そこで起きるのはこういうことなのです、陛下」おれは仕掛けの最上部をたたきながら言った。「台にネズミの重みがかかると、こちらのクレーン状の部分が起動して、樹皮を結んでつくった輪状の縄が下からさっと出てきます——わかりますか、こちらです——そして、ちょうどここで、正確にこの位置で縄が締まるのですが、わたしの計算によればそこには、われらが親愛なるげっ歯類の、肉づきのいい首が待ちかまえています。そして、それから台が落ちて、ああ——ネズミどのは自ら首を吊るのです」

「なるほど」王がまた言った。「だが、ネズミ捕りどの、ということはこの仕掛けではたった一匹しか捕らえられないことになるのではないか？　まともに考えたらさして効率がよいとは言えないのでは」

　そのとき、おれはデモンストレーションに夢中になるあまり、王の言葉があまり耳に入っていなかった。

「ではお許しをいただけるのでしたら、陛下」おれは言った。「最後の仕上げです」おれは木の上の小さな鳥の巣に手を伸ばして、卵をひとつ取り出し、それを台の端に打ち付けた。そして、ほかの卵やキノコが入った巣の上で割った——そのときおれは高級フランス料理のシェフの手つきをまねているつもりだった。

「これで刺激が増します、陛下」おれは言った。

ところが、おれが悦に入っていられたのもそこまでだった。小さな卵を割ったら、ルークがまた吠えはじめたからだ。言っておくが、おれはいっとき彼の存在をすっかり忘れていた。おれが仕掛けを説明する声には威厳のようなものがまじっていたから、しばらくはルークもおとなしくしていたようだ。とにかく、夢中で説明していたから、ルークのことなど気に留めていなかった。きっとそのせいで、彼が身をくねらせて主人の腕のなかから脱出して、おれの仕掛けをめがけて一目散に走ってきたときに反応が遅れたのだ。鳥の巣に目が釘づけになっていた王もとっさには動けなかった。

「ルーク」どんな事態が進行しているのか、その鈍い頭でようやく理解が追いついた王が言った。「ルーク」王は叫んだ。それでも、王はまだその場に立ち尽くして見ているだけだった。そのあいだにリトル・ルークは木の幹を駆けのぼり、おれのつくった木の星を押しのけて進んでいった。間の悪いことに、あの犬は一か月かそれ以上まともに食べていなかったにちがいない。あんなに必死になって仕掛けに突進していく生き物をおれはほとんど見たことがなかった。

「ルーカス！」王はまた叫んだ。愛犬が台に達したそのときようやく手足が動くようになった王は、あわれな、かけがえのない犬のあとを追った。ところが前にも説明したとおり、室内はとても広かったので、王がわれわれのところに駆けつけたころには——つまり、王が犬と仕掛けとおれのそばに来たときにはすでに手遅れで、縄にとらえられたルークは首の骨が折れ、息も絶え絶えになっていた。

王は聞くに堪えない叫び声を上げた。そのせいで、おれはなにか大失敗をしでかしたんじゃないかという気になった(断っておくが、そう思ったのはほんの一瞬だ)。だが、それについて長くは考えていられなかった。というのも、なにが起きているのかおれが把握する前に、王はおれの仕掛けに体当たりしていき、床に倒したからだ。リトル・ルークの体が揺れ、鳥の巣は飛んでいき、卵はひとつ残らず転がって、砕いたキノコがキャビンの床じゅうに散らばった。

それから、王はしゃがみこんで、リトル・ルークの首に巻きついている木の皮の縄を引っ張りながら、おぞましい雄たけびをあげた——おれは、そんな野蛮な声を出す人間に会ったのははじめてだった。その声を聞いて、街なかの、おれの暮らす界隈(かいわい)で起きていることを考えたら、思うところがあった。そんな醜態をさらす王を見て、おれは度肝を抜かれた。生きているうちにこんな光景を目にするとはまったく思っていなかった。ましてや、それがおれ自身の手によって引き起こされたとは。

「首が折れているんです」おれはようやくそう言った。「死なせてやるのが親切です」

だが、そう言ったところで王はいっそう激しく泣きわめき、むせび、また縄を引っ張った。

「なんてことだ」おれは足を引きずりながら、王が散らかした残念な現場をぐるっと回った。

「まったくすごい声をお出しになるのですね。でもお考えになってください、陛下。王宮の門の外では感染が広がっています。まさにこの王宮が発生源になっているせいで、街の通りには疫病や不調が蔓延しています。そのために死んでいる人たちだっているのです。どこを向いても、人びとは疫病の兆候におびえ、追いつめられています。そのようなものたちにたいして、王はそんな声を出せますか？　それとも、そのようなものたちが束になっても、ちっぽけであわれなたった一匹の害獣の死を嘆くときの悲愴な声には値しないんですか」おれは王のシャツの襟をぐいっと引っ張って、ぴくぴくとけいれんしている小さな体から王を引き離し、引っ張り上げてほとんど鼻と鼻とをつき合わす格好になった。「もちろん、値しないでしょう」おれは言った。「あなたはそのようなものたちを気にも留めない」

「だが、こやつは害獣ではないぞ」かすれた声で王は言った。「こやつは生きていて、考えを持っていて――こやつは――」王はそこで言葉を止めてごほごほとせき込んだ。そして、せき払いをしたあとで、顔を上げておれを見据えた。その表情はどこか奇妙だった。まるで、とても大切なことを説明しようとしているようだった。「害獣なんかじゃない。ルーカスだ。小さくて、気立てがよくて、やさしくて、一緒にいるとどういうわけか悪夢を見ずにすむ」

おれが襟から手を離すと、王は骨と皮だけの人間になったかのように、そのままどさっと床に崩れ落ちた。

「情けない」おれはそう言うと、王に背を向け、足を引きずりながらその場を離れ、暖炉の炎を眺めた。

　ほとんど無言のままで、おれたちはしばらくそのままでいた。はじめは、王がすすり泣いたり、なにかをつぶやく声が背後から聞こえてきた——そしてもちろん、リトル・ルークの最期のあえぎ声も——それから王とルークは静かになった。おれはただ、炎が燃えさかる音に耳を傾けていた。速まる胸の鼓動を落ちつかせようとしていた。

「わざとだろう」しばらくして、背後で王がそう言った。「この仕掛けはルークを罠にかけるためにわざとつくったのだな」

「わかりません」おれは炎に向かって言った。

「きさまは正真正銘の怪物だ」王が言った。王の声は変化していた。さっきまで死にゆくペットに覆いかぶさってみっともない姿をさらしていたのに、正気に返って床から立ち上がったようだ。おれはそのとき振り返って王と向き合うべきだったのだろう——そうしなければならないと、わかっていた——自分を恥じてはいないし、王のことだってまったくおそれていないとはっきり示すべきだった。それなのに、できなかった。王がこちらに近づいてくるのがわかった。裸足だからほとんど音も立てずに。だが、それでもおれは顔をそらしたままだった。

「どうしてこんなまねをしたのだ、ネズミ捕りどの？　姉上にまつわる真実はたしかに伝えたではないか。そなたはわれわれを助けるために来てくれたと思っていたのに」

「それは言えません、陛下」あいかわらず視線をそらしたまま、おれは言った。

「あわれなリトル・ルーク」王がつづけた。「こやつは生きているあいだ、命あるものを傷つけることはいちどもなかった。それなのに——」そこで王の声が震えた。「こやつがいなかったら、わたしはどうやって生きていけばいいのだ」

おれがつぎに口にした言葉は、胸を張れるようなものじゃない。それどころか、なんであんなことを言ってしまったのか。

「お許しを、陛下」おれはそう言ったのだ。

そのとき背後でなにかがさっと動くのを感じた。振り返って見ると、王が燃えさかる長い物体を振り回していた。端から端まで炎に包まれたその先端は、おれの仕掛けの首つり縄のように見えた。それがいまではバラバラになって炎に包まれている。おれはさっとよけようとしたが、つま先は霜焼けにやられ、血管には毒が残っていたし、それ以外にもあちこちが痛んだ。つまり、おれはすっかり鈍くなっていたのだ。棒の先の炎がおれのシャツに移ったかと思うと、反対側では王の両手に炎が達していた。王は大声をあげて、燃えさかる棒を暖炉のなかへ放り投げた。

焼けただれたてのひらを確認する王を見ているうちに、炎はおれの袖から、ズボンの脚や胸にまで広がった——そのままずっと見つめていると、王がふと顔を上げて、これはなにかの手違いで、悪意などなかったのだと言いたげに大きな目を見開き、こちらを見返してきた——そのうちようやく痛みを感じるようになり、おれは肉が焼けるにおいに気づいてドアへダッシュした。

ドアのところまでいくと、そのまま頭から雪に突っ込んだ。炎が雪に触れた瞬間、シューッという音がした。おれは炎を鎮めてくれる雪をさらに探して、地面を何度もころげ回った。おれたちが暮らしている、終わりのない冬をこれほどまでにありがたく感じたことはなかった。そして、おかげでようやく火が消えたのが確認できたが、焼けただれた肌は熱を帯び、べとついて、薄汚いおれの服と癒着していた。おれは地面から身を起こして——泥のなかをころげ回るのはもう充分だ——やけどの度合いを確認する間もなく、湖へ向かった。

木々のあいだをあてずっぽうに進んでいったので、木の幹や枝に身体がぶつかり、小枝がおれのむき出しの頭を引っかくのがわかった。そうこうするうちに、ようやく王宮内の車道にたどり着いた。そのときおれは、それほど遠くない過去にエセルにおやすみを言ったあとでたどった道を逆戻りした。そしてようやく、ワイングラスを手にふたりで座っていた、あの木の下に戻ってきた——毛皮を肩に巻いたエセルは月明かりを浴びてそれは美しかった——だが、そんな思い出にひたっているひまはない。おれは死に物ぐるいで湖面に身を投げた。身体が氷に触れると、その部分から、王があの愚かな犬のためにあげていた大きな泣き声のようなきしむ音が聞こえてきたかと思うと、骨の折れるような音を立てながら氷がおれの身体の下で割れていき、おれはその下の水のなかへ落ちていった。

ゆらゆらと沈んでいくあいだ、最初は激痛が襲ってきた。内臓や頭蓋骨の内側に水の冷たさがガンガンと叩きつけるようだった――ところが、しばらくすると急にがまんできるようになったので、おれは目を開けた。頭上の氷が頑丈で透明な天井のようだった。あたりを見回すと、行く手をさえぎるものや、邪魔をするものがなにもないことに気づいた。ここまで厳しい、過酷な環境にはなにも生息できないのだ。湖底に石が落ちているだけだった。おれは湖底に向かって泳ぎだした。泳いでいると肌の上を流れる水がやけどを鎮めてくれて気持ちよかった。息がつづくあいだずっとそこにいた。

さきほど落っこちてきた氷の割れ目から勢いよく顔を出して、また湖面へ戻った。そして、まばたきをしたり、首を左右に振ったりして、目がはっきり見えるようになるまで待った。身体が損傷していたので、こわくて目をこすれなかったのだ。身体のどこかに触れたら、おれの両手の熱が伝わってあのひりつく感じが戻ってくるんじゃないかとか、ただれた皮膚がはがれて指にくっつくんじゃないかと心配だったのだ。目がはっきりと見えるようになると、おれはしばらく空を見上げていた。そして、その小さな氷の裂け目のなかでばしゃばしゃと身体を動かして王宮の車道に向きなおった。ここからだと王門は遠くのほうに見える。ずっと向こうの端に。だが、いまは開け放たれている。そして、その向こうにはおれの住む街も見える。あいかわらず腐敗していて、こちらに手招きをしている。

おれは水の中で向きを変えて王宮のほうを向いた。ありのままの全容を眺めるのはこれがはじめてかもしれない。もともと好感を抱いちゃいなかったが、湖のなかから眺めると、威厳、恐れ、いかめしさといったものはまったく感じられなかった。おそらくそういう視点は炎に焼かれたときにすべて抜け落ちちまったんだろう。そこに見えていたのは、感染の中心地だけだった。円柱や列柱のあいだには牙がずらっと並んでいて、胸壁の上のガーゴイル像の背後から腹を空かせたネズミたちが顔をのぞかせている……そして、おれがこの手でエメラルド・ダストをまいた、ベルベットのカーテンのたもとや金メッキの戸口では、肥えたネズミの冷たくなった死体が幾重にも折り重なっている。そのとき、建物の左側の窓でカーテンがさっと引かれたのに気づいた。

窓の向こうにはエセルがいた。あの夜、湖のほとりの土手で最後に見たときと変わらない、非の打ちどころのない冷静沈着なたたずまい。その姿を見上げるうちに、ふと子ども時代の彼女のイメージが心に浮かんだ。がらんとした子ども部屋にひとり取り残されて、遊び相手はネズミだけ。あの話、どこまで信じていいのか。だが、ほんとうだとしたら、王がおれを派遣したのは姉にいやがらせをするためで、感染を収束させる気などないのだろうか。〝そなたはわれわれを助けるために来てくれたと思っていたのに〟キャビンで王はそう言っていたではないか。あの言葉にはどんな真意があったのか。

はじめ、エセルはおれにまったく気づかず、庭園を眺めていた。だがむろん、そのうち気づいた。彼女ははっとして窓から離れ、おれの視界から消えた。彼女の姿をおがめるのもこれで最後かと思いきや、すぐに母親を伴って戻ってきた。そして、ふたりしておれを見下ろした。エセルの優美な顔と、お似合いの醜さにゆがんだ老婆の顔には、死の淵(ふち)へ追いやったはずのおれがこんなにも早く舞い戻ったことにたいする恐怖がはっきりと見てとれた。

水のなかで立ち泳ぎをしながら、おれはできるだけ彼女をしっかり見つめて、ぼろぼろになった口角を上げてにやりと笑い、片手を上に伸ばして振った。

加速せよ！

それはインターンの手ちがいだった。とにかく、頼んでもいないラテをそのインターンが持ってきたことがすべてのはじまりだった。わたしは当時ロンドンに来てまだ二、三か月で、それまでコーヒーを飲む習慣はほとんどなかったというのに。ほとんどというのは……試したことなら何度かあった。もちろん、ティーンエイジャーのころは興味津々で、あか抜けて大人っぽくみられたいがために、やせがまんしておそるおそる何度か口にした。それに、地元のショッピング・センターの空疎な空間をぶらぶらするときや図書館の行き帰りなどに、ホイップクリームと砂糖がたっぷり入ったスタバのモカチーノを飲むことならたまにあった——ところが当時のわたしときたら、コーヒーの苦みや強度はおろか、ひと口含むごとに心臓のトクトクと脈打つ音が速まるだけでなく、妖精かなにかが脳内のフォトショップ・プログラムの設定にいたずらをして、コントラスト調整のスライダーがどこまでも押し上げられたかのように、あらゆるものの色彩が鮮やかになって輪郭がくっきりする感じのいったいどこがいいのか、さっぱりわからなかった。

それはさておき、例のインターンと彼が持ってきたラテの話に戻ろう。わたしは大学を出て就職したてだった。白状すると、働きはじめたばかりのころは仕事のことがよくわかっていなかった。文字どおりの意味で理解していなかった(頭は毎日混乱しっぱなしだった)だけでなく──履歴書にはマイクロソフト・エクセルが得意だと書いていたのだが、嘘をつく気はなかったにしろ、ソフトのプログラム機能をどうやら誤解していたらしい──実存的なレベルでも疑問を抱えていた。勤めている企業の実績には興味が持てたし重要だと思えたのだが、その企業における自分の役割を──さらに言えば、広い社会におけるその企業の役割を──簡潔な言葉で説明しなくてはならないとしたら、うまく説明できる自信がなかった。それで、例のインターンが近づいてきたとき、その朝繰り広げられた、共有デスクをめぐる仁義なき戦いを勝ち抜いて確保した個人作業スペースに自分はふさわしいのかよくわからずに不安になっていたので、ただうなずいてそのコーヒーを受け取ったのだと断っておかなければならない。わたしは自信に満ちているし、オフィスの決まりごとなら心得ているから、なんでもいちいち言葉にする必要などないのだという印象を相手に与えるのが狙いだった。

わたしは精神に化学的作用をおよぼす物質にはつねに慎重になるようにしているということは、ここで説明しておかなければなるまい。アルコールはおそるおそる飲んでいるし、それ以上の強力な薬物には手を出さないようにしている。もともと危ない橋は渡らないタイプだし、これまでずっと努力を重ねてきたのだから（エクセルの知識についてはつい盛ってしまったものの、わたしの履歴書はほぼ完璧だった）、そんなことでふいにするわけにはいかないのだ。どんな状況であれ、賭けごとに臨むことになったら最後に勝つのはいつも賭博場だというのがわたしの持論だ。

にもかかわらず、自分がこの職場にふさわしい人間なのだとそのインターンに示すために、わたしは目の前にある熱々の液体をごくりと喉に流し込んだ。きっと、ロンドンの汚い空気に毎日さらされたせいで味蕾（みらい）がおかしくなっていたのだろう。容赦のない攻撃を受けて狼狽（ろうばい）した胃がよじれていたにもかかわらず、わたしはすぐさま抗しがたいものを感じた。

その液体が内臓のすみずみに届くあいだ、わたしは周囲を見渡していた。目の前にはデスクとコンピュータ端末がある。なにか作業をしなければならないとわかっている書類（とはいえ、今朝手渡されたとき、そのしなければならない作業がわたしには悲しいほどさっぱりわからなかった）が積み上げられているのをしげしげと眺めた。間仕切りのないオフィス・フロアに視線を走らせると、観葉植物の鉢や冷水器が置いてあり、コルクボードには色とりどりの理解不能な表がたくさんピン留めされている……そのときだしぬけに、気づいたら自分がそのなかにいたこの新しい世界が、以前よりも居心地のいい場所になっていることに気づいた。そして、くつろいだ気分になってきた。

わたしは仕事に手をつけた。そしてその後の二時間で、記憶にあるかぎりこれまでの人生で同じ時間内に達成した以上の作業をこなした。仕事のことやその目的があいかわらずよくわかっていなくても、もうどうでもよかった。疑問を持たずにただ仕事をするのは簡単だった。やるべきことリストにつぎつぎとチェックマークを入れながら、わたしは同僚にほほ笑みかけ、冗談すら口にして雑談に興じた。例のインターンは平然と無視した。消化器官の末端では、さきほど飲んだコーヒーがあいかわらず頑として落ちつかずに不快だったものの、ロンドンで暮らし、仕事をすることに爽快感をおぼえていた。そんな気分になれたらいいのにといつも願っていた、まさにその気分をようやく味わえるようになったのだ。

＊

一杯のラテがつぎの一杯へとつながり、やがてカプチーノになった。そうして飲みつづけるうちに、あるときフラット・ホワイトを出された——これはカプチーノの仲間で、より洗練された飲み物だ。コクが強くなるよう仕立ててあり、泡立てたミルクだとかチョコレートスプレーのトッピングなどの、つまらない子どもだましにほとんど頼っていないところが気に入った。

そのうち、わたしはだれかに見られていないときにもコーヒーを口にするようになった。たとえば週末になると、手に持ったテイクアウト用のあたたかいカップに口をつけてその刺激を楽しみながらロンドンの街を闊歩(かっぽ)した。そんな風にしていると、わたしの機嫌はすこぶるよくなり、どうやら根源的な目的意識が強まるらしいと気づいた。コーヒーのおかげで、体内メトロノームが街のリズムに同調するようになった。そして、朝いちばんにコーヒーをひと口飲めば頭のなかのスイッチが入って、普通の人だったら一日かかることが一時間足らずで片づけられるようになった。

周囲でコーヒーを飲んでいる人たちをわたしは興味深く観察した――この味わい深い液体を喉に流し込むとき、彼らもこんな不思議な力を手に入れるのだろうか。注意深く観察をつづけた結果、かならずしもそうではないのだという結論に達した。われわれの社会でコーヒーといえばゆったりくつろぐイメージが強い。だから、そんなことが起こるべくもない。わたしが体験していた、速度を増した生活は、日曜の朝にキッチンのテーブルで新聞をぱらぱらとめくり、見出しはすっ飛ばして漫然とライフスタイル特集を読むイメージとは相いれないのだ。リラックスした姿勢でひとところに一分以上とどまるなど笑止千万だとわたしは思うようになっていた。

　職場で同僚たちの姿を眺めているうちに、静電気が発生するポリエステルのスーツに身を包んだ年配男性がかっこいいとはもはや思えなくなっていることに気づいた。彼らの動作はとにかくのろい。行動も思考も野暮ったくて不器用なのだ。おまけにミスを犯す。細かいまちがいが数えきれないほど発生する――たとえば、Ｅメールの文章でアポストロフィの使い方がおかしかったり、よく考えずに書類をキャビネットに入れて、まちがった仕切りのなかに収めていたり。言うまでもなく、わたしはすべてのまちがいを見つけて、だれかが気づかないうちに素早く直していた。わたしが求めていたのは名声や賞賛ではない。上司に気に入られるかどうかも、もはや関係ない。その上司とて、ポリエステルのスーツに身を包み、その日一日をなんとか乗り切っている男のひとりにすぎないのだから。彼らが犯すまちがいには優雅さがまったくないという点にわたしはただ耐えられなかった。だから、まちがいを正さずにはいられなかったのだ。

　優雅さの欠如にわたしはなによりもいらだった。わたしの内面世界は速度を増していたので、なにをするにもすべてが無駄なく合理化されていた。ウィリアム・モリスの名言にもあるように――〝役に立たないもの、美しいとは思えないものを家に置いてはいけない〟、だ。ただし、わたしはモリスの教えを、家のなかだけでなく自分の行動や思考にも反映させた。街を歩いていると、同じように考える人たちがいるものだとわかったが、そのいっぽうで、このような効率化された生き方にだれしも同じようになじめるわけではないのだと否応なく気づかされた。こんな風に人生の追い越し車線へ進入するやり方は、羨望の的となる、たぐいまれな能力だったのだ。ある種の特殊能力と言っていい。

*

わたしがアナリスと出会ったのは、イタリアン・レストランだった（料理は時間の無駄だからしなくなって久しかった）。ひどい記憶力の持ち主のアナリス。わたしがローマ風サルティンボッカの皿から顔を上げたら、隅にしつらえられた間に合わせのステージで彼女がちょうど歌いだすところだった。そのとき、いくつものペッパーミルや誕生日を祝うテーブル、年配のカップルが座っているテーブル、はじめてのデートでぎこちない雰囲気のテーブルを超えてわたしたちの目と目が合うという、映画だとありきたりでも現実生活ではまず起こらない展開になった。わたしはそのはじまりの瞬間から、彼女が一筋縄ではいかないやっかいな存在だと見抜いていた。そのとき彼女の口からは〝ハレルヤ〟という言葉がいまにも飛び出さんとしていた――混沌（こんとん）のなかでそこだけが静止した一点となっていた。

アナリスの歌声をはじめて耳にしたそのとき、彼女がたたえる独特の静けさが、職場の同僚や、ラッシュアワーの時間帯にわざわざ公共交通機関を使いたがる観光客や高齢者などの、わたしをいらだたせる連中の緩慢な動きとはまったくの別ものだと気づかずにはいられなかった。彼女は緩慢ではなかったし、まごついてもいなかった。効率が悪いのではない。彼女はありのままの自分でいて、そのままで刻一刻と時を過ごしてすっかりくつろいでいた。

そのおかげで彼女は、わたしがそれまでに目にしたなかでもひときわ美しい歌手となった。たとえば、〝ハレルヤ〟という言葉のはじまりと終わりは、彼女にとっては宇宙のはじまりと終わりも同然で、彼女がそれを口にしたとたんになんらかの力が働いて——彼女がひとつひとつの歌詞に同じように身をゆだねていて、曲の最後へ急ぐ気配が微塵(みじん)も感じられないおかげで——聴いている人は彼女のことをすっかり信用してしまうのだった。それは、信用するということ以上のものだった。〝共謀関係に陥る〟と言ったほうが的を射ている。とにかく、わたしは彼女を見ていたそのとき、そう感じていた。レナード・コーエンの〈ハレルヤ〉は好みではなかった。残念なまでに陳腐な選曲だったが、それでもわたしはすっかり魅了された——それは歌詞やメロディの力ではなく、彼女が歌っているあいだに、わたしの時間感覚に奇妙な魔法をかけたせいだ。それは、過ぎゆく一分一秒からもしっかり元を取ろうとする、わたしの個人的使命の対極に位置する力であり効果だった。言うまでもなく、わたしは彼女に心を奪われた。

彼女は歌い終えると、わたしのテーブルに向かって歩いてきた——こちらに来るまでに彼女の歌にたいして賞賛やねぎらいの言葉をかける人がいればいちいち立ち止まって話していたから、急ぐようすはまったくなかった。なにはともあれ、わたしのところまで来るのにやたらと時間がかかっていたので、目が合ったときに電気が走ったと思ったのはわたしの勘違いで、彼女は別にこちらに向かっているわけではないのかもしれないと思えてきた。わたしはただ、そこに座ったまま待つことしかできなかった。さっと立ち上がって彼女のもとへ駆けていくか、すべてをあきらめてその場を去るか、どちらかにしたい気分だった。フォークを、ろうそく立てを、コーヒーカップを（そのとき、わたしはすでにエスプレッソをストレートで飲むようになっていた）所在なくさわり、チリオイルの瓶に爪をカツカツと打ちつけた。それから鞄のなかをごそごそ探してノートパソコンを取り出し、それを開いてフリーランスで請け負うようになった仕事をはじめた——なんの変哲もない文章を校閲する仕事だ。職場ではなにかに挑戦する機会がそこまであるわけでもなかったし、すべてを素早く片づけられるようになってからというもの暇を持て余していたのだろう。わたしが八枚目の書類に目を通していると、彼女がようやくわたしの前に現れた。

「大丈夫？」彼女はそう言った。「あの……おひとりみたいだったから。ずいぶんお疲れのようね」

わたしはふたりのためにボトルワインを一本注文した。普段はアルコールには慎重なのに、アナリスと向き合っているとワインを飲むにはまたとない機会に思えたから急に無鉄砲に走った。わたしは彼女に席をすすめた。

話しているうちに、彼女の行動と意思決定がごく普通の人と比べてゆっくりしていることに気づいた。会話の最中に考えごとをして、しょっちゅうぴたっと動きを止めていた。そしてワインをひと口含み、時間をかけてゆっくり息を吸って目を瞑（つむ）り、口のなかでワインの風味が消えるまでそうしていた。でもそれだけだった。彼女はなにも、ワインの風味が消えるのを待っていたわけではない。わたしだったらこうしていただろう——つぎにワインを口にする瞬間へ気持ちがはやって、ワインを飲むというプロセス全体の進行を速める。そのときの彼女は、まったくもって時間の無駄の、くだらないライフスタイル雑誌なら〝いまこの瞬間を生きる〟とでも表現しそうなことをしていた。彼女は将来を考えるわけでも過去を語るわけでもなかった（彼女のひどい記憶力をよく知るようになったいまとなっては、まったく意外ではないが）。そして、彼女の行動が完璧だと思えたのは、それがわたしの行動のように時間とエネルギーを節約するものではなく、どこに向かうでもない悠然としたものだったからだ。その行動を超えたところに目的も指針もなく、ただ純然たる優雅さをたたえて時間と空間のなかに存在していた。

「いままで会った人のなかで、きみはいちばん美しい」その最初の晩、ワインボトルを半分空けてからわたしは言った。

「ほんとうに？」彼女は言った。「だってわたしは……とにかくあなたはそうじゃないかって……よくわからないけど。わたしに腹を立てているんじゃないかって思っていたのに」

「きみに腹を立てるだなんて、できるわけない」わたしはそう言って、テーブルクロスの上に手を伸ばし、彼女の手に触れた。

＊

彼女が歌っていた曲の大半に、わたしは彼女と出会う前から飽き飽きしていたというのに、彼女には戦略も努力する気概もなく、新しいことを学ぼうとはしなかった。わたしが朝仕事に行くために着替えて、その日一杯目のコーヒーを淹れていると（ずいぶん前からネスプレッソのコーヒーメーカーにお金をかけるようになっていた）、ときどき彼女がパジャマを着たままベッドからよろよろと出てきて手足を伸ばし、身体のすみずみまで感覚が行きわたるのに無意識のうちに満足してから居間まで歩いてきて自分のギターを手に取った（出会いから一か月もたたずに彼女と彼女のギターがわたしの家に住みつくことになったのは、態度をはっきりさせないままいたずらにデートを重ねても無意味だと思えたのと、彼女の生き方があまりにも刹那的で、住む場所の確保に頓着しないこともざらで事実上ホームレスの状態だったからだ)。彼女はあくびをして、いくつかコードをかき鳴らすと、ようやくなにか別の曲を歌い出す。ただし、最後までは歌わない。歌っている途中で純粋なよろこびが得られなくなると、彼女はすぐに歌うのをやめるので新曲を最後までおぼえられたためしがない。それぐらい単純な話だ。その単純さゆえにわたしは彼女が好きになったのだが、いっぽうであきれてもいた。学びのプロセスを完了させないのに、どうしてなにかを学ぼうとするのだろう。そんなことをしてもまったくの時間の無駄だし、言語道断ではないか。

きっと、わたしたちの価値観やテンポがあまりにかけ離れていたせいで、わたしの速度を増した生き方の特徴がよりはっきりと感じられるようになったのだろう。アナリスとの暮らしが長くなるほど、わたしは自分の能力を深く理解できるようになった気がしていた。当時、午後までにダブル・エスプレッソを六から八杯は消費するようになっていた。それと同時に、宇宙によって割り当てられた人生の時間を一日につき数時間加速するこの力は、ただのカフェイン依存だと言い切れないのではないかと疑うようになっていた。たしかに、わたしの頭のなかのスイッチは、最初はコーヒーを飲むことで〝オン〟になっていたのだが、そのスイッチのありかが以前よりもわかりやすくなってきたのだ。もう少し練習したら(仮にそうしたいのであれば）、内側の時空間を加速する自分なりの方法をコーヒーに頼らずとも真に理解できるのではないだろうか。

とはいえ、いつものようにベッドでアナリスのとなりに寝ていると、たまにわからなくなった。こんな風に加速して生きて、果たして割り当てられた人生の時間により多くの体験を詰め込んでいると言えるのだろうか。もしかしたら、なにも知らずにわたしという人間の持ち時間の終わりに向かってさっさと突進しているだけではないのか。生き急ぐと、若くして死ななければならないのだろうか。これはばかげた疑問のように思えた。というのも、そのような新手の悪魔との契約が現実の人生に入り込む余地などあるわけがない。それでも、その取引のことが頭から離れなかった。加速して生きると、結果として実り多い人生になるというのはどうも話ができすぎている——それに、わたしは賭けごとには手を出さない主義だということをお忘れなく。勝つのはいつも賭博場だということをわたしはつねに胸に刻んでいる。アナリスがどう考えているのか知りたかった。わたしはしょっちゅうそういう疑問を口に出して、なんらかの答えを与えてくれるよう彼女にせっついた。彼女がひどい記憶力の持ち主でよかった。そうでなかったら、とっくに愛想をつかされていたはずだ。

アナリスの悪名高い記憶力は奇妙きわまりなかった。そのおかげで彼女は過去につきまとわれずにすんでいたのかもしれない。だが、ふたりで長く過ごすうちに、わたしのほうが、記憶されたものの亡霊ではない、ある種の漠然とした不安につきまとわれているような気がしてきた。わたしが起こったと思っているできごとが、ほんとうにそのとおりに起こったのか、いつもよくわからなくなってあとから確認するようになった。彼女は自分が歌う歌詞はぜったいに忘れないのに、わたしたちの会話は忘れてばかりいた。知り合った人のことを忘れ、わたしにとっては大切な瞬間になるできごとを忘れた。さらに、こんなことも忘れた。わたしたちがどこでどうやって出会ったかを。はじめてキスをした場所がどこだったかを。ところが、記憶力がすこぶる悪いのにもかかわらず、意外にも彼女の気持ちはどんなときも変わらなかった。わたしを愛していると言ってくれた。そう言われるたびに、わたしは彼女を信じた。彼女にしてみたら、愛しているという気持ちをゆるぎないものにするのに、共有された記憶を積み重ねる必要などないのだろう。その場の感情だけでこと足りるのかもしれない。わたしは彼女の気持ちがずっと変わりませんようにと祈りながら、ふたりの記憶をかき集めた——彼女の心からいともたやすくこぼれ落ちてしまうその記憶を、わたしたちふたりのために保管していたのだ。

＊

やがて、わたしたちの生活はますますぎくしゃくするようになった。アナリスはそれぞれの曲や歌詞のなかの静止した瞬間に生きていたし、わたしの速度はますます増していき、ついには散文形式で考えていたら間に合わなくなって、もっと速い媒体に身を置く必要に迫られた。わたしたちはその週末に遠出をしてふたりの問題を話し合うことにした。

一　屋外シーン。サマセットの森——午後四時三十六分

美しく輝く午後——木漏れ陽が降りそそいでいる……森全体に。エフゲニー（つまりは、わたし）とアナリス（もちろん、彼女だ）が外で散歩をしている。

エフゲニー　こうやってふたりで歩いているとき、きみはなにを考えているの。きみの心にはなにが浮かぶんだい。

アナリス　わたしは……よくわからないの、ほんとうに。わたしはただ……ただ思うんだけど——きっとおかしなことを言っていると思われるだろうけど——わたしはいま、においのことを考えているんだと思う。

エフゲニー　においだって？

アナリス　ええ。そう思う。だって、わたしはこのために生きてるじゃない？　ここのにおいはとても……土っぽくて、すがすがしい……都会とはちがって。ここの空気はまったくちがう。ここにいると……ここにいると、わたしたちはほんとうに自由になれる。

エフゲニー 都会でも自由じゃないか。どこにいたってぼくたちは自由なんだよ。

アナリス でもここにいるとそれを心から感じられるの。

彼女はそこで言葉を切ってしばらく考え込む。わたし――つまり、エフゲニー――は、彼は――見るからに、彼女のなかで形になりつつある考えが言葉で表現されるのが待ちきれないようすだ。歩いているあいだ、ちらちらと彼女のほうを盗み見てどんな表情をしているのか探っている。

アナリス だけど、ほんとうにそうなのか、わたしにはわからないの。街でもほんとうに自由でいられるのか。その、だってあなたは働いてばかりじゃない。それって……その。自由に使える時間なんてほとんどないでしょう。

エフゲニー ぼくは仕事が好きなんだよ、アナリス。仕事をしていると心が静まるんだ。

間。ふたりは歩いている。

アナリス　いまは静かじゃないの？
エフゲニー　なにが静かじゃないって？
アナリス　心が。
エフゲニー　ごめん。ぼーっとしてた。

間。

アナリス　それで……じゃああなたはどうなの、エフゲニー？　こうやってふたりで歩いているとき、あなたはなにを考えているの？
エフゲニー　ぼくは――そうだな。ぼくは計画を練っている。したいことを考えて、そのなかで来週優先して取り組まないといけないのはなにかと考えている。つぎに、ぼくが使える時間枠はどれだけ残っているかを考える。それから、その時間枠にものごとを当てはめていくんだ。ぼくはそうしている――それに、心配もしている。
アナリス　なにが心配なの？
エフゲニー　さあね。中東情勢とか。テロとか。だれだってつぎの週には死んでる可能性がわずかでもあるんだから、なにかを計画したところで無意味なんじゃないかとか。死なないように努力はするけど。それは背景で流れているラジオの音みたいなもので――そればかりに注意を向けているわけじゃないんだ。

アナリスはわたしの――エフゲニーの――手を取る。

アナリス　そんなことを心配したらだめ。頭がおかしくなっちゃう。

エフゲニー　わかってるよ。もちろん、わかってる。心配するのは時間の無駄だって。

二　屋内シーン。ホテルの部屋――午後十一時四十二分

ありきたりな、イケアっぽい標準仕様の備品や家具。暗闇のなかでエフゲニーとアナリスは横になっている。

エフゲニー　アナリス？

アナリス　ん？

エフゲニー　自分がふたりの人間だと感じることはある？　つまり、自分は同時にふたりの人間で、そのうちのひとりのなかに入ってるんだけど、もうひとりのしていることも独立した視点から観察している。かと思ったら、突然もうひとりの自分に入れ替わって、つい数秒前まで自分がそこに入っていると思っていたほうの自分を離れた場所から眺めている。それで、ふたりのうちどちらが自分なのか突然わからなくなる――そのうち、自分はそのどちらでもなくて、また別の場所に三番目の自分が座っていて、いま自分が考えている内容を解析しているんじゃないかという気がしてくる。それから、その三番目がほんとうの自分なのか、それともまだ離れたところから彼を眺めているだけなのか――その彼がきみのようすをうかがっていると考えながらね――わからなくなる。

長い間。アナリスはベッドの上で身をよじってエフゲニーを見る。

アナリス　ごめんなさい、エフゲニー。はっきり言ってそんな風に感じたことはないわ。
エフゲニー　ああ。そうなんだ。わかったよ。
アナリス　ときどき……ときどき、あなたはほんとうにわたしと一緒にいるのかわからなくなる。どこかに、あなたの頭のなかにいるんじゃないかって――それで計画を練ったりパズルを解いたりしている……よくわからないけど。いつだって、わたしにわかるのはあなたの半分が考えていることで、それ以上はわからない。

エフゲニー　じゃあ、きみはぼくの話を理解してくれたわけだ。間。そのあいだ、彼はじれったそうに彼女を見つめている――なぜ彼女はさっと答えてくれないのか？

アナリス　ええ、きっとそうなんでしょうね。自分ではそんな風に感じたことはないけど。

エフゲニー　わかったよ。

間。

エフゲニー（承前）　考えていたんだ。さっき森のなかにいるときにね。ある程度の時間を取っておくべきじゃないかって――毎週、時間枠をふたつか三つぐらい――その時間を使って、ぼくは展開しつつあるいまに集中すべく努力をする。見えるもの、聞こえるもの、それからにおいに……ほんとうに、あのときき みがにおいについて話していて、ぼくは――

アナリス　においって？

エフゲニー　そうなんだ。きみがにおいについて話しだしたあのとき、その答えが突拍子がないものに思えたから、ぼくは考えたんだ——

アナリス　においって、なんのこと？

エフゲニー　きみは……それもそうだな。もちろん、おぼえていられるわけがない。

間。

アナリス　ごめんなさい。

エフゲニー　いいんだ。

長い間。

アナリス　愛してる。

エフゲニー　ぼくも愛してる。

沈黙。

三　屋外シーン。川べりで――午前十時二十三分

アナリス　(彼女はめずらしく怒っている)……頭の外を見てちょうだい、一分だけでいいから、エフゲニー。あなたのまわりにあるものを見てよ。顔を上げて、その目で見て。あそこにいる鳥を。ええとそれから、あの植物も、それに――わたしも。わたしを見てよ、エフゲニー。お願いだから。

だがエフゲニーは――つまりわたしは――ただ前を見ている。わたしが歩みを止めると、彼女もそれにならった。だが、わたしは道に立ったまま振り返りもせず、つぎの言葉を口にした。

エフゲニー　なんでだよ？　なんでぼくがきみを見なきゃならないんだ、アナリス。どうせきみは、夕方にはぼくがきみを見たのかどうかも忘れてしまうというのに。

ここでぼくは彼女のほうを向く——というよりも彼女に迫ったと言っていい。

エフゲニー（承前） とにかく、きみの記憶力はなんでそんなにひどいんだ。なにをしたら、そこまでなにもかも忘れられるんだ。マリファナの吸い過ぎで記憶が消えるのか？　ドラッグなのか？　ケタミンか、コカインか、ただ酒を飲み過ぎたのか？　それか、そのどれでもなくて、ただ単に注意散漫なだけなのか？

結局その週末をかけてふたりが理解したのは、わたしたちの関係のなかでどちらも思った以上に孤独を抱えているということだった。わたしは車を運転してロンドンへ戻った。アナリスは電車で帰った。

＊

わたしは孤独を感じて後悔もしていた。そのうえ、その週末出かけたときにアナリスのとなりで寝そべりながら気づいたことに少しばかりうろたえていた。その気づきとは、いまやわたしの頭脳はほとんどいつでもいちどに大量の情報を処理できるようになったので、自分が最低でも五人はいると思えるようになったということ――ところが、その五人のなかで、わたしが肩肘張らずに同化できて、自分が存在しているとはっきりと感じられる、核となるわたしはひとりもいなかった。たとえば、わたしの一部はアナリスのことを考えて胸が張り裂けそうになっているのに、ほかの部分はまったくそんなことは感じていない――効率を最大化するために、個々の不安や心配はそれぞれ別のわたしが分担するようになったのだ。このため、わたしはエスプレッソの消費量を減らし、金曜の夜に職場での仕事を終えてフリーランスの仕事にとりかかる前に、ヨガのクラスをスケジュールに組み込んだ。ウジャイ呼吸とカフェインレス・ラテの相乗効果により、わたしはなんとか思考を散文レベルまで戻すことができた。

アナリスと口をきかなくなって二週間後に、ふたりの問題について話し合おうと、わたしは彼女とテムズ河畔を歩いた。すると、なんと彼女は口論の原因をまったくおぼえていなかった。頭のなかで過去のできごとをつくり直し、なんでもないこととして片づけていたのだ――そんな風に過去の記憶をでっち上げたということはつまり、彼女はあれ以来あのできごとをそんな風に考えていたのだ。だから当然、わたしたちがなぜすんなり仲直りできないのか彼女には理解できなかった。彼女に説明しながらわたしは混乱してきた。彼女の過去の記憶がいいかげんなせいで、わたしはあらゆるできごとがほんとうに自分の記憶どおりに起こったのか疑いだすようになっていた。だからきみとは一緒にいられないのだと、わたしが愛しているこの美しい女性に告げるのは狂気の沙汰だと思えた。

その晩、わたしは彼女のもとから走って逃げた。そのままサウスバンク方面に向かい、BFIバー・アンド・キッチンに飛び込んでエスプレッソ・ダブルを注文した。こうなったらカフェインを控えるだなんて気にしていられるか。それからWi－Fiに接続して、水曜日の夜に街でなにがおこなわれているのか検索した――それまで水曜日はアナリスのために特別に空けてあったのだ。水曜日の夜に開催されるテコンドーのクラスを予約して支払いを済ませたとたんに気分が上がってきて、注文したエスプレッソを一気に飲み干した。すると、わたしの内的世界は音を立てて機敏に動きだし、シンコペーションのリズムや映画のジャンプ・カットでも追いつけない速度に達したので、わたしはまたしてもおもしろみのない散文の世界とは別れを告げることになった。直線性や理論には背を向けて街じゅうをかけめぐり仕事に出かけて地下鉄を乗り換えてスマホでEメールをチェックしてBBCニュースをチェックしてアル・ジャジーラのニュースをチェックして《ニューヨーク・タイムズ》をチェックしてワッツアップやフェイスブックやメッセンジャーやインスタグラムやツイッターをチェックしてEメールをまたチェックしてBBCニュースをまたチェックして職場に着いたらそこでさらにEメールや電話に対応して片づけないといけない仕事や入力しないといけないデータや書かないといけない文章や承認しないといけない報告書や保存しないといけない請求書そして挨拶しないといけない同僚や飲まないといけないコーヒーコーヒーコーヒーを消費するあいだに各項目がばらばらでまとまりのないリストや思考のなかでわたしの自己認識がひとつにまとまることなどほとんどなかったから用事から用事へ自分を追いかけながらわたしは本能的にスマホのメモアプリで自分の気持ちや分裂したアイデンティティの軌跡のようなものをさっと書き留めて自分のために記録を残そうと試みた。

コーヒー
歯磨き粉
ゴミ袋
牛乳

電車には本棚ワゴンがあってしかるべきだ。個人向けのおすすめコメントつきで。

オートケーキ
コーヒー
食器洗い洗剤

ゴム手袋
ハンドクリーム
イブプロフェン

テコンドーは楽しいのかよくわからない。このクラスを取ることにしてよかったのかどうか。

頭のなかが雑音だらけで生きているのにほとんど耐えられないレベル。

心のなかがぐちゃぐちゃだ。荒らされたみたいに。できの悪いBBCのドラマによくあるような、謎めいた警察の手入れがおこなわれたあとのフラットみたいだ。なんの脈絡もなくものがあちこちに散乱している。

全世界が終末を迎えようとしているこのご時勢に、愛が信じられないせいで心がぼろぼろになっているのにはうんざりだ。

キッチンペーパー
パン
マーガリン
せっけん
シャワー用品
シリアル・バー
卵
コーヒー

電車に乗っていると、きょうはとても美しい一日だとわかる。これこそ世界が自己破壊に向かっていない兆候だと考えるのではなくて、ありのままの美しさを受け止めるべきだ。

いつになったら電車内に本棚ワゴンが登場するのか。
みんないったいなにをしているのか。この国で新しいことをひらめくのはわたししかいないのか。

＊

メモアプリ内に蓄積した過去の遺物から判断するに、どうやらわたしはようやくロンドンの混沌から抜け出して電車に乗ったらしい。というか、とにかくわたしの一部はそうした。それ以外の六人のわたしは（メモを読み返していると別々の人間が書いたように思えるから少なくともいまではそれぐらいに増えているはずだ）、別の場所にいた。厳密に言えばそれ以外のわたしもわたしの一部なのだが、彼らがなにをしているかはあいかわらず把握できなかった。わたしの知るかぎり、彼らは行方不明だった。でも、彼らの居場所がわからなくても気にならなかった。

きっとこれが悪魔との取引なのだろう。生き急いだからといって、かならずしも若死にするわけではないのだ。ただ自分をどんどん細かく分割していけばいい――そのうち自分の断片の多くが高速回転しだしてもとの軌道から外れてさまよいだし、生産性という概念の曖昧模糊としたエーテルに包まれてあと戻りができなくなる。そういうわたしのひとりはいまごろアナリスと一緒に過ごしているのかもしれない……わたしは細分化された注意が具現化した存在にすぎず、電車に乗っているこの分身はもうアナリスのことで思いわずらってはいない。窓の外の、雲や羊やなだらかに広がる緑の丘を眺めてしあわせな気分にひたっている。そして、彼――わたし——その電車に乗っているエフゲニーは——軽食ワゴンを押してきた女性がコーヒーを注いでくれたので愛想よくお礼を言っているのだが、いっぽうでまた別のわたしは限りある自分の人生の時間にどんどん体験を詰め込んでいった結果、自己の分裂が避けられないのであれば、結局勝つのはいつも賭博場だということになりはしないかと鬱々と考え込んでいる——そしてこの彼の結論が、こんどはスマホでガス料金を支払うときに利用した自動音声案内サービスについてのアンケートをたまたま記入していた別のわたしの注意をそらし、その別のわたしはそのようなギャンブルの基本法則はいつだって正しいのだからと、どうしようもなくうぬぼれた気持ちになりかけていた。そのとき、わたしは自分の気持ちをその別のわたしに合わせようと頑張った。結局は彼がいちばん機嫌よく過ごしていると思えたからだ——そして、窓の外を見て笑った。

わたしはバース・スパ駅で電車を降りた——ここは、アナリスとわたしが以前、ロマンチックな週末を過ごそうと計画した場所の最寄り駅だ。そのときアナリスが澄んだ空気のにおいをいたく気に入った森のなかへそのまま分け入った。そして森のなかに入ると立ち止まって鼻の穴いっぱいに空気を吸ってみたが、まだ統合できていた、わたしのどの部分もなにも感じなかった。そして、歩いているあいだ、わたしの一部は、わたしが置かれた物理的状況と、彼がスクロールしながらざっと目を通しているらしい、理想的な関係を取り上げた『ニューヨーカー』の記事とのあいだの皮肉なギャップを楽しんでいたが、それ以外のわたしは、森のなかを引き返していくあいだ周囲の景色に飽き飽きしていた。わたしはもっとおもしろいものはないかと道からそれて森を抜け、草原の広がる丘の斜面に出た。

＊

その彼が――わたしが――エフゲニーが、田舎にくわしいわたしの断片が、近道でありながら変化も楽しめてバランスが取れていると判断したルートでその丘をくだっていたとき、なにかが視界を横切って注意を引かれた。それは模様だった。完成したパズルがゆらゆらと流れるように空に浮かんでいた。何百という翼が同調しながら前後にうごめくようすは、磁石の前に散らばる鉄粉や、魚の群れや、作業台の上でころころと転がる水銀のしずくを彷彿(ほうふつ)とさせた。それは、頭では理解できなくても心や直感ではよくわかるたぐいのものだった。いまならそれが、昔から〝ムクドリの大群〟と呼ばれているものだとわかる。もし見たことがないのなら、いますぐユーチューブで確認してほしい。それが、いや鳥たちが、うごめいて、いや飛んでいくようすは魔法みたいだ。このように、どんな言葉を使えばそれを的確に言い表せるのかいまだにおぼつかないのだが、それもこの群れが陽の光を受けてきらめきながら空へと飛翔(ひしょう)していく目の前の光景のあまりの美しさに圧倒されたからだろう。いや、やっぱりユーチューブはおすすめしない。時間があるときに電車に乗って群れを探してほしい――わたしはそうやって知ったのだから。とにかく、ムクドリの群れに戻ろう。その群れは、一羽一羽が意思の疎通をはかって共謀し、ひとつになったかのように動いていた。そして、午後の陽光が鳥たちの翼の裏側をつぎつぎと照らして、流れるような群れのなかを光が通過していき、角度や関係性をさまざまに変えながら群れがみごとな優雅さで弧を描いたそのとき、なにかが――ふとした気もちが――わたしの腹の底を蹴ってせり上がってきて、わたしの胸によろこびにあふれた痛みが広がった。そのせいでわたしは歩けなくなり、鳥たちを眺めた。

　街のあちこちにわたしが分散させた、たくさんいるわたしの分身たち――ひとりひとりが別の仕事をこなし、別の人たちと過ごし、さまざまなニュース・チャンネルやライブ映像に散らばっている分身たちが――ひとり残らずそこに集まった気がした。それだけでなく、世界じゅうに分散しているわたしが、わたしが大切なものとしてどこかに記録しているすべての過去のできごとや、わたしが認識しているよりも多くのわたしがとりつかれたように計画を立てているすべての未来のできごとのなかにいるわたしが――ばらばらになったわたしの断片がひとつ残らずその草原に一斉に降り立ったようだった。その瞬間、すべてのわたしは同じ目を、つまりわたしの目を通して眺めていると、わたしはようやく自信を持って言えるようになった。そのとき言葉にできないうれしさがこみあげてきて、わたしはただ……ほっとした。そしてどっと疲れた。

わたしたちはそのままそこに立ち尽くして、たくさんいるわたしの分身を眺めていた。そしてわたしは——わたしたちは、わたしが魂の力を総動員しても発揮できない、圧倒的な磁力のようななにかによって鳥たちがひとつにまとまっているようすを眺めていた。まるで、重要な暗号が空に公開されているみたいだった。一羽一羽の鳥は美しい関係性のなかで輝きを放ちつつも、完全に、まちがいなく、大胆なまでに自由だった。

わたしがそこに立ち尽くしてただ眺めているうちに、たかぶった気持ちが落ち着いてきた。それはたった数分のことだったが、きっとなにかに気づくのを先延ばしにしたくて、身体がすっかり冷えるまでその場にとどまったのだろう。

丘をくだっていきながら携帯電話を取り出してアナリスの番号にかけた。彼女ならわたしが気づいたことを理解してくれるはずだ。呼び出し音に耳を傾けながら、わたしは考えていた——いまさっき経験したあれはいったいなんだったのだろう。どう説明したら彼女にわかってもらえるだろうか。美しい鳥の群れが空を飛んでいるのを見て、宇宙の調和を理解した？　いやちがうな。そんな言葉ではありきたりだし現実を単純化しすぎだ。じゃあ、どうすればいい。

呼び出し音が止まり、留守電の音声に切り替わった。アナリスは電話を無視してなにをしているのか。電話に出なかったことはいちどもないのに。わたしはまた電話をかけた。さらに呼び出し音がつづいた。

あの鳥たちはただの鳥じゃない。じゃなかったら、どうしてここまで……その姿に心を揺さぶられたのか。あの鳥の群れはもっと大きな、普遍的ななにかを表していたんだ。でも、もうあのときの気持ちを思い出せない。それをしっかりと心に思い浮かべて説明したり、合理的に考えたりを自分相手にだってできない。わたしは尋常ならざるものを目撃したのかもしれない。だがいまとなっては、このわたしも、体温を上げようと丘を足早にくだっていきながら電話をかけ、暗くなる前に駅に着きたいと思っているひとりの男に過ぎないのだ。

呼び出し音はまだ耳のなかで鳴っている。彼女になにを告げるのか考えられるのもあと数秒だ。それなら、こう説明しよう……ぼくはさっきサマセットの丘に立って、啓示というものがほんとうにあるんだとわかった。確かに人生は失望と恐怖に満ちているかもしれないが、すべてを理解する瞬間が唐突に訪れて調和がつかの間姿を現すことはあるんだ。その瞬間をつかんだとたんに救いがもたらされるだろう。きっとアナリスならわかってくれる。でもどうして電話に出ないんだ？　わたしはスピーカーフォンに切り替えて、彼女が電話に出るのを待つあいだにまた見出しをチェックしだし、鳴りつづける呼び出し音に耳を傾けながらつぎの草原(フィールド)を横切っていった。

フラットルーフ

アニーの新しいフラットは平屋根（フラットルーフ）になっていた。上階の踊り場の窓から外へと這いだして、家と呼ぶコンクリートの塊のてっぺんに腰をおろし、彼女は周囲の世界の営みを眺めた。遠くから時計の音が聞こえてくるのが好きだった。きっと街の向こう側で鳴っているのだろう。ときには、隣人どうしが大声でののしり合う声が下の中庭から聞こえてくることもあった。

屋上で彼女はよく歌っていた。トムのギターでコードをつま弾いて、彼が昔歌っていたメロディを口ずさんだ。なにかを書こうともしていた。こんな風にトムを失ったいま、自分がどんな気持ちになっているかを慎重に言葉を選びながら綴（つづ）ろうとした。あるいは、両親に宛ててさっと手紙をしたため、そのなかでふたりにあやまり、なにがあったのかを説明して、もうトムはいなくなったのだから、いつかまた会ってもらえるだろうかと訊ねた。どの手紙も投函されることはなかった。彼女はただ手紙を折って紙飛行機にして、屋根から空へ飛ばした。そのまま街にひしめく屋根を眺めていると、紙飛行機は風に舞う木の葉や、まわりで飛んでいる鳥のようにひらりと空へ吸い込まれていった。

カモメたちがくるりと向きを変えて甲高い鳴き声を上げ、翼を休める先や食べ物をめぐって喧嘩していた。ひょこひょこ歩いたり、ぶるっと羽ばたいたりしているハトたちは、とくにこうして街にいると、彼らのふるさとにいるときとはちがってなんだかよれよれしていて、みすぼらしかった。カラスは鋭いかぎ爪やくちばしをコンクリートに打ちつけながらうろうろ歩き回っていた。その姿に獰猛さや情け容赦のなさを感じとってアニーは落ちつかなくなった。クロウタドリ、ムクドリ、フィンチ、スズメなどの、さえずって鳴く小鳥たちは屋上の四方を囲む低い手すりに止まり、ときどきぱたぱたと羽を打ちつけながら、アニーの静かな、ささやくような歌声にさえずりを重ねていた。アニーは小鳥たちの羽を眺めながら思い出の曲に身をゆだね、自分の声の裏にかすかに別の声が混じってはいないかと耳をそば立てた。

きっとアニーは屋上に入りびたりすぎだったのだろう。だが、当時はトムがいなくなって、その街ではどんな仕事にも就いていない状態だったし、仕事を探す前にもうしばらく時間が必要だと切実に思っていた。ほかに行かなければならない場所もなかった。静かに座って時を過ごし、もういちど世界に向き合えるようになるまで待つのに、屋上はどこよりもうってつけの場所だと思えた。

二月のあいだずっと、トムのコートと何重にも巻いたマフラーにくるまって震えながら彼女はひたすら待っていた。三月になって現れた新芽が街の建物の向こうに広がる木々の天蓋を覆いつくしてもまだ待っていた——そして、初ツバメが飛来して、急降下したり、翼を上げ下げしたりする姿が見られる四月になった。

彼女はまだコートを肩から羽織っていたが、マフラーの本数は減っていたし、屋上の厳しさもやわらいだように感じていた——現実的にも、雰囲気としても、そこはあたたかい場所になっていたのだ。というのも、ちょうどそのころ鳥たちのようすが変化したのが感じられた。引っ越してきた当初は、彼女が屋上で座っていると鳥たちはめったに降りてこなかった。ただ周辺を飛び回って、縄張りが荒らされたと言わんばかりに不満げに鳴いたり、あえぐような声を出したりしていた。ところがいまでは彼女がそこにいるのにも慣れてきたようで、思い思いの場所でくちばしをつついたり、羽ばたきをしたりしている。最初のうち、一日か二日ぐらいは、自分だって鳥たちと同じように屋上生活の一員になる権利は当然あるのだから、そんな風に無視されるのはフェアじゃないとアニーは思っていた。ところがその後、鳥たちは無視しているわけではないのだと気づいた。彼女が屋上に来るようになって数日、数週間と過ぎるうちに鳥たちは彼女にすっかり慣れて、いまでは自分たちの仲間だとみなしていたのだ。

それがわかると、そうやって椅子に座って、まわりで鳥たちが喧嘩したり、ふざけあったり、なにかをくすねたりする姿を眺めるのがアニーはとても楽しくなってきた。それで、ただトムの昔の曲を歌うだけでなく、ツバメやアマツバメがさっそうと空を飛んで行くようすを眺めながら、そんな風に鳥に囲まれるとどんな気持ちになるのかを（願わくは）表現した単調なメロディを口ずさみはじめた。硬くなったパンのかけらを足元にまくだけでなく、それを手にいっぱいのせて、みすぼらしくてよれよれのハトたちに差し出した。すると、ハトたちは彼女の手や腕や肩に飛び乗ってきた。そして、彼女のささやかな捧げ物のおかげでようやく食べ物と休息にありついた。

四月は五月になった。頭上で太陽がさんさんと照りつけるようになり、日焼けを防ぐために日焼け止めが必要な季節になったというのに、アニーはまだトムのコートを羽織ったままだった。本格的な夏はまだ先で夜になると気温が下がることだってある。しかも、コートという覆いがなかったら、身体に乗ってくる鳥たちの爪先が食い込んでとても痛いのだ――でもそれだけじゃない……まあ。トムがそのコートを最後に着てからもう何か月もたっているのに、まだほんの少しだけ彼のにおいがする。まちがいない。

いろいろなことがわかってくると、鳥たちと過ごす生活はすこぶるおもしろいものになった。たとえば六月のある早朝、骨つきチキンをくわえた一羽のカモメが屋根に舞い降りた。そのすぐうしろにはライバルの群れが迫っていて、屋上でチキンの争奪戦が繰り広げられた。カモメたちは甲高い声で鳴き、ぐるぐる歩きまわったり、骨をつついて肉を少しずつむしり取ったり、ライバルが近づこうものなら爪先でひっかいて攻撃したりした。そこへ小柄なハトの群れが降り立って、そのようすを眺めていた――ハトたちは椅子に座っているアニーの足元に集まって、そのふっくらとした小さな頭を興奮気味に揺らし、ぺちゃくちゃおしゃべりに興じながら、骨がすっかりきれいになる前にカモメが興味をなくしておこぼれにあずかれないかと期待していた。そのとき、数週間ぶりに――数か月、ほぼ半年ぶりだったかもしれない――アニーの顔がほころんで笑顔になった。そのひととき、彼女はわれを忘れてハトの仲間になり、一緒にカモメの喧嘩を見物し、お気に入りのカモメに声援を送ったり、注意を呼びかけたり、事態が険悪になりすぎると手を打ち鳴らしたりした。

ところが、そんな日々を過ごしていてもアニーはまだときどき落ち込むことがあった。トムのコートにくるまりながら新しい友だちに囲まれて楽しく過ごしている最中に、彼らがまるで示し合わせたかのように急に一羽残らず飛び立っていくことがあったのだ。そんな風に一斉に飛び去る前兆はどうあがいても彼女にはわからなかった。でも、それがわかったところでなすすべはなかった。結局のところ、彼女は鳥たちの仲間になったわけではなかったのだ。とはいえ、事前に予告ぐらいしてくれたっていいじゃないか。そのほうが親切というものだ。いずれにせよ、楽しく過ごしている最中にそんな風に飛び去らないでほしい。でも、この街ではものごとはそんな風に進むものなのかもしれない。以前だれかに忠告されたではないか。街というのは人が忽然(こつぜん)と姿を消してもおかしくない場所なのだと。

鳥たちが彼女を残して飛び立つとき、彼女はかならず椅子からさっと飛び上がって（ただし鳥たちの動きにワンテンポ遅れて。それが鳥たちに気づかれませんようにと、どこかでそんなおかしな心配をした）、屋根の端まで彼らとともに走っていく。端まで来ると手すりをつかんで立ち尽くし、できるだけ身を乗り出して太陽の光をまぶしく感じながら空へ飛んでいく一団を目で追った。鳥なのだから、と自分に言い聞かせた。ときどきどこかに飛んでいくのは彼らの習性なのだ。自分が人間の女性で、地面に足をつけているのが習性になっているのと同じように――とはいえその地面とは、街の上空二十メートルのところにある、空に突き出たコンクリートの舞台なのだが。そんな風に考えていたから、鳥たちが飛び去ってもひとりだけ置き去りにされたという感じはしなかった。これもいっときのことなのだ。鳥たちはいつだって戻ってきた。

ところがあるとき、戻らなかった。それは木曜日のことだった。その朝、アニーが屋上にのぼっていくと、奇妙なことに鳥の姿がどこにも見当たらなかった。彼女が越してきたばかりのころ、鳥たちは隅のほうでうろうろしながら彼女のようすをうかがい、信頼できるかどうか品定めしていたが、そのときともちがう。その日、屋上にはどこにも鳥がいなかったのだ。もちろん、遠くに目を向ければ、連なって飛んでいく鳥たちの姿が青空を背景にシルエットになっていた。ところが、鳥たちの顔や目、翼に生える一本一本の羽根を確認できるぐらい近くには一羽たりともいなかった。

彼女は午前中ずっと友だちの帰りを待った。でも、いつまでたっても帰ってこないので、窓をすり抜けて自分の部屋のキッチンに戻り、チーズサンドウィッチをつくった。立ったままそれをさっとたいらげると、ふたたび屋根の上によじのぼり、コートをきつくかき合わせて、午後の陽差しを避けるために椅子の位置をわずかにずらした。

屋上に鳥たちがいなかったら、なにをしたらいいのかさっぱりわからない。彼女のお気に入りの日課はすべて鳥中心に回っていた。鳥がそばにいなければ歌えないし、新曲だって生まれない。とはいえ最近ではほとんど歌っていなかった。なんとなく罪悪感をおぼえながらも、トムの昔のギターはここ数週間はパラボラアンテナのとなりの、窓のそばの壁に立てかけられたままになっていた。彼女はそのあいだ、鳥たちのなかでも決まった何羽かとおしゃべりをして親交を深めていた。鳥たちのくちばしからこぼれる奇妙な音や響きに耳を傾けているのが好きだった。鳥たちがくちばしを打ちつけたり、おしゃべりしている途中でほとんどわからないぐらいに首をきゅっと引っ込めて、身じろぎしたりする姿が好きだった。

彼女は新しい友だちにはなんでも打ち明けた。投函する当てのない両親への手紙を何通も書くよりも、こうしてようやくすべてを話せるようになってほっとしているし、素晴らしいことではないか。しかもその相手は、やさしくて、彼女のことを気遣ってくれて、トムには会ったこともないのに、彼女が彼の話をすると変わらないやさしさとよくわかっているというあたたかい態度で受け止めてくれるのだから。でも、彼女はトムのことだけを話していたのではなかった——あるいは、ふたりが失った、名前のない子どものことだけでもなかった。おだやかに暮らしていた、しあわせな過去のことも語っていた。彼女の故郷である西方の町ではすべての建物が金色の石でできていて、陽がのぼると煉瓦（れんが）の壁はその奥深くで火が燃えているかのように光り輝くのだということを。そして、彼女が子どものころ飼っていたモルモットのことや、列車の駅が見下ろせる、家の近くの丘に毎年夏になると両親がピクニックに連れていってくれたことも。それだけでなく、この街で居場所が見つかるだなんて、素晴らしい友だちに囲まれた新しい人生を送れるだなんて、自分はラッキーだし感謝しているということも。つい数か月前までは、そんな気持ちになれるわけがないと思っていたし、想像すらできなかったというのに。とくに夏の夕暮れどきに薄らいでいく光のなかで、鳥たちの人懐こい、羽毛だらけの顔にこうして囲まれているととても落ちつくし、受け止めてもらえたように感じるのだとも。それを聞いている鳥たちはうんうんとうなずき、よくわかると言わんばかりにその多くがにこやかな表情を浮かべていた。

それが突然、彼女はひとり取り残された。明日になればきっと鳥たちも戻ってきて、どんな冒険をしてきたのか、たくさん話してくれるだろうから、心配するなんてばかげている。ただ、せめて事前に教えてくれていたら、遠く離れた場所で彼らがしでかすあれやこれやを、ここにひとりで座って日がな一日考えるのは楽しかっただろう。それでも、彼女は気にしなかった。自分が地面に足をつけておかなければならないのと同じように、ときどきどこかに飛んでいかなければならないのは彼らの習性なのだから。でも、鳥たちと一緒に写真を何枚か撮っておければよかった。万が一ということがある。

アニーは椅子に座ったまま陽が暮れるまでそこで待ちつづけた。コートにすっぽりとくるまって、気温が下がってきても、あたたかい飲み物や毛布を取りに行くためにその場を離れることはなかった。鳥たちが戻ってきて、彼女に忘れられたと思う事態になるのは避けたかった。

午後十一時半まではなにも起こらなかった。街が暗さの底を打ち、夜空に現れた星が連なってきらめく星座となり、上空を飛ぶ飛行機の光がいつもと変わらずそこを横切っていった。

はじめは地平線のあたりのなにかがおかしいと思った。周囲には街のきらめきが広がっているのに、その一角だけ真っ黒なのだ。そこだけ光がまったくない。星も見えない。その真っ黒な部分がだんだん大きくなっているのに彼女は気づいた。どんどん、どんどん大きくなっていく。

そしてついに、さあっと素早く移動する雲のように、広がり切ったそれが彼女に迫ってきた。空の半分を埋めつくしていたのは桁違いの大きさの鳥だった――二枚の翼を持った怪物。アニーが見たこともないほど巨大にふくれあがった鳥の大群は、街の上空を進み、彼女のいる屋上目指してまっすぐに飛んでいた。

そして、鳥たちの羽や目、そして顔がはっきりとわかるようになるまで近づくと……彼女は突然よろこびの声を上げた。その空飛ぶ一大船団の先頭を飛んでいたのは、新しい友だちのなかでもいちばんのお気に入りの鳥だったのだ。この街で鳥たちと一緒に暮らせてとてもうれしいと彼女が語っていたときに、いちばん深々とうなずいてくれたあの鳥にちがいない。ところが、ずっと待ちわびていた、よく知っている親愛なる友だちのうしろには、何百もの見たこともない顔、目、翼がつづいているのがわかって彼女は目を大きく見開いた。そこには街にはまったく似つかわしくない鳥たちがいた。大きな翼、極彩色の羽根、するどいかぎ爪を持ち、耳慣れない鳴き方をする、名前だけは知っているさまざまな種類の鳥がそこにいた。

アニーはとっくに椅子から立ち上がっていて、鳥たちが突然飛び去ったときにいつもそうしているようにただ立ち尽くしていた。両手で手すりをにぎりしめて眺めていた。いったい今日だけでどれだけの距離を飛んできたのだろう。わたしがチーズサンドウィッチをこしらえ、椅子に座っているあいだ、どれだけの距離を進み、どれだけの土地の上空を飛び越えてきたのか。

そんなことを考えていると彼女はふと悲しくなったのだが、その気持ちはそれきりになった。というのも、その巨大な夜の鳥が屋根に降り立ったとき、何百という小さな爪先が彼女の手をつかみ、髪の毛をひっかき、トムのコートの生地をつつきまわしたうえ、手首や腕や足首にむらがったので、するどい痛みが走ったからだ。

アニーは恐怖に襲われた。そして、なにが起きているにしろ鳥たちを振り払って撃退して、建物のなかに避難しなきゃとどこかで考えていた。その瞬間、周りに押し寄せる大量の水に身をゆだねて息ができなくなるのはいやだと思っている、溺れる恐怖にとらわれた女性になった気がした。

ところがそのとき、逃げ道となるはずの、開けたままにしてある窓を必死で探す彼女の視線が壁に立てかけてあるトムのギターで止まった――すると、そのときになってようやく彼女のなかで悲しみと希望の渦が勢いよく流れ出し、疑念を押し流してあとかたもなく消し去った。彼女は鳥たちに向かって両腕を広げた。そして、さらに多くの鳥が舞い降りるままにしたので、彼女の肌とトムの古いコートは、鳥たちの折りたたまれた翼でほとんど隙間なく埋めつくされた。

それから鳥たちはひとつになって羽ばたいた。そして、アニーの心がもういちど張り裂けてしまいそうになるほどのやさしさでもって彼女を持ち上げた――彼女はまずつま先立ちになり、それから宙に浮いて地面から数センチのところを飛んでいた。

アニーは叫んだ。ひどく野生じみた、鳥そのもののような声だったから、もし彼女自身の耳に届いていたらぎょっとしていただろう。でもそのときはただ圧倒されていたからそんな余裕はなかったし、鳥の友だちの多くが彼女の声に呼応していろいろな表情や声で彼女に向かって一斉に鳴き返していた。わたし、頭がおかしくなりかけているのかな。アニーはそう思った。肩甲骨のあたりに、奇妙な筋肉や生えたての羽毛を感じられるような気がする。

それから彼女は手すりをつかみ、身体を持ちあげてその上に立ち、鳥たちに支えられたまま姿勢を直してバランスを取った。そして屋根から足を踏み出して、さえぎるものがなにもない広々とした空間へ落下していくあいだ、両腕を翼のように広げて指先までぴんと伸ばしていた。

ネズミ捕りIII　新王と旧王

母上が亡くなられたときわたしはまだ幼かった。だから、わたしにとっての母上とは、ぬくもりや宮廷の華やぎや笑い声といった記憶の断片や、とぎれとぎれにおぼえている、寝かしつけのときの子守歌の歌声でしかない。

つい最近、わたしが東の領土を旅行している最中に、父上が崩御されたという報せを受けた。長いあいだ王宮を留守にするのは生まれてはじめてのことだったから、その期間中にたったひとり残っていた親を失うことになって、父上のおそばを離れたのをとがめられている気がした。なにか人智を超えた力が働いて、王宮を留守にした罰をわたしに下しているようだった。偶然にしてはすべてのタイミングが整いすぎていると思わずにはいられなかった。

王宮に戻ってからの数週間のできごとはほとんどおぼえていない——すべてがあっという間

に進んでいったから。それでも最初の晩だけははっきりとおぼえている。ノックはせずに鍵を使って正面扉から王宮内に入った。だれも起こさずに、しばらくのあいだひとりきりで静かに過ごしたかったのだ。靴下を履いた足でそっと入り口の間を横切り、中央階段から二階に上がって、中央廊下から奥まったところにある小ぶりな応接間に落ちついた。

旅行鞄を下に置いたそのとき、背後でドアがぎいっと開いたのでぎくっとした。あの老いぼれハウスキーパーか、姉上か、それとも彼女のお仲間のネズミが戻ってきたわたしのにおいをかぎつけたかと思ったのだ。ところが、まるで魔法の力が働いたとしか思えない、とても不思議なことが起こったのでびっくりした。戸口にいたのはネズミではなかった。しわくちゃの、見ていると思わず笑いたくなるような妙な顔をした小さな犬がそこにいた。まったく思いがけないできごとだった。その小さな生き物は、わたしがそこにいるのをはじめから知っていたみたいだった。あるいは、強大で不思議な力を持った何者かに、わたしの帰還を歓迎するために送り込まれたのかもしれない。

「よう、こんばんは」わたしはしゃがんで、その犬のふわふわの毛皮を撫でた。「だれかに言われてここにきたのか？　わたしの相手をするようにと」

においをかいだり鼻をすりつけたりできるように、犬に手を差しだした。やさしさ、ぬくもり、信頼がそこにあった。

「おまえにはルーカスという名がぴったりだ」その晩、彼は暖炉の前に敷いてある絨毯の上で丸くなり、わたしは肘掛け椅子に身を沈めて、毛布がわりのコートを上に掛けた。王宮のほかの場所では隙間風が吹き抜けるなか、しあわせな気持ちで満たされていたことをおぼえている。空想のなかで、わたしたちは巨大な幽霊船にまぎれこんだ密航者になって、たがいにあたためあいながら嵐をやり過ごしていた。

その後の日々を振り返ろうとすると記憶はまたぼやける。ほかに唯一はっきりとおぼえている場面は、ルーカスを腕に抱えて父上の居住区へ階段をのぼっていくところからはじまる。われわれが廊下や広間を通り抜ける途中で人間にはだれひとりとして出くわさず、ただネズミがうろつくばかりだった。そんな光景に違和感を抱いたことをおぼえている。わたしが幼く、母上もまだ生きていらっしゃったころは王宮にはいつだって人がいたのに、すっかり変わってしまった。こんな風に荒涼としているのはまったく正しいことではないように思えた。

「おまえもそう思うか、ルーク」そう言ったのをおぼえている。「なにがいけないんだろうな」

父上の執務室に近いドアの取っ手をいくつか試してみたものの、どれも鍵がかかっていたので、あきらめて暖炉のぬくもりを求めて戻っていこうとしたとき、手を触れていたドアが魔法のようにカチャッと開いた。内部の装置に油を差したばかりだったかのように、とてもスムーズだった。

リトル・ルークとわたしは室内へ入っていき、四隅に柱が立った立派な寝台に父上が横たえられているのを目の当たりにした。遺体は完璧に保存処理がほどこされていて、国政演説をおこなうときにまとうような衣装を着せられている。おびえたのか、ただ単に部屋に充満するひどいにおいのせいなのか、ルークが吠えたり、クンクン鳴いたりしはじめた。洗浄用の薬品と、あちこちに置いてあるキャンドルの甘ったるい花の香りが混ざり合って強烈なにおいがした。父上は思ったよりもずっと老けていた。身体を満たす魂が抜けたら、こんな風にやせおとろえ、しなびてしまうのか。わたしは身をひるがえしてその場を離れ、できるだけ遠くへ行こうとした。ところが、戸口のところに男がひとり立っていた。彼が近づいてきたことにわたしはまったく気づかなかった。男は握手をするために手を差し出してきた。

「ショーと申します。あなたの姉ぎみに呼ばれ、お父上の遺言執行にかんする手続きを監督するようおおせつかっています。残念ですが、みなさんがお望みのように何もかもはっきりと指示されているわけではないようですが」

「姉上が?」わたしは男にそう言ったのをおぼえている。「姉上にそんな権限はない。父上に嫌われていたのだから」だが、ルークが男の足元でうなったり嚙(か)みついたりしているあいだ、男はただわたしをじっと見つめていた……

それからあの戴冠式があった。国民が歓声を上げ、そこらじゅうでネズミが飛び跳ねる、そのまっただなかでわたしは何段もある階段のいちばん上でぎこちなく立っているという奇妙な一日だった。群衆のなかに姉上を見つけた。彼女はわたしにほほ笑んだが、まだ怒っているようにも見えた。父上からも姉上からも、彼女の仲間のネズミどもからも、あのいけすかない弁護士のショーからも遠く離れたところで、ただリトル・ルークと一緒に過ごしたいと思っていた。

そのときわたしが心から望んでいたのは、みんないなくなってほしいということだった。

そのときふと、そういえば森のなかにコテージがあったはずだと思い出した。ずっと昔の、用地の管理人の家が。そこに立って国民にお辞儀をしたり手を振ったりしながらわたしはある決意を固めていた。このみじめな戴冠式が終わったらすぐにルークを連れ、厨房から食べ物を持ち出して王宮を出よう。そのまま姿をくらまして、悪夢のような王宮には二度と戻ってくるもんか。

＊

それなのに、そんな決意をしてから一か月とたたないうちに、いまここに、父上の部屋に舞い戻って、そのおそばに座っているとは！　キャンドルやお香はまだ燃えていて、大切な父上のお身体は以前と同じように横たえられている——そこから放たれるにおいの正体がホルムアルデヒドだといまではわかっている。それでも、不快な薬品のにおいをなんとか無視して、斑点が浮いた父上の手に触れようとする——もちろん、わたしがここに来たのはあの火だるまになった男の影におびえていたからで、どうしても助言が欲しかったのだ。

できるだけ意識を集中して考えてみる。父上が生きていたら、あるいはただお加減がすぐれずに臥せっているだけで、わたしが見舞いに来た孝行息子だったら、どんな言葉をかけてもらえるだろう。それなのに、なにも思い浮かばない。父上のやさしい言葉を思い出して心をなぐさめることができない。すでにボロボロになっていた神経に、その部屋の静寂はこたえた。それで、わたしはついに自分から沈黙を破った。

「父上、もうしわけありません。わたしは自分でもひどいんじゃないかと思うことをしてしまいました。さぞがっかりしておいででしょう」

父上はぴくりとも動かず黙ったままだ。

「でも、これからわたしはどうすればいいのですか」もろくなった父上の手を乱暴につかまないように気をつけて、わたしは訊ねた。「どうか教えてください、父上。だれも傷つける気はなかったんです。事故のようなものでした。いっときの激情にかられた結果にすぎないのです」

わたしは父上が言葉をかけてくださるのを待つ。あの朝森で起きたおぞましいできごとが、じつはそこまでおぞましくはなかったと安心させてくれる助言なり、はげましの言葉を。あのときわたしは、火だるまになった男がつくった仕掛けの先端をつかんだ（そのときあの男はまだ燃えていなかったと考えるだけでおそろしい）。そして、それを火のなかに突っ込んだのだ。わたしは父上のおそばでずっと待っていた。だが、ついにその部屋の静寂にそれ以上耐えられなくなって、王宮から走り出て、森のなかへ戻っていった。その途中で、茂みが風を受ける音が、天使の羽ばたきのように聞こえた。わたしに宣告を届けるために天から遣わされたのだ。ああ、わたしは怪物なのだ。それだけははっきりしている。父上がわたしと話すのを拒否されるのも、もっともだ。

＊

もうすっかり夜だ。ルークはきっと怒っているだろうが、ひとまずキャビンに戻ってようすを確認しよう。いまあいつは病気でとても弱っていて、心細い思いをしているから、しっかり見守ってやらねば。

毛布が重ねてあるいつもの場所でルークが丸まって、前脚に小さなあごを乗せ、うつろな瞳でまばたきもせずになにかを見つめている姿を見ているうちに、われわれがまた眠気に襲われて夢の世界に行く準備ができるまで、夜の時間をのんびり過ごす気晴らしや娯楽があったらルークもよろこぶんじゃないかと思った。それなのに、わたしはいつものように彼がおもしろがるようなゲームを考えられる状態からはほど遠い。まだ動揺しているから、彼を腕に抱いてなぐさめてやることだって考えられない。われわれはどちらもあのできごとを境にすっかり変わってしまって、もはや昔の自分ではなくなっている。だが、ほったらかしにされていたのにルークは文句ひとつ言わない。物言わぬその表情はただ、向かいに座るわたしの臆病さをやんわりとたしなめているようだ。

「ルーカス」両手をこすりあわせてあたためながらわたしは言う――近ごろでは用心していて暖炉に火を入れていないから、寒いんじゃないかと心配だ――「過去のできごとが、自分が考えるとおりのことだったのか、自信がなくなることはないか？」

わたしは目をこすろうとして手をあげた。すると、彼の耳がぴくっとこちらを向いたのがたしかに見えた。

「ああ、ルーク」床の上で彼のほうににじり寄りながら、わたしは先をつづける。「ほんとうに、不安なんだよ。自分の記憶を信じてもいいものか、よくわからないんだ。近ごろじゃあ、わけのわからない、信じられないことばかり起こるから、わたしのあわれな、足りない頭ではいろいろなことをよく理解できないし、真実と空想の区別もできない。たとえば、王宮に戻ってきてからのことをすべて思い出そうとしているのに、たった数週間前のことでも記憶が混乱してはっきりとしない。それにルーク、父上のことだって。よくわからない。なにしろ、わたしがおぼえているかぎり父上は……」冷淡でよそよそしいわたしの態度について納得のいく説明を求めているようすのルークに見つめられながら、わたしは目に涙がにじんできたのに気づいたので、そこで言葉を切って袖で涙をぬぐわなければならなかった。「わたしがおぼえている父上はこれほどひどいお方ではなかった。指導も助言もなにも与えずにひとりぼっちにするなんて」またはっきりと話せるようになったので、先をつづける。「頼れるものがまったくない状態で、毒蛇だらけの王国にわたしをひとり残していくなんて」

それなのにリトル・ルークは理解したり許したりするそぶりはいっさい見せない。それで、最近ではすっかり普通のことになってしまったんだが、わたしはそのままやるせない気分にひたって気持ち悪くなるまでめそめそ泣き、そのままさらなる悪夢へ突入していく準備ができていた……ところが、今晩にかぎっては突然ドアのところで声がしたので気がそれた。

「よろしいでしょうか、陛下」お高くとまった声がそう言っている――ショーが来たんだ。思い上がった、信用ならないあの男が、キャビンの入り口に立って月光をさえぎっている。「厨房からパンと水をお持ちになるのをお忘れだったので」

もちろん、やつの言うとおりだ。あの朝に火だるまとなった男との一件があってから、わたしは食欲がすっかりうせていた。だがそのせいで、この男がここにやって来てわたしを呼び出し、こんな風にリトル・ルークとわたしを見てあざ笑うような態度を取る口実をつくることになるとは思ってもみなかった。

「お許しいただけるといいのですが、勝手ながら夕方の散歩のついでに、食べ物を少しお持ちしました」そう言って、ショーがナプキンを後ろにさっと引くと、彼の腕のなかに抱えられたパン一斤と缶入りの水が現れた。わたしが毎週厨房から持ちだすようになった品物とそっくり同じものだった。だが、それもどちらかといえばルーカスのためにしていたことだ。というのも、子どものころからわたしはほんの少し食べるだけで大丈夫だったから。ショーの申し出をはねつけて、玄関先からいますぐ追い出すべきだとそのとき全本能が訴えていた。でも、それではリトル・ルーカスは飢えてしまう。

「すまない、ショー。置いていってくれれば――」わたしは涙の染み込んだ薄汚い手で、遠く離れたキャビンの片隅を示した――「そこに置いていってくれるとありがたい」

「もちろんです、陛下」ショーはそう言うと、わたしから目を離すことなく、パンと水をそこに置いた。「陛下、お許しいただきたいのですが」ショーはつづける。「このようなことを申し上げても、お気になさらないのであれば……」

「はっきり申せ、ショー。わたしだって忙しいのだ」

「こちらでは剃刀(かみそり)やせっけんは足りていますか？　もしよろしければ——陛下がご希望でしたら——つぎにここに来るときに、いくつかお持ちしましょう」

「やさしい心遣いだな」一語一語気をつけて発音しながらわたしは言う。その声は自分のものではないようだった。だれかがそばにいたら、わたしの声や話し方が父上そっくりだと言うだろう。「礼を言うぞ、ショー。だが、こちらでは不都合なく暮らしているから、助けてもらうにはおよばない……」それからわたしの視線はまたルークへ泳いでいった。すると突然、わたしのなかから反抗心がすっかり抜け落ちて、どっと疲れが襲ってきた。「ああ、だが、今夜はそなたの相手をする気分ではないのだ。われわれのことはそっとしておいてくれないか。犬の調子がすぐれないのだ」

「そのようですね、陛下」

「それに、今夜はわたしも落ちつかない」

「陛下がそのようにおっしゃられるのなら」

風が屋根にたたきつけ、外では鳥が甲高い鳴き声をあげた。それでも、ショーはそこから動こうとしない。

「わたしは現在、お父上の埋葬にかかわる手続きを進めております」長いあいだ、ただわたしをじっと見つめた挙句に彼はようやくそう言った。「葬儀のときまでには、ふさわしいいでたちを整えていただけますね」

わたしは急に気分が悪くなり、ぼうっと気が遠くなった。「埋葬だと、ショー」思わずそう訊いていた。「埋葬など——父上にほんとうに必要なのか——埋葬が？」

「ならわしとなっていますから、陛下」

「そんなことはわかっている。だが、わが父上なのだ」

「はい、陛下？」

「そなたがいま父上を閉じ込めている、あのひどいにおいのする部屋だって、そもそも牢獄のようではないか？」

「それでは、お父上のところに行かれているのですね」彼は言う。

「ああ」

「きっとお父上だとよくおわかりにならないのでは」

「父上だったら、どんなときだってわかる」

それを聞いて彼はただ肩をすくめ、服の袖からさっとほこりを払った。

「ショー？」

「はい、陛下？」

「もういちど教えてくれ。どうして亡くなられたのだ――父上は？」

「老衰でございます、陛下」

「ただの老衰なのか、ショー？」

「まちがいございません、陛下」

「そなたは確信しているということなのだな、ショー。ああ、でもなんと言ったらいいのか。い、い、いや、そなたは確信し切っているということか。それ以上の具体的なことはなにもないと、そなたは確信し切っているということか」

「わたしにわかる範囲では、そうですね、陛下。死亡した本人がお父上のように衰弱しておられた場合、さまざまな要因が絡むので死因の特定はむずかしいのです」

ショーの口角が上がり、満面の笑みを浮かべる。彼の醜い顔がそんな表情になるのを見かけたことはめったにないが、そんな表情をされたところでまったくありがたくない。

＊

ショーがようやく立ち去って、キャビンにはリトル・ルークとわたしだけが残された。われわれはいちばんましな毛布にくるまって霜で覆われた薄暗い壁をじっと見つめている。いま、森のなかにいるのだから、あたりには木が茂り、鳥たちが空を飛び、開けた土地があると頭ではわかっている。でも、あの最後の訪問のなにかが空気中から生気をすべて奪ってしまったようだ。刻一刻と時が過ぎていくあいだに、わたしはゆっくりと理解した。わたしがここにいて守ってやらなかったら、家のなかに侵入するおそれのあるハシボソガラスやネズミにたいしてルークはなすすべがない。そんなみじめな状態にある彼を置いて出ていくのは気が進まないが、わたしには王宮で果たさなければならない義務がある。

「しばらく出かけてくる」と、ルーカスに説明する。「あいつらに埋葬されてしまう前に、父上のところに行かなければ」

わたしが話すあいだ、ルークはこちらを見つめている——とても小さくて、気高くて、無防備な姿で。それなのに、わたしはまだ彼を腕に抱いてやることができない。

「わかっているよ、リトル・ルーク」言えたのはそれだけだ。「すまない。わかっているんだ」

*

「父上」わたしは父上がいる部屋に戻り、その手にすがりついている。「あなたが埋葬されて、土のなかに閉じ込められるなんて、いやです。父上はどうお考えなのですか」

そうやって話しかけるうちに、手にぎゅっと力が入った。すると、父上の手を傷つけてしまいぎょっとする。こんなに簡単に壊れてしまうとは。年をとり、もろくなった、あわれな手なのだから無理もない。それに、肌そのものからも弾力性がすっかり失われている。わたしの手のなかでその形が伸びたりゆがんだりする。

「父上、ああ、もうしわけありません！」わたしはさっと手を離した。そして、それからまたその手を取ると、お身体のそばにきちんと収まるようになんとか整えた。細心の注意を払って父上の指を曲げたり、押したりしてもとの位置に戻す。「父上はお疲れなのです」わたしは話しかける。「だからわたしのせいで負担をかけたらいけないのです。そもそも、ここに来てわずらわせてはいけなかった」

そう言って身をかがめ、しわの寄った、薄紙のような父上のひたいにキスをする。そのときふと妙案が浮かんだ。

まちがいなくリスクはある。でも、やってみる価値はある。これを実行に移したらひと波乱あるかもしれない。でも、まったく手に負えないわけでもない。結局のところ、この世界でわたしがまだ父上にしてさしあげられることはかぎられているのだ。でも、これならなんとかできるのではないか？　父上を最後にひと晩だけ自由にしてさしあげられる。献身的なひとり息子であるこのわたしと一緒に外の世界を楽しむのだ。

わたしはその場で即決した。父上を冒険にお連れしよう。われわれふたりだけで腕を組んで歩いていくのだ。たがいに相手の歩幅に合わせながら進んでいくうちに、父上は足を引きずりながらわたしによりかかり、王宮のなかでふと興味を引かれた特徴的な意匠を指さして教えてくれる。そして、ふたりで広間から広間へと進むうちに、冷え冷えとしたわれわれの家に活気が戻ってくる。父上はタペストリーに描かれた物語や暖炉のデザインの意味を教えてくれ、中央階段では肖像画に描かれたすべての人物について、舞踏室にたどりつくまで語ってくれる……それから、ああ、われわれはどんどん探検していき、王宮じゅうを新たな視点で眺めるうちに、すっかり歩き疲れるだろう。すると、父上はこちらを向き、しばらく腰をおろし、痛む足を休めながら話のできる場所はないかと言われる。もちろん、わたしは父上を外へご案内する――外へ出るのだ！　庭園に向かい、芝生の上や木の根元に座る。父上はこんなにひどい部屋にずっと閉じ込められているから、もうずいぶん新鮮な空気を味わっておられないはずだ。それから、ひろびろとした空の下で、わたしは父上の老いた肩から片腕を持ち上げて、星を示しはじめる。完璧じゃないか。父上のかたわらに座りながら、そう思う。われわれふたりにとってはまたとない機会だ。どうしていままで思いつかなかったのか。

それで、細心の注意を払って両腕を父上の胴体の下にすべりこませる――だれかがここにいたら、ふたりで抱き合っているように見えるかもしれない――そして、そのまま父上をベッドから動かしはじめる。

だが、父上は重かった——思っていたよりもずっと。

思えば、父上を腕に抱えて子どものように運んでいけるだろうとわたしは踏んでいたのだ。ところが実際は、父上を動かすうちにその重さを利用するようになって、最後にはそっと引きずるような形になったということを告白しておかなければならない。ベッドからドアのほうに少しずつ向かいながら、一歩進むごとに父上をなだめ、安心させる言葉をかけて、わたしを信頼してほしいと説明する。それでも、そうやって父上を動かしていくのは骨の折れる仕事だ。骨格がこり固まっているから動かしにくい。いっぽう、肉は骨の上でたるんで安定していない。父上ご自身も、こんな身体では動かすこともままならなかったのではないだろうか。これほど勇気があり、献身的な息子がいて、父上はしあわせだ。

もう何時間も過ぎたのではないかと思えてきたころに、ようやくドアに到達した。はじめ、わたしは父上を中央階段にお連れして王宮内をそぞろ歩き、それから厨房そばのドアから外に出て、そこで星を眺めるつもりだった。ところが、たったこれだけの移動で、計画をもっと控えめなものに変更しなければならないとわかった。そんなに長い距離、彼を支えて歩く力や能力がわたしにそなわっているのかという問題は別にしても、父上が思った以上に弱っておられることがはっきりしたので、そんな大変な行程にお身体が耐えられるかどうか定かではなかったからだ。それで、王宮の中心部には向かわずに、胸壁を目指すことにした。

「大丈夫ですよ父上、まかせてください。ちょっとした旅に出るんです——われわれの最後の外出に。姉上やショーがなにを言おうと、あなたをまだ土のなかに埋めさせませんよ」

それを聞いて父上がうなずき、にやりと笑うところをわたしは想像する。思いがけない冒険にいたずら心を起こして生き生きとしておられる。

「その調子ですよ」わたしは父上にささやく。「最後に派手にいきましょう。われわれふたりだけで」

そして、やさしげなしわだらけの顔に似合う、老人のおだやかな声で、「われわれふたりだけで」とかわりに返事をした。

ふたりで進んでいくあいだ、父上のひきずっている脚が床の上で大きな音を立てる。父上ご自身はがまんして文句ひとつ言わないが、こんな移動方法ではさぞ痛い思いをされているにちがいない。きっと、わたしが気を悪くしないか心配しておられるのだ。

「ああ、父上」それに気づくとすぐに、わたしはひと息入れて、父上の身体のそばにひざまずく格好になる。そこからなら、彼の固くなった両脚を片手で持ち上げ、もう一方の手で胴体のほうを下から支えられる。そして、そうやってしゃがみこんだまま、横向きになって進行方向に移動すれば、廊下がつづくあいだは父上は空中を泳いでいるような恰好(かっこう)になって、楽に進んでいけるとわかった。

　そうやって父上と一緒に順調に進んでいくと、突然背後で物音がする。わたしは首を後ろに回して、なんの音なのか確かめようとする――においを追ってきた王宮ネズミではないかと警戒したのだ――だが、おそらくそれよりもたちの悪いものだとすぐにわかった。そこには姉上がいた。背後の戸口のところに立っている。その表情にはとまどいが浮かび、恐怖すら伝わってくる。姉上と目が合って、気づくとわたしは前かがみになって父上に覆いかぶさっていた――いざとなったら守ってさしあげなくては。ところが、今回ばかりは姉上も騒ぎ立てない。立ち尽くしたままなにも言わない。しめた。彼女が驚きのあまりその場に釘づけになっているのを見て、わたしはそう思った。きっと、こうやって父上とわたしが肩を寄せ合っているのを見て――つまり、これほど間近でわれわれの絆（きずな）の強さを目の当たりにする機会を得て――わが身を恥じ、これまでのわれわれへの態度を反省しているのだろう。わたしは目を細めて彼女をにらみ、どこかに行き、われわれをそっとしておいてくれたらいいのにと思いながら、そのままゆっくりと進んでいった。それなのに、彼女はそこから動けなくなったようだ。廊下の角を曲がって彼女の姿が見えなくなるそのときまでこちらをじっと見つめている。

「父上、心配いりませんよ。姉上もこれ以上の邪魔はしないでしょう」本心とは裏腹にきびきびとした声を出して父上を安心させようとする。「姉上などおそれるに足りません。取るに足りない存在ですから。害にもならない」

　ああ、でも、それ以上いつわりの気休めをつづけようにも言葉がのどに引っかかって出てこない。わたしがこんな風に嘘八百を並べるのはよかれと思ってのことなのだ。まったく思いがけず姉上に出くわしたところでなにも問題がないのだとおわかりいただき、安心していただければと願ってのことなのだ。われわれが最後に外出する今夜はとくに、ひとり息子にまかせておけば安心だと父上に感じていただくことがなによりも重要なのだ。

　ようやくずっと目指してきた小さな木の扉にたどりつく――胸壁に通じるらせん階段への入り口だ――掛け金を外すあいだ、父上をしばらく冷たい床の上に横たえなければならない。そんなことをするのはしのびない。父上の肌はすでにぞっとするほど冷たくなっておられるのだから。

　さらに都合の悪いことに、扉は開いたものの、父上をまた持ち上げて運ぶのは大仕事だとわかった。これまでずっと奮闘しつづけてきたわたしの筋肉は、間を置かずにつぎの重荷を引き受けたがっていないようだ。そうは言っても、もうこんなに遠くまで来たのだから、働いてもらわなければ困る。わたしは自分の筋肉をなだめながら、なるべく力をかけず、身体に負担をかけないようにして腕のなかに父上を抱え直した。しかし、どうやって階段の上までお連れしたものか。それからいくつかの方法を試してみる。だが、わたしが苦痛を感じて父上を支えていられないか、文句ひとつ言わないものの、父上にとって苦痛になるかのどちらかで、どれも見込みはなさそうだった。

最後にようやく、わたしが先に階段に腰を下ろして、下にいる父上の肩に腕を通し、後方にのけぞって引っ張りあげたら一緒に階段をのぼっていけるとわかった。理想的なやり方とは言えない。父上の脚が、湾曲する石の階段に引っかかったり当たったりして音が響く。だが、父上は強いお方だということをわたしは知っている。それに、やりがいのある冒険には、多少の傷はつきものではないか。

父上の身体を引っ張り上げたり、打ちつけたりを延々と繰り返して、ようやく階段のいちばん上にたどりつく。扉を押し開けて、父上をその先に押し込み、ふたりして胸壁へ頭からすべり落ちていった。脚と脚が絡まり合い、息をするのもやっとだ。ああ、夜のうちに外に出るのはなんと素晴らしいのか——われわれはようやくふたりきりになって澄んだ空気を吸っている。

＊

若い分わたしが先に回復した。それで、上着を脱いで畳み、お疲れの父上の頭の下に敷く。それから、父上がくつろいで見えるように、身体のほかの部分も整えて、扉からもう少し離す。

そうするうちに、ふたりで並んで寝転ぶ格好になった。そうしていると胸壁の影にさえぎられずに、夜空をはっきりと眺められる。

「星座の名前をご存じですか、父上?」ようやく落ちついたあとで、わたしはそう訊ねる。

「まず、あちらに見える星からはじめましょう」父上の腕を片手でつかみ、夜空を差し示す角度に持ち上げる。「北斗七星です」と、説明をはじめる。「おそらくいちばん見つけやすい星座ですが、だからといって美しくないわけではないのです」それから、父上にもわかるように、星のきらめきを自分の指でなぞっていく。老いた父上の目は、昔のようにはっきりと見えなくなっているかもしれない。「それから、あちらにあるのは」わたしはつづける。「あれはペガサス、翼の生えた馬です。そのとなりはアンドロメダ、鎖につながれた乙女ですね。最初はわかりにくいでしょうが、すぐに見つけられるようになりますよ、父上。きっとそうなります」

気づくとわたしはあくびをしていた。そして、手を身体の横に戻していた。いつ果てるとも知れぬ長いときがたち、とてつもない重荷を降ろしたかのようだった。それで、父上の肩に頭を乗せて、そのまままぶたが閉じるにまかせた。

「このあいだ、おそろしいことが起こったのですよ、父上」わたしは打ち明ける。「具合が悪くてけがもしている、おかしな話し方をする歯の黄ばんだ男がキャビンにやってきたのです。それで、ルークとわたしはその男に楽しませてもらえるんじゃないかと思いました。でも、おろかな考えでした。その男にはかかわらないでおくべきだった。いまならわかります。そうしていたら、いまだってなにも変わっていないはず」

あいかわらず父上は黙っている。だが、その沈黙がいまは心強く感じられる。まるで、わたしの言葉に熱心に耳を傾けて、じっくりと考えているようだ。

ようやくこんな風に肩肘張らずに、気さくに父上と話ができるようになった。ほっとして眠気のひだにすっぽりと包み込まれながら、ずっと話しつづけている。

「この件については、以前はお伝えする気にはなれなかったのです」わたしはそう切り出す。「でもいまとなってはどうしてなのかわかりません。あの……わたしは自分が王になることに納得しているのか、よくわからないのです。それは自分だけのことじゃないんです。考えずにはいられないのです――こう感じずには――つまり……たったひとりの男が背負うには、王の責務は大きすぎやしませんか？」

周囲で風がおだやかに吹き抜け、わたしの髪の毛を巻きあげ、ひたいをなでていく。まぶたの裏の心地よい漆黒の向こうで夜がマントのようにひるがえり、揺れているのがわかる。そして、昔聞いた子守歌が心のなかに流れてくる。そうやってくつろぎながら、わたしは父上にその子守歌を口ずさんでいた、そのとき……

「息子よ」父上の声がした――しかも、わたしの記憶にある、おだやかな老人の声ではない。

そんな厳しい声がまた聞けるとは、懐かしい気持ちがよみがえる。わたしはたちまち不運な子どもに戻って父上の書斎に行かされる。そこで目を細めて、落胆した父上の顔を見つめている。「息子よ」父上が言う。「そなたは道を見失っておる」

父上からがばっと離れたはずみでわたしは胸壁の外側の壁にぶつかる。その壁がもっと低かったら、そのまま夜の闇へ転落していただろう。それから全速力で父上から離れる。わたしの目にもう星は映っていない。できるだけ早く父上から見えないところへ行こうと扉のほうへ這っていくあいだ見えているのは、ぐらぐらする敷石ばかりだ。それなのに、父上の声がまた響いてきて、わたしをあざわらって苦しめる。

「そなたが余の息子であると？」その声は言っている。「わが一族の高貴な血統が、このように無能で、あわれなまでに判断力の欠けた者に引き継がれるとはいったいどうしたことか。あの性悪な姉とて、そなたよりはよい王になろう」

わたしは素早く身を起こして、扉の手前にある敷石をまたぎ、らせん階段を転がり落ちていく。壁に激突し、足を階段に打ちつけて、その衝撃を骨に感じながら、いちどに何段もすべり落ちながら。それから廊下を全速力で駆け抜けて、中央階段のところまでいき、あの老いぼれハウスキーパーとすれちがう――その瞬間彼女は首を回してわたしをちらっと見る――それから緑の羊毛布張りのドアを開け、厨房を通りすぎて、騒々しく裏口から外へ出る。そして、雪原を全速力で駆け抜けて森へ舞い戻る。今夜の森は黒い羽根であふれている。鳥たちはいななき、影がゆらめいている。

＊

ようやく木の梢の上で空が白んできて、恐怖もいくぶんやわらいできた。ひとやすみするために雪の上に腰を下ろして、自分が森のなかでどこにいるのかまったくわからないことに気づく。この森のことなら、自分のてのひらに刻まれた線と同じぐらいよく知っていると思っていたのに。家に戻る道をまだ見つけられないなんて、いったいどうしたことか。それだけでなく、いまいる場所からどちらの方向に王宮があるのかもわからない。庭園のどこからも王宮が見えないなんて、おかしいじゃないか。いつもそこにあるものを見失うはずがない。

心を落ちつかせてあたりを見回してみると、曙光（しょこう）を浴びて光輝く王宮の正面が木々の茂みの上に見え、その上空でいつものようにカラスが旋回しているのがすぐにわかった。自分がどこにいるのかがわかって、わたしはすっかり気分がよくなり、太陽の光にほっとした。それで、いっときわれを忘れ、家に帰ろうかと思った。暖炉に火を熾（おこ）して、リトル・ルークとその前に陣取れば、ふたりとも一日じゅうぬくぬくと過ごせる。夜になれば、なにか遊べるゲームがあるかもしれないし、もちろん遊んでいて疲れたらひと息入れて、ジグソーパズルのつづきをすればいい。ところが、胸壁のあたりで旋回しながら舞い上がっているカラスたちに目を留めたとたんに、頭がはっきりして、わたしが帰っていく、あたたかくて快適な家はもうないのだと気づく。あの火だるまになった男にすべてをぶち壊されたではないか。リトル・ルークももういない。

それを思い出したとたんに目から熱い涙があふれだした。なにもかも放り出して雪の上に寝そべり、泣く準備はできていた。ところがそのとき、また別のことを思い出した。なにかほかにしなければならないことがあったはずだ。差し迫っている、重要ななにか。それは父上の幸福にかかわることではなかったか？　そうだ、父上を置き去りにしてきたんだった。いま父上は、胸壁にたったひとりでおられる。無防備で弱っておられ、寒さにさらされているのに、お包みする毛布などもないままで。しかも、あの黒い鳥たちが舞っているのはちょうどそのあたりではないか。

わたしはすっくと立ち上がり、父上のもとにいちばん早く駆けつけられる道を選んで、森をまた駆け抜けていく。背中には朝陽が降りそそいでそこはかとなくあたたかい。そばを飛んでいるカラスたちが鳴き交って、わたしが戻っていくことを伝言しているようだ。やっとの思いで広間を抜け、らせん階段を一段飛ばしで駆けあがり、胸壁までたどりつく。

「父上、父上」そう呼びながら進んでいく。「もう大丈夫ですよ、父上。忘れていたわけではないのです、父上！」

ところが、朝焼けのなかへ転がり出ていくと、その先に残酷な場面が待ち受けていた。カラスのしわざではない――火だるまになった男との一件があったあの朝からずっと、動かなくなった、あわれなルークに襲いかかるんじゃないかと警戒してきた、審判を下すあの鳥ではなかった。そこにいたのは、カラスとはまったく別の、見ただけで胸糞悪くなる生き物だった。もちろん、そこにはネズミがいた。父上のお身体にびっしりとネズミがむらがっている。それは、ネズミの巣窟となっている王宮で長年暮らしてきたわたしでさえあぜんとするぐらいの巨大ネズミだった。そいつらの大きさはけた外れだ――意図的にそこまで大きくされたのではと思うぐらいに。何年ものあいだ、姉上がひそかに与えてきたものを食べ、繁殖し、あちこちかじりながら強くなっていき、まさにこの機会に備えていたのだ。そこにいるネズミたちのあいだにはどうやら秩序のようなものが存在するらしい。というのも、父上の身体にいちどに乗れるネズミの数にはかぎりがある。父上の身体によじのぼり、むらがることのできたネズミどもは、その筋肉質の、つやつやした背中をたがいに押しつけあいながら、肉の一部をかじり取るとすぐにつぎのネズミに場所を譲っているようなのだ。父上の身体から離れたネズミは、胸壁を取り囲む背の高い壁の近くなどの、ひっそりとした場所に移動して、そこで上半身を起こして座り、歯をむきだしにして手に入れたものをむさぼり喰う。そのあいだに、新たな一群がまた父上の身体にむらがるという仕組みだ。なんと無駄がないのか。わたしの頭に浮かんだのはそれだけだ。まったく無駄がない。

慎重に父上のそばに近づき、なんとかしてけだものどもを追い払おうとするが、そいつらはわたしにはまったくおかまいなしだ。それで、わたしはとっさにひざ立ちになって、両腕を上げて顔を守り、ネズミたちのなかに突っ込んでいった。手探りで這っていき、ネズミたちと競うようにして父上のお身体に手を置き、その部分だけでもお救いしようとする。ネズミたちはわたしの身体にもむらがってきた。背中、両腕、両脚、頭にたくさん乗ってきて、なまぬるい重みを感じる。取り分を奪い合っているネズミたちの足がわたしの身体に鋭く突き刺さる。そのうちの一匹が、手首の近くをがぶりと噛んだ——父上の身体とまちがえたのだろう——わたしは空に向かって腕を突き上げ、そいつを振り落とそうとする。だが、どういうわけか、そいつはまったく離れないどころか、身体をよじって手にしがみついている。もっと早くに手を打ってくれていたら。思わずそう考えた。父上が姉上にたいする態度を改めていたら。姉上を育てるときも、けだものも同然の扱いをするのではなくて、ちゃんとした遊び相手をあてがう努力を少しでもしていたら。それどころか、父上が姉上のことをもっと愛していたら。父上がわたしよりも姉上を愛していたとしても、もうまったく気にならない。なんでもいいから、姉上の手でここにいる怪物どもが育てられるのを阻止する手だてを父上がとっていたら、こんな状況でも勝ち目があったかもしれない。

そのとき、空気をつんざくような鋭い口笛の音が耳に届いた。せわしなく引き裂いたり、かみついたりしているネズミの群れから顔を上げると、近くにある塔のくらがりから見覚えのある、夜の闇のなかで燃える石炭のような目がこちらをうかがっている。ありえない——とっさにそう思った。きっと頭がおかしくなったんだ。そうでなければ、ほんものの幽霊がひどい仕打ちをしたわたしに化けて出たんだ。あんなことをしたというのに、どうしてまだ生きていられるんだ。あの男が森のなかへ彗星のように駆けていったとき、その身体はどこもかしこも炎で包まれていたではないか。

だが、どうやらまちがいなく本人のようだ。男は塔のところから朝陽に照らされた屋上へ出てきた。コートの下にのぞく肌は、みみず腫れやしわだらけで、玉ねぎの外側の皮を剝いたような奇妙な皮の塊のようになっていて、どす黒いしみや、傷、水膨れで覆われていた。わたしはそれを見てぎょっとした。その瞬間、いま見ているのは人間ではなく、太陽の表面ではないかと錯覚した。

「陛下」男が口を開く。そして、まったく毛のない、醜い頭をかしげて、わたしとネズミを見下ろす。だが、表情はまったく読み取れない。

そのとき、一匹のネズミがわたしの足首に牙を突き立てたので、痛みが走り、恐怖からはっとわれに返って、いましなければならないことを思い出した。このおぞましいけだものどもを父上から引き離さなければ。

「陛下」ネズミ捕りが繰り返す――さっきよりも大きな声だ。だが、わたしは夢中になって父上の腹だったとおぼしきところからネズミどもを引きずり出し、ようやくあのしつこかった一匹を手から振り落とす。

ネズミ捕りの口笛の音がまた聞こえてくる。はじめは単調で、不快なしらべだったものがしだいに曲になっていく。そっと吹き始めた口笛は、たちまち朗々と響き渡った。そんな口笛はこれまで聞いたことがない。粗野な響きで、美しいわけではないが、それでも朝焼けの空に鳥のさえずりが響き渡るようだ。それから、ああ、奇跡のようなことが起きる。周囲のネズミどもが、裂いたり、引っかいたり、争ったりをぴたりとやめて、口笛の音がするほうに両耳をぴんと立て、空気のにおいをかぎ、尻尾を軽く打ちつける。そして、おかわいそうな、大切な父上の肉を最後にひと口ほおばると、そこから散っていき、周囲の壁や石の割れ目や穴のなかに消えていった。

わたしはその場で身を起こして息を整え、だんだん明るくなる空を見上げる。それから見下ろすと、そこに父上はもういない。残っているのは、ただの白い骨と、そこに細長くこびりついている老いた肉だけだ。

「ご自分でされたいのなら」ネズミ捕りのその言葉に顔を上げると、彼は手に握っているものを差し出している。最初、危険な凶器ではないかと思って、わたしは後ずさりした。わたしがあんなにひどいことをしたのだから、その復讐を果たすために彼はここにいるのだから、当然ではないか。

ところが、水膨れだらけの、表皮が溶けたそのてのひらのなかにあったのは、ただのマッチ箱だったので面喰った。これを見せてどうしようというのだ。わたしがそうしたように、こんどはこいつがわたしに火を放つというのか。

「お父上のためです、陛下」彼はようやくそう言う。「いちばんきれいになる方法です。あまり長いあいだネズミどもをとどめておくことができません」

わたしになにをしてほしいのか、ようやく呑み込めた。それで、そんなことはできないと言いかけた――ショーには別の計画があるのだし、なによりもわたしは神経が参っている。だが、思いとどまってネズミ捕りをまじまじと見る。この傷ついた男が、数日前、この悲しみだらけの世界でわたしがようやく巡り合えた、唯一の明るい心のよりどころを始末する心づもりでわれわれのところにやってきた男と同一人物だとはとても思えない。

指先が彼の肌をかすめるとき、たじろがないようにして、わたしはそのマッチ箱に手を伸ばす。手がひどく震えていたから、火がつくまでに三本も試さなくてはならなかった。ネズミ捕りがこちらをじっと見つめていて、作業がうまくいくまで監視しているかのようだ。ようやく火がついたので、わたしは急いでぼそぼそと祈りの言葉を唱える。親愛なる主よ、どうか父上の魂を守りたまえ。そして、火のついたマッチを父上のなきがらに落とす。炎はパチパチと音を立てて勢いがなくなり、そのまま消えてしまうかと思われたが、かつては父上のシャツだったとおぼしき切れ端にようやく着火する。するとあっという間に燃え広がった――驚くべき速さで。父上の身体を保存処理するためにショーが使った薬剤は、体内の成分にまで影響を及ぼして、燃えやすくなっていたのだ。わたしはマッチ箱をネズミ捕りに返そうとしたが、彼は両手をポケットに入れたまま首を振った。

それで、わたしはその箱の側面でマッチをもう一本擦って、すでに損傷しているなきがらに一直線に走っている炎のそばに落とした。

そのとき、あわてて駆けあがってくる足音と、耳障りな小さな叫び声が背後から聞こえてきたので、父上のなきがらに炎が燃え広がるのをほとんど恍惚(こうこつ)状態で眺めていたのが現実に引き戻される。振り向くと、姉上がわれわれのいる胸壁へ向かってくるのが見えた。そのうしろにはショーがいる。だが、こんどばかりは姉上と弁護士も一致団結しているようではなさそうだ。というのも、彼女は茫然(ぼうぜん)自失の状態に陥っているようだった。こちらに近づきながら、わたしには一瞥（いちべつ）もくれない——自らの有罪を立証するマッチ箱をわたしはまだ手にしていたというのに。ついでに言えば、おぞましい姿に変わり果てたネズミ捕りにも見向きもしなかった。すすけて油っぽくなった敷石にドレスが触れてもおかまいなしに膝から崩れ落ちて、炎をじっと見つめている。

彼女の背後からショーがようやく追いつく。「だれか人を呼んだほうがいいですね」その場に一瞥をくれただけで彼は言う。「これを全部片づけるために」

これを全部。まるで、小物が壊れただけのような言い方ではないか——ティーカップ程度のものが割れたので、さっと掃いて片づけるときのような。これほどの厳粛な場でその発言はいかにも不謹慎だと、わたしが率直にショーをたしなめようとしたそのとき、それまで自分の思いにひたっていた姉上がわれに返った。

そして、燃えさかる父上のなきがらから目を離さずに、口紅を引いた唇を開けて言う。「もうたくさんよ、ショー。いまはあなたにはうんざり。下がっていなさい」

一瞬、ショーは驚いたような、傷ついたとでも言うような表情を見せる。それから肩をすくめ、その場から数歩下がって胸壁のほうへ歩いていき、石の壁に腰を下ろして煙草を取り出すためにポケットに手を入れる。

その後はだれも話したがらない。われわれはそのまま遺体が燃えるのを見つめつづけた。気づくと、つんとする煙のせいで、わたしの目やのどがひりひりする。ネズミ捕りがどうして平気でいられるのか、よくわからない。

そのうち炎に包まれた人間の痕跡がまったく見分けられなくなった。立ちのぼる煙がタールのように真っ黒になる。そのとき、あの老婆がやってきて、そっとわれわれのなかに加わる。彼女もまた、燃えさかる炎をしばらく眺めたかと思うと、首を振り、階段を下りて王宮のなかへ消えていった。そのまま戻ってこないだろうと思っていたら、しばらくしてまた現れて、足を引きずりながら炎のそばまで行き、ドレスのポケットに手を伸ばして小石をひとつ取り出す。すべすべした青白い小石だ。わが国の東海岸を旅していたときに、海岸沿いに落ちているのを見たことがある。ぎこちない動作で彼女はどうにかその場にしゃがみこみ、燃えている遺体のそばに小石を置いた。それから、痛々しいまでにゆっくりと立ち上がると、ポケットを探ってもうひとつ取り出し、またしゃがんで最初の石のとなりに並べた。彼女がそれを繰り返すのを眺めているうちに、彼女の動きが速くなるだろうという期待をわたしは捨てた。どうやら炎の周りを石の輪で囲んでいるらしい。そのしぐさには儀式めいたところがあって、見ていると心が安らぐ気がした。

だが、姉上はそんな風には思っていないようだ。そのとき姉上もネズミ捕りもみじろぎせず石像のように固まって、火が着々と燃えるのを眺めながら、それぞれの物思いにふけっているようだった。ところが、姉上のなかでなにかが変化したらしい。

「こんなの、わたしは望んでない」彼女はかすれた声で、そう言った。「お父さまに死んでほしかったわけじゃない。そんなわけじゃない。こんな風には。こんなつもりじゃなかった……こんな結末になるなんて。わたしはただお父さまに――」彼女はそこで言葉を切ると、振り向いてショーを見る。「わかっているでしょ？」そうショーに問いかける。「わたしはそんなつもりじゃなかったって」

だが、ショーはただ肩をすくめて、もう一本煙草に火をつけた。

姉上はその燃えるような目を、こんどはネズミ捕りに向けた。「あなたなら」彼女は言う。「あなたならわかってくれるでしょ？」

わたしはそれまで、あんなにひどい状態の顔では、表情など浮かべられないはずだと思っていた。ところが、そんな予想とは裏腹に、周囲で炎の明かりがちらちらと揺らめき、ひどい煙が渦状に漂うなかで、姉上を見つめ返す彼の表情にはまちがいなくある種の苦痛が浮かんでいた。

「答えられません」ネズミ捕りが答える。「おれは全部わかっているんです――この世でもっともいやしく、けがらわしいけだものどもが、あんな所業におよぶ理由が――それがわかっていても、おれは罠をしかけるし、毒だってまくんです」

それだけ言うと、ネズミ捕りは姉上に背を向けて、庭園のほうに視線を向ける。

それから彼女はわたしに話しかける。「弟よ。どうかわたしを信じて。ごめんなさい」

どう言葉を返したらいいものか、わたしにはわからない。それで、ぼんやりと姉上を見つめ、もうこれ以上目を合わせていられなくなると、炎と、まだ石を縁に並べている老婆に視線を戻した。

姉上は泣き出した。最初はすすり泣きだったものが、だんだんと激しくなって、ついにはすっかり悲しみに呑み込まれてしまったようだ。

姉上がそのまま泣きじゃくっているあいだに老婆が最後の小石を置いて輪を完成させる。それから立ち上がり、いつものようにゆっくりと敷石の上を足をひきずって歩き、姉上の肩に手をぽんと置く。そのときふと、姉上が老婆を振り払ってショーと同じように下がらせるのではないかと思えた。だが、彼女は涙を流したまま、母親の手を取ってその腕に身を預けた。

そうやってしばらく眺めているうちに、この母と娘にはもううんざりだという気持ちが急にこみあげてきた。だれもかれにも、もううんざりだ。そんな気持ちになるいっぽうで、不思議なまでにすがすがしかった。まるで、自分が空っぽにされた船になって、これからまたいくらでも荷物を積み込めるような気分だった。わたしは立ち上がり、服にこびりついている灰を払った。

ネズミ捕りは――かつて火だるまになった、残忍で復讐心に燃えた、わたしの心にとり憑いて離れなかった亡霊は――いまわたしに背を向けて胸壁の向こうをずっと眺めている。

「ネズミ捕りよ」わたしは言う。「助けてくれたことに礼を言うぞ。父上を助けてくれて。わたしはそんな親切には値しない人間だというのに」

ネズミ捕りが振り向く。でこぼこして皮が剝け、表皮の溶けたその顔に朝陽が当たっているのを見ても、おそろしい気持ちはちっとも湧きあがってこない。わたしはもうひるんだりしない。

「すべきことをしたまでです、陛下」彼は言う。

それを聞いて、わたしは思いがけず笑顔になった。「今後もそのように心がけるとよいぞ、ネズミ捕りどの」わたしに言えたのは、それだけだ。

彼はそっとうなずく。もしかしたらわれわれは同志なのではないかと、ふと思えてきた――少なくとも、われわれをつなぐ理解の糸が、はかないながらもあるはずだ。そのとき、風を受けて彼の背後でコートがふくらんだ。その姿は、以前わたしが森のなかに引っ込んでいたときにおそろしくてたまらなかったあの黒い鳥たちを彷彿とさせた。

わたしは炎に向かって最後の別れを告げる――そろそろ火勢も弱まり、最終段階に入っている――そして、陽差しを受けて明るくなった胸壁に背を向けて、ゆっくりと階段をくだっていく。幅の広い大理石の階段を降りきって入り口の間に足を踏み入れてようやく、そろそろこの王宮をなんとかしなければならない、また手を入れる時期ではないかと思うようになった。すべての窓を開け放とう。それから、ネズミ捕りの仕事に必要な支援を与える。そうすればこの王宮からネズミを一掃できるはずだ。

だがそれに着手する前に森に戻ってしなければならないことがある。リトル・ルークをもうずいぶん長いあいだ待たせている。まず手を洗おう。それから顔を洗って、ちゃんとした服を着る。それで、もう一度だけ森に分け入ってキャビンに戻る。そこでリトル・ルークをきちんと埋葬する。あれほどまでにやさしく、無垢な生き物にふさわしい埋葬にしよう。

謝辞

エージェントであるピーター・ストラウスと編集者のメアリー・アン・ハリントンに心からお礼申し上げます。美しいカバーをデザインしてくださったイエティ、エイミー・パーキンス、そしてティンダー・プレスのみなさんに感謝を捧げます。マシュー・ターナー、エリザ・プロウデン、ローレンス・ラルヨー、スティーヴン・エドワーズ、そしてロジャーズ、コールリッジ&ホワイトのみなさんにも感謝を。アンドリュー・カウァン、フィリップ・ランゲスコフ、ナオミ・ウッド、グレース・ブラウン、サラ・ホプキンソン、カーラ・マークス、ベンジャミン・S・モリソン、ヴィクトリア・プロクター、フィオナ・シンクレアと、イースト・アングリア大学でお世話になった先生方や友人たちにも。ニーアムとマクスウィニー家のみなさん、さまざまな援助や楽しいマイクロアドベンチャーをありがとうございました。健全さ、親切、知恵を与えてくれたイヴァナ・プレコポヴァに感謝を。初期の原稿に目を通してくれたジェイコブ・タナーとジェシカ・ヨハンソン・ガイタンにも。ミスター・ビーズ・エンポリアムの素晴らしい友人や以前の同僚たちに、ユニバーシティ・カレッジ・ロンドン在学当時のライターズ・ソサエティのメンバーに、そして、バース、ロンドン、ノリッジの素晴らしい友人たち全員に感謝を捧げます。ベン・ノーブルに深い感謝と愛を――そして、両親のローナとカズオ・イシグロにも。

訳者あとがき

イギリスの新鋭作家、ナオミ・イシグロのデビュー短篇集である『逃げ道』（*Escape Routes*, 2020）をお届けする。

名前からもわかる通り、ナオミ・イシグロの父親は二〇一七年にノーベル文学賞を受賞したカズオ・イシグロである。現代文学を牽引（けんいん）する世界的な作家の娘が作家デビューとなると、否が応でも注目を集めるであろうし、そのプレッシャーはいかばかりかと思う。もちろん作風も比較されるだろう。ところが、本書をひととおり読めばおわかりいただけると思うが、彼女はひとりの作家として、父親の作品とはまた持ち味が異なる独自の世界を見事に切り拓いている。

本書には六つの短篇と、その間に三部に分かれた中篇（ノヴェラ）が配置されている。現代を描いた作品であっても、いつの間にかそこにファンタジーの世界が交錯し、独特の余韻を残す場合が多い。全体のタイトルとなっている「逃げ道」というのがどうやら各短篇をつなぐひとつのテーマになっているらしく、登場人物たちはどこかから、何かから、また誰かから逃げている。そして、身近な人と一緒にいても、たがいにさっぱり理解し合えない「孤独」が描かれているのも特徴的だ。

　さらに目を引くのは、「フラットルーフ」を除いたすべての作品で主人公（視点の中心となる人物）が男性か男の子だという点だ。これは女性作家の短篇集としては珍しいのかもしれない。次作についてのインタビューのなかで、男性を主人公に据えるのは作品が自伝的要素のあるものだと思われないようにするためだとイシグロは説明している。そして、登場人物を普遍的（ユニバーサル）な存在にしたいのだとも。そもそも男女の二項対立にあまりこだわりがないのかもしれないが、作家のこのような姿勢は、いわゆる多孔的な、他者に開かれた感性の持ち主であることをうかがわせる。本書をお読みいただければわかるように、この試みは成功していて、作家は男性の内面を繊細に描きだす。たとえば、ある登場人物は自分には「男らしさが足りない」と悩む（「くま」、七六頁）。男性の弱さをストレートに描く筆致からは作家の登場人物への愛が伝わり、「男らしさ」が解体された先にひとりの人間として生きようと模索する登場人物たちのありのままの姿が浮き上がる。

ナオミ・イシグロはあるインタビューで、影響を受けた作家として幻想的な作風で知られるアンジェラ・カーターやヤング・アダルト向けやファンタジー作品などを執筆しているニール・ゲイマン、奇妙な世界を描く名手であるジョージ・ソーンダースなどの名を挙げている。現実とファンタジーが入り混じる『逃げ道』の作風にはこれらの作家もおそらく影響をおよぼしているのだろう。本書が二〇二〇年にイギリスで刊行された際には、「魅力的な文章でクセの強いおもしろさ……創意に富んだ物語」（サンデー・タイムズ紙）だとか、「はじまりは繊細なクモの巣のようだった物語が頑丈な罠（わな）のような結末を迎える」（ニール・ゲイマン）といった、おおむね好意的な評や賛辞が寄せられた。

以下、ヴァラエティに富んだ各短篇について簡単に説明する。**できるだけ核心には触れないようにするが、本篇を未読の読者はご注意いただきたい。**

「魔法使いたち」　ロンドン近郊の古くからの海辺の保養地ブライトンが舞台。魔法使いに憧れる男の子アルフィと、魔法使いのようないでたちをした、さえない占い師ピーターは、どちらも家族や対人関係、また人生に問題を抱えており空想癖がある。そんな二人のビーチでの偶然の出会いが、ある思いがけないハプニングにつながる。なお、気候もおだやかなブライトンは近年物価の高騰著しい首都ロンドンの比較的若い世帯が移り住む先として人気なのだそうで、それは作中で海辺に立ち並ぶ建築中の家族向け別荘などの描写や、家族でここに引っ越してきたらどうかというアルフィの空想にも反映されている。

「くま」　新婚夫妻が家財道具のオークションに出かける。そこに出品された巨大なくまのぬいぐるみを思いがけず妻が落札し家に持ち帰る。くまを大切にする妻の胸のうちを夫はあれこれと勘繰り、どんどん自分に自信をなくしていく。なぜ妻はそこまでくまに執心するのか。短いながらもサスペンス風の盛り上がりがあり、夫婦という親密な関係のなかに生じる孤独を夫の視点から切々と描く。

「ハートの問題」　婚約者のベアトリスとともにロンドンに暮らすアイルランド出身のダニエルは失業中で都市にも馴染(なじ)めず、地下鉄や街なかを彷徨(ほうこう)する。そして苦しい胸の内をハイド・パーク内でカモが泳ぐ池のほとりのベンチで出会った女性に滔々(とうとう)と語る（都市をさまよう設定やモノローグ風の語りはJ・D・サリンジャーによる『キャッチャー・イン・ザ・ライ』の主人公少年を彷彿(ほうふつ)とさせなくもない）。都市に居場所を見いだせず故郷にも帰れない宙ぶらりんのダニエルの引き裂かれんばかりの孤独が胸に迫る。ところで、イギリスが二〇一六年に国民投票によってEU離脱へと舵を切ったブレグジットは本篇中にも新聞の見出しとして登場するが、イギリスがEU離脱交渉を進めるに当たって過去の和平協定で定められたアイルランドとの国境の取り決めがふたたびクローズアップされ問題となった。アイルランド人ダニエルのにっちもさっちも行かない状況にはブレグジットが社会に引き起こす波乱もまた重ねられるのかもしれない。

「毛刈りの季節」　湖水地方の羊農場に暮らし、宇宙飛行士を夢見る好奇心旺盛な男の子、ジェイミーが主人公。春になってツバメが舞いはじめ、農場が羊の毛刈りで忙しくなる時期に、航空宇宙工学を学ぶ大学院生だという謎めいた青年マイルズが下宿人として現れる。マイルズはジェイミーの勉強を助けるためにつぎつぎと奇妙な課題を出し、ジェイミーはそのひとつひとつに真剣に取り組む。そしてジェイミーが「未知なるもの」を完成させたとき、ある不思議なできごとが起こる。ジェイミーの子どもならではのひたむきさ、真剣さが印象的だが、いっぽうで「成長する」、「大人になる」とはどういうことなのか考えさせられる。

「加速せよ！」　大学を出て働きはじめた職場で出されたコーヒーを口にして仕事の効率が上がる「加速」を体験したエフゲニーはその後カフェインに依存するようになり、どんどん加速していってついには何人もの自分に分かれる。いっぽう、エフゲニーと暮らすようになる歌手アナリスはひどい記憶力の持ち主で大切なこともおぼえていられない。アナリスとの関係に問題を抱えるエフゲニーはそこから逃げるように分人化を加速させる。日本の小説家の平野啓一郎氏は、分割できない「本当の自分」は幻想であって、対人関係ごとに複数の自分がいるという分人概念を提唱している（平野啓一郎、『私とは何か――「個人」から「分人」へ』）。この短篇もまさに分人を描いているのだが、依存がきっかけとなって分人化が加速して制御がきかなくなる点がおもしろい。

「フラットルーフ」　パートナーと別れたらしい傷心のアニーは、自分が住むフラットの屋上で過ごすうちにそこに飛来する鳥たちに親しみを覚え、鳥たちとの交流のなかで心癒されていく。鳥たちの描写が生き生きとしていてかわいらしく、そこから力を得たアニーがゆっくりと再生していくようすが伝わるが、最後に驚異の瞬間が訪れる。あるインタビューで作家が語ったところによると、この短篇は本書のなかで最初に書かれた作品であり、作家自身も主人公と同じように自宅フラットの屋上で鳥たちに囲まれながら執筆したのだという。本書を包み込む鳥のイメージの出発点と言える。

「ネズミ捕りI」「ネズミ捕りII　王」「ネズミ捕りIII　新王と旧王」本書の序盤、中盤、終盤にそれぞれ配置され、短篇集全体の背骨をなすような連作中篇。ネズミを媒介とする疫病が蔓延する、ある架空の王国が舞台。おもな登場人物はネズミの駆除を生業とする男（ネズミ捕り）、死んだ王の娘エセル、そしてその弟で王の息子（新王）。王の崩御をめぐり王宮内では何やら思惑があるようだが、それが何なのかははっきりとわからない。若き新王は唯一の友だちである小さな犬とともに王宮外の小屋で暮らしている。どうやら疫病の発生源は巨大ネズミが跋扈する王宮であるらしい。語り手（ネズミ捕りと新王）の信頼のできなさも手伝って、多くが謎に包まれたまま登場人物たちにとって転機となる出来事が起こる。ある意味で成長物語の雰囲気を持った作品。ネズミや鳥の描写、屋上から街を見下ろすといった俯瞰視点など、短篇集内の現代を舞台にした他作品とも共鳴する点がいくつか見られ、文字通り中核をなす作品として短篇集全体のファンタジー性を高める役割を担っているのかもしれない。

以上、持ち味は異なってもどこかで共鳴し合うさまざまな短篇が本書には収められている。ナオミ・イシグロはあるインタビューで、本書中にも登場する「ムクドリの群れ」に短篇集をなぞらえている。群れのなかでは一羽一羽の鳥が個別に存在しながらも、全体としてのイメージをぼんやりと形成する。本書には鳥の存在感が強い短篇もそうではない短篇もあるが、全体として鳥はそこかしこに影を落とし、読者の「未知なるもの」への想像力を掻き立てる役割を担っているようだ。まさに、読者の想像力の飛翔を誘う短篇集と言える。その先に待ち受けるのは驚異に満ちた世界だ。

ここまでで各短篇の多彩さはおわかりいただけると思うが、作家の意欲は文体面からも感じられる。一人称の語りがあったり、三人称の語りがあったり、また三人称の地の文のなかに登場人物の視点や声が溶け込む自由間接話法が登場したりと、作品ごとにさまざまなスタイルに挑戦する作家の意欲が訳しながら伝わってきた。次作の長篇小説 ***Common Ground***（共有地、二〇二二）では、一転して三人称の語りの、リアリズムに徹した作風で、十三歳の少年が年上のロマの少年と出会い、成長する姿が描かれている。

ここで作家の経歴を紹介したい。ナオミ・イシグロは一九九二年ロンドン生まれ。人種的にも多様な北ロンドン地区で育った。演劇に興味を持ち俳優の道を考えたこともあったが、ユニバーシティ・カレッジ・ロンドンに進学して英文学を学んだのちにイングランド西部の地方都市バースに居を移し、独立系書店ミスター・ビーズ・エンポリアム（Mr B's Emporium）で書店員として働いた。その後、父親もそうしたようにイースト・アングリア大学で創作（Creative Writing）を学び、二〇一八年に修士号を取得。二〇二〇年にデビュー短篇集『逃げ道』（本書)、二〇二一年に長篇小説 *Common Ground* を出版した。
本書に収められた万華鏡のように多彩な短篇からは、作家ナオミ・イシグロがこれから放つ光の片鱗がすでに見えているのかもしれない。
さまざまな可能性に開かれた実力派作家の初飛翔をことほぎたい。

本書の翻訳に当たっては、多くの人のお世話になりました。千田宏之さん、窪木竜也さんをはじめとする早川書房の編集の方々や校閲を担当された清水春代さんには、本書をよりよいものにするためのアドバイスをいくつもいただきました。そして、とびきり素敵な本に仕上げてくださった、装幀の田中久子さん、装画の出口えりさんにも感謝を。また、イギリス在住の私の友人、野田麻実子さんにはイギリス社会の、とくにブレグジット後の雰囲気など本書を翻訳するに当たって参考となるお話をお聞かせいただきました。最後に、日々の訳業を支えてくれるわたしの家族に感謝します。

二〇二三年八月

訳者略歴　翻訳家　東京大学大学院総合文化研究科修士課程修了　訳書『彼が残した最後の言葉』ローラ・デイヴ，『何もしない』ジェニー・オデル，『階上の妻』レイチェル・ホーキンズ，『果てしなき輝きの果てに』リズ・ムーア（以上早川書房刊）他多数

逃げ道（にげみち）

2023年9月20日　初版印刷
2023年9月25日　初版発行

著者　ナオミ・イシグロ

訳者　竹内要江（たけうちとしえ）

発行者　早川　浩

発行所　株式会社早川書房
東京都千代田区神田多町2－2
電話　03－3252－3111
振替　00160－3－47799
https://www.hayakawa-online.co.jp

印刷所　株式会社亨有堂印刷所
製本所　大口製本印刷株式会社

Printed and bound in Japan

ISBN978-4-15-210267-6 C0097